诸敏刚——策划
李丹芷——著

2049

图书在版编目（CIP）数据

2049 / 李丹芷著. —— 北京：知识产权出版社，2021.4
ISBN 978-7-5130-7471-1

Ⅰ. ①2… Ⅱ. ①李… Ⅲ. ①幻想小说—中国—当代 Ⅳ. ① I247.5

中国版本图书馆 CIP 数据核字（2021）第 057523 号

责任编辑：田姝　张冠玉　　　　　　　　责任印制：刘译文

2049

李丹芷　著

出版发行：	知识产权出版社有限责任公司	网　　址：	http://www.ipph.cn
电　　话：	010-82004826		http://www.laichushu.com
社　　址：	北京市海淀区气象路 50 号院	邮　　编：	100081
责编电话：	010-82000860 转 8598	责编邮箱：	tianshu@cnipr.com
发行电话：	010-82000860 转 8101	发行传真：	010-82000893
印　　刷：	三河市国英印务有限公司	经　　销：	各大网上书店、新华书店及相关专业书店
开　　本：	880mm×1230mm 1/32	印　　张：	11.75
版　　次：	2021 年 4 月第 1 版	印　　次：	2021 年 4 月第 1 次印刷
字　　数：	320 千字	定　　价：	68.00 元
ISBN 978-7-5130-7471-1			

出版权专有　侵权必究
如有印装质量问题，本社负责调换。

时间,可以一丝一缕地从指缝中缓缓流走,也可以如万马奔腾般轰然逝去,瞬间没了踪影。

目录

01	沉 睡	001
02	潜 伏	010
03	盗 窃	026
04	机器人	031
05	解 密	042
06	治 疗	044
07	策 划	051
08	团 队	059
09	闯 关	067
10	行 动	073
11	最后一关	084
12	半路遇强敌	089
13	苏 醒	094
14	重新认识世界	101
15	回"家"	112
16	应 聘	116
17	又一波新技术面世	119
18	小叶、小雨进入研究院	125
19	闺蜜之夜	128
20	重拾记忆	138
21	小叶的记忆	147
22	黑色学校	154
23	实验室	159

24	原料生产机	168
25	策划逃离	173
26	惊魂10分钟	180
27	逃出生天	186
28	捉拿归案	205
29	偷 袭	217
30	记忆输送	221
31	重 生	228
32	进入研究院	232
33	了解真相（一）	239
34	了解真相（二）	246
35	浴火重生	274
36	再陷险境	279
37	重整旗鼓	289
38	AI机器人上线	292
39	AI机器人带来的困惑	298
40	千人面	306
41	开始行动	318
42	一场好戏	322
43	告 白	329
44	审 判	331
45	产生怀疑	340
46	内 奸	347
47	真相大白	350
48	秘 密	357
49	在路上	365

01
沉　睡

2049年，7月。

午后的阳光透过906病房的白色纱帐，温柔地洒在病人的脸上，他闭着眼睛，静静地躺在病床上。

医院的走廊空荡荡的，病房也空荡荡的，这里的一切都显得那么安静。

"子衿你听说了吗？这个医院也要拆除啦！"

"嗯，早就听说了，全国也没剩几家医院了，近期都要拆除！"子衿的脸上并没有惊讶的表情。微风吹过，她撩着发，眉宇之间却有了一丝忧愁，"爸爸，你说，爷爷还能醒过来吗？"

夏晨枫皱着眉，摇了摇头，这个问题已经被问了无数次，他已经厌倦了，无奈地说："谁知道呢……希望以后能治好吧！"然后又如释重负地叹了一口气，"终于要走啦！"他心里暗暗想道，

[2049]

"……一转眼,都躺了四十多年啦!还得天天伺候着,交着巨额药费、住院费!"

"老爸!"子衿瞪了爸爸一眼,"怎么说也是爷爷啊!"

"唉,自打我记事后,他就一直这样躺着,连句话都没跟我说过……都说他是你爷爷,可谁知道他是不是。我怎么……看着他比我都年轻呢!"夏晨枫摸了摸自己的脸颊说道。

他们推开门,走进了906病房。病人还是安静地躺着,双眼紧闭,身体消瘦,依然有很多乌黑的头发,一些夹杂在青丝中的银白色的头发在阳光下显得熠熠生辉。他的面容还保持着三十岁左右的模样,脸上似乎总是有着生机,像是睡着了,随时都能醒过来。

子衿像往常一样,洗干净毛巾,轻轻地为他擦脸。夏晨枫把脸凑近他的耳朵说:"爸,我和子衿又来看你啦,也不知道你什么时候能好!再过三天就把你转到夏茗的实验室,他们一定会把你治好,让你醒过来的!"

这时,护士小叶迈着轻盈的脚步走了进来。她的年纪和子衿相仿,二十几岁的模样,身材娇小,一双眼睛清澈明亮,温柔动人。

"他一直很稳定,三天后准备转到研究院治疗。子衿,听说你哥哥研究了新技术,相信研究院会用最先进的技术为他治疗。"小叶轻轻地说。

子衿握着小叶的手,感激地说道:"谢谢你了小叶,这么长时间一直照顾爷爷!"

"太客气啦,这都是我应该做的呀!"小叶笑了起来,眼睛眯成一个弯弯的月牙,更加可爱了!

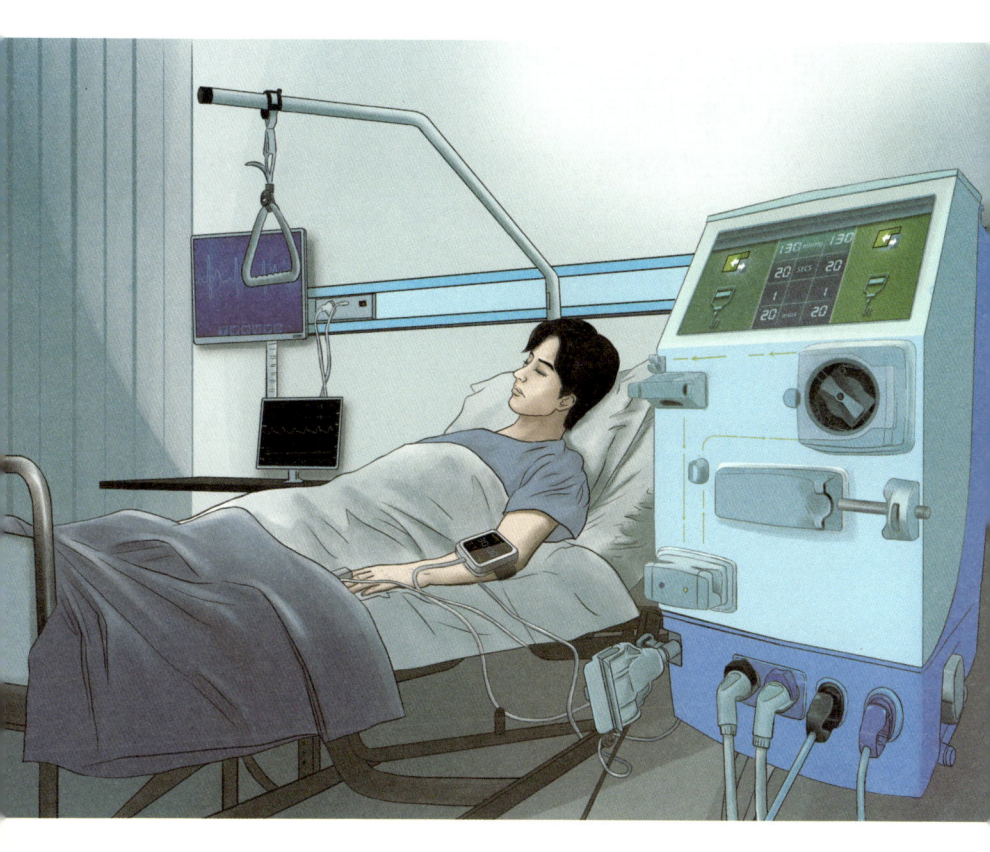

[2049]

"你接下来打算怎么办？"子衿本不想问的，可是话到了嘴边竟随口说出来了，夏晨枫瞪了她一眼，她只得抿了抿嘴，耸了耸肩。

小叶最害怕听到这句话，她的眼神一下子忧愁起来："还不知道呢，说失业就失业了！"小叶想起建成已有几十年的老医院的墙上写着的大大的"拆"字，无奈地说道，"现在人们都可以在自己家里看病了，不需要我们了啊！"

夏晨枫赶快安慰道："没事！前几年全国医院大规模裁员的时候都把你留下了，证明你是社会的精英啊！精英肯定会有更好的出路！再说了，现在谁家也不缺钱，不差你那一份工资，随便找点活干别闲着就行！你看看我，早就没有工作了，每天还是忙忙活活的，哪天也没闲着，不也挺好的嘛！"

"老爸！您那是老年人的生活，人家小叶还年轻，怎么能像您天天养花逗鸟打牌的！脑子慢慢都生锈啦！"

"喂，我这是享受生活，我可还年轻啊！"夏晨枫不服气地说道。

小叶"噗嗤"一下笑了出来，"我还是自己找点事情做吧！"她抬起头望着天空，深深地叹了一口气，"现在学校、医院、企业……能想到的机构都不招人了，也不知道自己该何去何从啊！"

子衿蹙眉不语，思索片刻，眼睛转了转，突然想到什么，拍了拍她的肩膀说："对了！你可以和我一起锻炼身体啊！学打羽毛球、乒乓球、网球，练瑜伽，别闲着，找点事儿做！学好了你可以当我的助教啊！"

"好啊好啊！我知道你是国家级的高手，我可是零基础，人又笨，你得多教教我，不要嫌弃我啊！"

"你那么聪明,保证一学就会,包在我身上啦!"子衿潇洒地用大拇指对着自己的胸口挥了挥,此刻有了男子汉的气概。

子衿是阳光体育俱乐部的专业乒乓球教练,羽毛球和网球也略懂一二,还能教教瑜伽。虽然她是体育专业,可身上没有大块的肌肉,身材高挑纤细,很难想象她这样的身材竟然是搞体育的。她的爸爸夏晨枫对她的专业一直洋洋得意,觉得是他当初的英明决策让女儿入对了行,使得她在全国大规模裁员中一直保留着这份工作,而且这个职业现在竟有越来越火的趋势。

"走吧,小叶!来我家吃饭吧!我爸准备了一桌好饭呢!"子衿邀请道。

小叶的肚子正好也饿得咕咕叫了,"好吧,那我就恭敬不如从命啦!正好也尝尝叔叔的手艺,不过,他哪有时间准备啊?"

子衿凑近小叶的耳边说:"悄悄告诉你,我爸其实没什么手艺,做饭特别难吃!多亏了智能美食炉,他只负责把原材料准备好就行了!其余的我哥搞定,很快的,几分钟就做好!"

小叶抿嘴一笑。

他们从医院走出来,发现医院门口的共享智能电动汽车被其他人叫走了。

子衿对着手腕上的手机说:"去紫苑嘉园!"

"叫车成功!预计2分钟内到达您的位置。"手机语音提示道。

附近无线充电停车场内,一辆已充满电的无人驾驶汽车通过手机定位自动开了过来,它规划好最佳路线,通过感应器安全地穿过大街小巷,与来往的其他无人驾驶车辆保持安全距离,在智能交通信号灯的指挥下稳稳地行驶,1分钟后就停在了他们面前。坐上车,子衿将扣在手腕上的手机取下,将其展开成一个巴掌大的游戏机玩了一会儿,又调整为"投影模式",用车内手机投影设备看着视频、听着音乐,和爸爸一路说着笑着,不一会儿就到了家。

"哥,我们回来啦!今天爷爷状态还不错!唔……好香啊,你们晚饭点的什么啊?"子衿刚刚脱下鞋子就迅速地冲到餐台上找美食,她可是一个不折不扣的吃货。

"你说这几天馋红烧肉,我就做了盘红烧肉。别着急,还有几分钟才能好!"夏茗一边说着,一边盯着原材料培育炉上显示的倒计时。

5分钟后,夏茗从原材料培育器中取出由各种不同培养基合成的五花肉、姜、蒜、葱、盐、冰糖、八角、香叶等材料,他将五花肉切成肉丁,放进了智能美食炉中。

子衿看着美食炉的屏幕上显示的"红烧肉"配料:合成五花肉1斤、合成姜10克、合成蒜10克、合成葱10克、合成盐5克、合成冰糖6粒、合成八角2个、合成香叶2片、合成老抽20克……倒计时15分钟。

"嗯?我上次都说了我爱吃甜的,给我多加两粒冰糖不行嘛!"子衿一边说着,一边在原材料培育器的屏幕上选择了冰糖。

"哎,别乱动!原材料培育器还在内测呢!别给我弄坏了!这是爸爸好不容易争取到的内测名额!"夏茗赶紧跑过去看一看这个"宝贝"坏没坏。

"也不知道是个什么宝贝,碰一下都不行……这是什么原理啊?听老爸说,它能把做饭菜的原材料直接生产出来,连菜都不用买了。"子衿对着原材料培育器左看右看。

"我来看看!"小叶走过去,仔细地研究着。"哇!这一套装置好棒啊!"

"嗯?小叶,你看明白了?"子衿一脸疑惑地问道。

"你看,这些像小瓶子一样的装置,里面分别装着氧气、氢气、氮气、碳粉、淀粉、磷粉……这里是催化剂。"小叶指着原材料培育器的上部说道,"比如说我们要生产大米,就向培育器内按比例喷入碳水化合物(主要是淀粉)75%左右,蛋白质(米谷蛋白、米胶蛋白和球蛋白)7%~8%,脂肪1.3%~1.8%、B族维生素等,然后加热加压反应一定的时间,就可以从模具里做出来大米了。"

"哇!小叶,你好厉害啊!这些比例怎么来的啊?"子衿崇拜地说道。

"当然是通过数据分析来的啊!每百克大米中,含蛋白质6.7克,脂肪0.9克,碳水化合物77.6克,粗纤维0.3克,钙(钙食品)7毫克,磷136毫克,铁2.3毫克,维生素B_1 0.16毫克,维生素B_2 0.05毫克,烟酸1毫克以及蛋氨酸125毫克……"小叶一本正经地说道。

"你这是内行啊!"子衿惊讶地说道。

"这些不同的元素按照不同的比例,还能生产出小麦、玉米等农作物,应该也可以培养出牛肉、猪肉、羊肉、鱼肉等……这个培育器真是棒极了!"小叶感叹道。

"你们两个小心点,别乱动啊!"夏茗再次担心地说道。

子衿不耐烦地说:"哎哟哟,你们赶紧内测成功吧!有了它,再也不用担心吃到你做的难吃菜啦!我自己也可以做,爱吃什么就做什

[2049]

么,省得你老是记不住我的口味!"

"你爱吃的东西那么多,我哪能记得住!等这个原材料培育炉内测成功了,你以后自己做饭就行了!"

"肯定是年纪大了记性不好!以后我把我爱吃的东西输入到你的智能备忘录,强制你记住,哼!"

"我备忘录里东西太多了,脑容量快不够啦!"

子衿在一旁撇了撇嘴。

"叮……红烧肉已经做好,请取出!"智能美食炉发出了语音提示。

"饭菜都好了,快来吃饭吧!"夏茗从美食炉里取出香喷喷的饭菜,摆了一桌子。

"哥,小叶说爷爷马上要转到你们研究院啦?你们能让爷爷醒过来吗?"子衿半信半疑地看着他的哥哥夏茗。

"这还用问吗,难道怀疑你哥哥我的能力不成?我们是用事实说话的!爷爷今年都70岁了,也是目前为止的植物人中生存时间最长的,是医学界重点治疗对象,治好咱爷爷,是我们医学部的技术又有了巨大突破,人类的发展又前进了一步,医学部为医疗技术的新突破又做出了一次巨!大!贡!献!"夏茗拿着手中的筷子在空中挥舞着,涨红了脸,好像迫不及待地要对爷爷做治疗,也好像他们已经成功了一样。

夏茗是研究院医学部的研究员,医学博士,是第一批被录取进入研究院的人,生物医疗领域、脑科学领域中绝对的精英。

子衿撇着嘴,摇了摇头:"你小点儿声吧!别吹牛,治好了再说！还没开始治疗呢，你在这瞎激动什么？"

三天很快就过去了，子衿的爷爷被转移到了研究院的实验室。

实验室里摆放着各种仪器，墙角边的桌子上放满了存有人体器官、动物器官标本的瓶瓶罐罐。

爷爷还是安静地躺着，不知道等待他的会是什么……

02
潜 伏

在国外的LANCER大楼里。

幽暗的办公室里传来了怒火中烧的声音:"原材料培育器……这是一个极其重要的发明,人类再也不需要养家禽了!再也不需要种植蔬菜了!再也不需要原材料了!这会为人类腾出巨大的空间,为城市节省大量的资源!听说现在中国的研究院内部已经在使用了,为什么我们就研究不出来呢?"

封闭的空间和压抑的气氛几乎让人透不过气,几个研究员不敢作声。

"先生,我们……还正在研究……就快成功了……就只差……一点点。"项目组负责人Tom教授吞吞吐吐地小声说道。

"快成功了、快成功了……这句话我去年就听过啦!你们……一群废物!"Cole的手指着面前的这些脑瓜顶颤抖着,火山终于爆发了。"不管你们用什么样的手段,都要把这项核心技术给我弄过来!"他铁拳一挥,"铛"地砸到了桌子上,桌子上的杯盖跟着跳了起来。研究员们的心跟着一颤。

Cole气冲冲地走了,只剩下Tom教授和他的团队。

"呼……"研究员们叹了一口气。

啪——

研究员们刚刚放松又被这个巨大的拍桌声吓得一惊——确实,他们经常能时不时地听到Tom或老板巨大的拍桌声和呵斥声,心脏都不太好了!

"叹什么气!现在是叹气的时候吗?赶紧给我想办法!"Tom生气地说着,一个阴谋已经酝酿而成了。

在研究院的走廊里,哒哒哒哒……一阵高跟鞋的声音由远及近,常若宁迈着八字步走来,她走路的时候浑身上下都扭动着,这种走路的姿势可不寻常——手心向上摊开,大臂夹住腋窝,小臂尽情地摇摆着,拼命地挺着胸脯,腰部和臀部故意大幅度地扭动,走路的时还有意地向上"窜",颠得她的齐耳卷发也跟着一颤一颤的,这可能跟她的身高不足一米六有一定的关系,踩着高跟鞋并向上颠能够显得个子高一些。

"哎……看看看,九尾狐又去找院长了!"研究院心理部的熙妍跟综合处的管乐窃窃私语。

"远远的就闻到一股刺鼻的香水味儿!不用看就知道是她来啦!"管乐说道。

子衿、小叶、熙妍、管乐四个人的闺蜜群聊又开始活跃了。

[2049]

"她是不是每次都喷半瓶香水啊?"

"又去打小报告去了吧?"

"原谅她吧,她只是个八卦的搬运工!"

"哪有?有的时候她也生产八卦、搬弄是非的!"

"哎!管她呢!她的八卦跟我们没关系就行!"

"我就是想知道她那样走路不累吗?"

"要我看啊,每天像她那样瞪着眼睛才累!本来眼睛就小,瞪什么瞪啊!"

"就是因为眼睛小才瞪呢!要不是她皮肤总是过敏,你信不信她每天浓妆艳抹地上班啊!哈哈哈!"

"当然啦,这还用说!她老公这几年一直在国外进修,她可是寂寞得很啊!啧啧啧……"

一提起常若宁,研究院内外几乎每个人都能说上几句,真称得上是一个"话题人物"。她的为人和她的走路姿势一样,高调得很。

"常处长好!"迎面有几个研究员跟她打招呼。

"嗯!"常若宁仰着脖子,挺得像一只小鸭子一样,眼睛看都没有看那些研究员,面无表情地径直走了过去。

进入院长办公室前,她理了理头发和衣服,敲了两下门,还没等院长说"请进",她便推开门,脸上堆满了笑容,一声谄媚的"领导"伴着娇软的笑声走了进去,这一说便是半个小时。

"领导,我们部门想招一名新员工。"

"你们综合处缺人吗?"院长问。

"缺啊!一直都缺!况且这个新员工看着条件很好,又在国外留过学，学的计算机工程专业，还是个顶尖高手，参与过好多高精尖的系统设计，正是我们稀缺的人才啊！"

"哦，你看中的肯定是人才！希望这样的人才能为我们研究院注入一些能量！好吧，那你明天就把简历给人力资源部审核一下，我们还是要按流程办事……"

"那肯定的啦！我看好的人啊，您就放心吧！我的眼睛看人可准呢！呵呵呵呵……"常若宁从嗓子眼里挤出极细的声音，轻喘气并大抽气地笑道。

傍晚，在幽暗的餐厅里，昏黄的烛火轻轻摇晃，窗外的月光倒映在红酒杯里。两只红酒杯轻轻一碰，发出了清脆的声音。

"刘教授，您侄子进研究院的工作我可给您搞定了啊！您是不是也要兑现您的承诺？呵呵呵……"常若宁的眼睛里闪闪发亮，像是一对磨亮的刀子，不知是月亮的光辉还是红酒的倒映，又或是利益的诱惑。

"哈哈哈……若宁办事就是干净利落！院长要不是看您的面子，也不会这么快就答应了，要知道现在找一份工作多难啊！我就喜欢和像你这样的人合作，承诺当然要兑现的！这不用担心，你向来不做赔本的生意，我也一样，大家都一样啊！哈哈哈……"

"刘教授也是明白人嘛！我只是开玩笑，说说而已，呵呵呵……"常若宁又发出了标志性的笑声。

"我侄子阿峰啊，从小就喜欢做研究，毕业后的目标就是想进研究院……"刘教授用试探的语气说道，眼神不断地捕捉常若宁的神态。

[2049]

"这孩子志向远大,将来肯定能成大器!就先在综合处干着吧,至少在这个部门我还能说上话,以后若有什么想法可以再进行部门调动,像我们光学部、医学部、食品药品部……这些部门都缺人才,这都好说!"常若宁是个聪明人,她看到刘教授身上的巨大利益,拼命地迎合着。

一听到"食品药品部"刘教授眼前一亮。

"哈哈哈……有你这句话,我心里就踏实啦!和聪明人合作,就是痛快!来,我敬您一杯!"刘教授心里洋洋得意——这条大鱼,总算是上钩了。

三日后,阿峰顺利地进入了综合处。

"给大家介绍一下,这是我们综合处新来的同事——韩俊峰,他在国外留学6年,可是计算机专业的高手啊……"常若宁和下属说话时,从来都是拿腔拿调、摇头晃脑的。

"哦,没有没有,常处夸奖了,我刚刚参加工作,很高兴能够向各位前辈学习,希望大家多多指教……大家叫我阿峰就行了!家里人都这样叫我。还有,我喜欢打篮球,如果办公室里有喜欢打球的可以下班以后一起玩儿。"韩俊峰看起来很谦卑,但绝对不是等闲之辈。普通的圆寸发型丝毫没有给帅气的外表减分,反而突出了他精致的五官,明眸皓齿,他的笑就像是一缕阳光,活脱脱像是从漫画里走出来的男主角,再加上一米八五的身高,简直就是少女杀手。

"管乐,你工作上带一带阿峰吧!"常若宁用下巴指了一下管乐说道。

"哦,好的好的,常处。"管乐连连答应道。

"这位是?"常若宁看着管乐旁边的熙妍问道。

"哦,管乐是我的男闺蜜!我来串门的!"熙妍说道。

"呵呵,还男闺蜜!你哪个部门的啊?"常若宁不屑地问道。

"心理部的。不过,马上要调到电学部了!"

"电学部?做什么的?"

"简单地说,就是负责收集自然界中的各种电能,将其充到分布在全国各地的加电站中,供充各种电类的设备使用……"

"好啦……没工夫听这些!以后工作期间,少走动!"常若宁严肃地说道。

熙妍瞥了她一眼,气呼呼地转身走了。

介绍完毕后,常若宁踩着高跟鞋一扭一扭地走了。

"来,阿峰,我给你介绍一下综合处的工作吧。"管乐说道。

"其实,我们处不像其他部门那样专业性那么强,绝大部分的工作都由机器来做,所以我们处的人员是整个研究院最少的,我们需要做的就是操控机器、管理机器而已。你这么聪明,肯定一看就懂啦!"管乐指着面前整整一墙的监控屏幕介绍道:"你看,这里就是监控设备了,这些屏幕既可以隐藏,也可以随时调出来,无论何时,你想查哪块屏,都可以查到。可以说,研究院除保密研究室外,监控是无死角覆盖的。监控管理只是其中的一部分工作哦,还有一部分工作就是一些保密文件的存储,再有就是需要时常撰写一些文件材料……还有呢,要管理全院的机器人……哎,其实这部分工作也逐渐在缩减,电脑都可以完成,我们只不过需要在电脑完成的基础上再审核一下而已……我觉得,你来我们处有点大材小用了呀!应该去自动化系统部门啊！"

"嗨，我能力有限，去那么高端的部门也怕干不明白，先从基础做起吧！"阿峰摸着脑袋说。他听着管乐的介绍，一头雾水，这堂堂研究院综合处的工作，跟自己想象的完全不一样！虽说在国外苦读6年，就是要来研究院工作，梦想总算实现了，但这反差也太大了吧？他心想：就这点儿工作，还要我来做吗？这简直就是浪费青春！浪费时间！浪费生命！

"舅舅！不是说好来研究院搞研究的吗？怎么让我做这些事情！简直是浪费我的时间！我不干这个！"阿峰喝了一口冰镇可乐，重重地将可乐瓶摔在了桌子上。

"荒唐！你说你要来研究院工作，我辛辛苦苦给你找好了关系，让你如愿以偿地进入了研究院，哪有说不干就不干的道理啊！"刘明达气冲冲地说道，"你知道现在找份儿工作有多难？！你看看现在有多少失业的？几乎所有的工作都被机器代替了！进入研究院是每个人的梦想！你以为研究院是那么好进的？就凭你那点儿本事？"

"哎呀，舅舅！我知道您为我付出很多，可我来这儿不是干这个的呀！"阿峰竟抱着刘明达的胳膊撒娇地晃了起来。

"阿峰啊，你父母走得早，我就把你当作我自己的孩子来养、来惯着，你呢，现在也出息了，不能翅膀硬了就不听舅舅的了！"打完感情牌后，刘明达觉得是时候说这件事了。他拍了拍阿峰的脑袋说道，"阿峰啊，实际上这次安排你去综合处呢，舅舅也是为你打算的……"他停顿了一下，喝了一口茶，继续说道，"综合处看起来都是一些技术性不强的工作，但实际上你能学到很多东西，比如……智能美食炉的原理，你懂吗？"

"智能美食炉？就是这个？"阿峰指了指厨房的智能美食炉。

"对呀，就是它！"

"怎么了，这跟我的专业有什么关系？我是搞计算机的，学美食做什么？"阿峰撇了撇嘴说道。

"你这个孩子，听我把话说完啊！"刘明达装模作样地瞪了他一眼。

"错了错了，听您把话说完！"阿峰嬉皮笑脸地说道。

"就是说啊，这台智能美食炉，可是我千辛万苦从研究院求来的升级版，为的就是要好好研究它。它为什么能做出来这么多食物？关键是它要先有一个原材料培育器，这个就重要了！培育器里有一种物质叫做培育基，它都包括什么元素呢？是怎样搭配的呢？舅舅研究了半天，就差一点点，怎么也分辨不出这些元素……"刘明达一边说着，一边抓耳挠腮的，一副极其痛苦的样子。

"舅舅，你研究它干吗呀？这美食炉是现成的，你想吃什么，它就给你做什么，管它什么培育基不培育基的！"阿峰觉得舅舅实在是莫名其妙。

"错！阿峰啊！你这么年纪轻轻的，做事情怎么能不求甚解呢？你知道培育基有多么重要吗？它能配出任何你想要的东西，如果我研究出来培育基的元素组合，我就能为社会做好多好多的事情！可惜，我的理想一直实现不了呀！唉……"刘明达深深地叹了一口气。

"哦，原来是这样啊……"阿峰眼前一亮，"这有什么难的！我去资料库查查，拿回家给你看看不就行了吗？"

[2049]

"哈哈哈哈，年轻人！就是头脑简单！"刘明达气得用手指弹了一下阿峰的头。"资料库里的东西是你随随便便能看的吗？那都是国家的重要机密！还拿回家！别说你拿不回家了，就算你有十八般武艺，把它拿回家了，你也该去坐牢了！"

"啊？这么严重啊，那咋办啊？"阿峰两手一摊瞪着圆圆的眼睛问道。

"咋办、咋办！从小就总这样问，自己也不动动脑筋想想办法，就知道问我！"

"嘿嘿，我不是有一个高智商的舅舅嘛？就省省我的脑子啦！"阿峰调皮地说道。

"好吧，看在你想帮舅舅的忙，孝敬舅舅的份儿上，我就想个好法子，告诉你！"

"那是必须的呀！我舅舅也是为了社会的发展，再说了，我就不明白这种有利于社会的技术为什么要保密呢？应该向全社会公开，让它发挥出更大的作用才对呢！"阿峰义正辞严地说道，声音越来越大。

"嘘！你可小点声儿吧！"刘明达赶紧捂住了阿峰的嘴。

刘明达把他酝酿已久的计划一字一句地告诉了阿峰。

"记住，一定要放长线，钓大鱼！不要心急，找好机会！若暂时没有机会，就慢慢地等。你就在这个处室，难免要和这些文件资料打交道，特别是你刚来，稍微有点好奇的小动作，别人也不会太在意。平时要与人为善，这样别人才会对你有好的印象，不会对你起疑心。切忌不要毛手毛脚的，这是舅舅最担心的，听见了吗？"养兵千日，用兵一时,刘明达的计划总算开始实施了。

阿峰在综合处工作的日子里,一直记着舅舅说的话,与人为善——这对他来说一点也不难,他平常也是这个样子,不需要装模作样。可是,若让他说个谎……还要装作若无其事的样子,就有些难了。

阿峰的到来,让"门可罗雀"的篮球场变得"门庭若市"了。给研究院一下子"炸"出好多美少女,她们打扮得花枝招展地来围观阿峰打篮球,这可乐坏了其他篮球队员。

"以前也没发现咱研究院有这么多妙龄少女啊?"管乐看着一排排白得发亮的大长腿说道。

"呵呵,还不是因为你们处来了个帅哥?"熙妍瞟了管乐一眼,"怎么?看上哪个了?"

"得再观察观察,现在有点眼花。"管乐幸福地说道。

"呸!看给你美得!你看上人家,人家还不一定看上你呢!瞧你那样儿!"熙妍嫌弃地瞪了管乐一眼,喝着饮料走开了。

阳光下,阿峰弯着腰,曲着腿,能够清晰地看到他腿上结实的肌肉,他的两只眼睛瞪得大大的,直盯着篮球架,豆大的汗珠顺着他似乎永远也晒不黑的白皙脸颊慢慢流下,这些汗珠在女孩们的眼里像是钻石,闪闪发光。他潇洒的带球技术让对手眼花缭乱,时快时慢,时而持球,时而连续运球,对方也不甘示弱,把他直逼到篮下。他到了篮下却又不急着投篮,只是矮下身子,将篮球护牢在胸前,一个转身,迅速将手中的球轻轻向上一抛,篮球在空中划了一个完美的弧线,女孩们的尖叫声已经达到了顶点,"球进了!进了!"球场上再一次欢呼沸腾起来。

[2049]

潇洒帅气的盖帽、三步上篮、防御让围观的女孩们血槽尽空,球场内球鞋摩擦地面的"吱吱嘎嘎"的声音,篮球有力量、有节奏的"砰砰"声和女孩们的尖叫欢呼声给夏日的午后增添了青春的色彩。

从此以后,女孩们只要从研究院经过,就一定绕到篮球场看一眼,一听到拍打篮球的"砰砰"声,心脏也跟着"砰砰"地跳起来。阿峰虽然来研究院的时间不长,可人气指数却爆棚了。研究院的美少女们早已对阿峰卸下了防备。

"乐哥,咱综合处,是不是有个什么资料室啊?"打完球后,阿峰一边擦着汗,一边装模作样地向管乐"请教"。

"嗯,是啊!"

"我来这也有三个月了,很多地方还没有去过,想多学习学习呢!"阿峰的心一阵乱跳,毕竟他不擅长撒谎。

"哦!也是!前段时间常处出差,我把这事儿也给忘了。不过资料室很特殊,得有常处授权才可以进呢!里面存放的都是机密文件,除上级领导查阅或其他部门存储新的资料以外,一般没有人进的。"经过三个月的接触,管乐十分相信阿峰的为人,对他没有丝毫的防备。"嗯,不过也确实,你既然已经是综合处的人了,资料室的事情也需要了解一点的。常处也回来了,明天我就向她请示一下,带你过去看看!"

"好嘞!这回可以多学习学习了!"阿峰如释重负地笑道。

一切按照计划进行。

"阿峰啊!现在像你这样爱学习的年轻人真不多了!这一点,管乐,你得好好跟人家阿峰学哦!"常若宁说道。

"哎，是是是……"管乐对常若宁这样时不时的"教育"已经麻木了。

"没有没有！常处，我刚来，一直向乐哥学习呢！"阿峰谦虚地说道。

资料室在8层东南角，资料室的门禁就和家里卧室的门一样大，一点都不起眼儿。"资料室的门这么小啊！好像稍微大一些的小推车都拉不进去，怎么能放下这么多的资料呢？"阿峰自言自语道。

"明明是从国外回来的，怎么像个乡巴佬一样没见过世面啊！"管乐暗暗地想，没有作声。

阿峰虽在外留学多年，可他对机密资料的接触不是很多，更不知道国内的资料存储方式已经先进到如此境地了。

常若宁冷笑道："你以为现在存储资料还用纸吗？这样的话，再搬来个资料室也放不下！"说着，智能门禁开始对常若宁的身体和声音进行4D扫描，认证身份后，门禁缓缓打开了。

"这里啊，只有内部员工才可以进，但进入之前，必须得到常处的授权，4D扫描只是其中的一种方式，常处不在的时候，如果真有急事，还可以进行远程授权。"管乐解释道。

"远程授权？这是怎么回事呢？"阿峰追问道。

"就是通过网络进行授权呗！为防止非法操作，也要进行远程4D扫描的。"管乐转而压低了声音，撇着嘴、伸出手指了指走在前面的常若宁说道："嗨……其实太具体的我也没了解过，细节只有常处才知道呢。我进资料室也没几次哦！远程授权，好像也没怎么用过。"

[2049]

常若宁带着他们走了进去。

阿峰看着资料室里林林总总的物品,印象中的资料室应该像是图书馆吧,可这个资料室,看起来好像是博物馆一般。所有的资料都编了号,放在透明的玻璃罩里保存。

"这……这都是些什么呀?像一块块地图一样,看不懂啊?"阿峰皱着眉毛,看着这些他以为很容易看懂的"资料"说道。

"这些都是加密资料啊!哪能让你随随便便看懂啊?"常若宁扭着头,翻了个白眼说道。

"这加密资料也做得太浮夸了吧!这哪像是资料啊,更像是装裱好的艺术作品啊!"阿峰感叹道。

"这加密的技术啊,可都是在常处一手领导下设计出来的,不仅凝聚了常处的心血,还有她的审美观啊!"管乐说道。

"嗯,一看就能看出来,加密文件能做到这种地步,一看就是个懂生活、懂艺术的人做的!"阿峰附和着。

"就你们两个嘴甜!"这些话说到了常若宁的心坎里,她美滋滋地笑了。

看见刚刚的话夸得常若宁心情大好,阿峰赶紧抓住了机会。"常处,能给我们展示一下吗?我们实在太崇拜您了!这么美的艺术品,怎么就是加密文件了呀?"

"嗯嗯!我也从没见过呢!"管乐跟着说道,他不知不觉也上了阿峰这艘"贼船"了。

"嗯……给你们讲讲倒是可以的,看看就免了!这里的规定还是很严格的!"常若宁虽被恭维的话甜到心软,但在这个岗位这么多年，也还是有些保密意识的。"你们想看什么？"

"智能美食炉……是不是有个什么培育基？我是个吃货，一直想看看这个好东西呢！"阿峰来了个顺水推舟。

"智能美食炉……"常若宁从系统中调出了培育基的位置，把它的虚拟图像投射在他们面前，"你们看，表面看它是个立体地图，实际上呢，得需要技术才能破解，最后这些静态的地图能够呈动态，把整个培育基的发明历程演绎出来。"阿峰看着面前这个立体地图，忍不住用手指"抚摸"这地图上延绵不绝的"山脉"、坑坑洼洼的"沟壑"，高高低低的"石柱"，"实在想象不出它们怎么就能动起来。"

"没见过吧？"

"没见过！"

"国外没有这玩意儿？我不相信。"

"真……真第一次见。"

"不至于吧？"

"太至于啦！怎么能不至于呢……"

"常处您太有才了！外国人都发明不出您这稀奇玩意儿！我相信您是世界第一人，我越来越崇拜您了！"

"这还不算什么，等图动起来了，你才知道什么是真正的科学与艺术相结合！"常若宁被一个小帅哥这样夸奖，快不知道自己姓啥了。

"真的吗？您太牛了！我越来越觉得您不但是资深美女，更有一种内在美，真的！"阿峰不惜搜刮出他肚子里所有能赞美常若宁的

[2049]

词汇。

为了转移他们两个的注意力,他一边东一句、西一句语无伦次地说着,使劲儿谄媚着常若宁,一边用纤长手指上的皮下微扫描仪把他触摸到的虚拟图像全部记录下来。此时,阿峰的心已经要跳到嗓子眼了。

"好了!今天就参观到这里。你们也都了解情况了,以后没有我的允许,任何人不准入内!知道了吗?"阿峰和管乐正看得入迷,常若宁突然将屏幕关闭,阿峰的扫描也戛然而止了。

"好!阿峰做得好!"刘明达假装看到了阿峰通过皮下扫描器携带回来的图像,装模作样地答应着。

实际上他什么也没看到,那这些图像直接传到了另一个地点。

"那,我的任务完成了?"阿峰双手一摊,觉得这还挺轻松。

"是啊,你的任务完成了!真是我的好阿峰!"刘明达心花怒放,使劲拍了拍阿峰的肩膀,内心也在盘算着他扫描过来的图像究竟长得什么样,到底能不能用。

原来,阿峰通过皮下微扫描仪传递的图片,根本没有经过刘明达的手,而是直接传递给了LANCER黑科技组织,Tom接收到这些图像后大为惊叹——这跟他们想象的完全不一样!

"这都是些什么东西!"Tom皱着眉头,把眼镜从鼻梁上抬起来,仔细地看着面前这些像"地图"一样的图像,眼睛都快掉进这些"地图"里了,也没看出个所以然来。

"这哪是培育基啊?"

"像是地图一样!"

"会不会搞错了？"

Tom的手下纷纷议论道。

Tom一脸茫然地说道，"不行，我得问问刘明达，这到底是怎么回事？"

夜里，Tom使用加密网络通信联系刘明达。刘明达的网络通信电话有节奏地闪烁着，他见阿峰已经睡下了，就悄悄地接通了电话。Tom的虚拟头像投映在他面前。

"刘教授！你传递过来的图像我们都收到了，非常感谢你的帮助！"

"呵呵呵，哪里哪里，这都是小事，很愿意为您效劳！"

阿峰睡着睡着，翻了个身，一阵尿意袭来，便起身去卫生间方便，他迷迷糊糊地看到舅舅的房间有一些亮光，还听到说话的声音。阿峰急着解决燃眉之急，并没有在意。出了卫生间，墙上正对的是一个大大的夜光钟表，此时已经凌晨3点了，"咦？这么晚了，舅舅在跟谁联系啊？不会是哪个未来的'舅妈'吧？"好奇心驱使阿峰悄悄地走近舅舅的房间门口，他屏息凝神，侧耳倾听。

03
盗 窃

"只是……我们在这个过程中又遇到了些小问题!您给我们传递的图像,我们有些困惑……这些似乎不是我们想要的内容!"

"那怎么可能?这可是从研究院资料室里传来的一手资料!这就是培育基的技术原理,怎么能有错呢?"刘明达激动却又尽量压低声音说道。

"可是这图像看起来不像是培育基啊!你是不是搞错了!"

"那不可能!绝对不可能!这资料内容绝对不会有错!会不会是……你们没有找到打开方式?"刘明达问道。

"打开方式?请你解释清楚!"

"呵呵呵,尊敬的Tom先生,您交代给我的任务,我已经完成了,这只是我的猜测,我没有义务帮您解答更多的信息!"

"哦!刘教授,我之前也说过,我们会不惜一切代价搞到培育基的核心技术原理,请开个价吧!"

"呵呵呵呵……"

这些内容让站在门外的阿峰听了个一清二楚,他听到这些内容后脑子都要炸了,脊背发凉,在那一秒,他真想冲进去把舅舅抓个现行,好好跟这个利欲熏心的舅舅大吵一架,但理智告诉他,越是在冲动的时候,越要保持冷静。他闭上眼睛,做了个深呼吸,极力地稳定住自己的情绪,悄悄地转身离去。他睁着眼睛躺在床上,仿佛一块沉重的大石头压在了他的胸口上,痛得他无法呼吸,他感觉自己就像是一个傻子、一个笑话!他竟然被至亲给利用了!

刚刚还沉浸在自己已经长大,能够助舅舅一臂之力,完成舅舅的梦想的快乐中,这一秒他的整个人生观都颠覆了。原来,自己只是舅舅的一枚棋子,他不知道这个世界上还有没有可以相信的人。这一晚,太漫长了,他一夜未眠。

第二天一早,机器人已经准备好一桌的早餐。阿峰睁着通红的、有些微微发肿的双眼径直走到了门口。"阿峰,今天不吃早餐了吗?"刘明达问道。

阿峰"嗯"了一声,没有理睬他,头也不回地走了。他今天并没有去单位,他叫了车,把目的地定到了以琳海湾,将车内音乐声音放到最大,放下了座椅靠背,打开车内遮阳板,看着天上漂浮不定的云,想把事情搞个明白。他这一出去,就是好几天。

"常处长,很感谢您对我家阿峰的照顾啊,阿峰最近学到了不少!"刘明达主动给常若宁打电话,打探处里最近的动态。因为他知道,常若宁的嘴是研究院里最松的,她总是一副要保密的态度,可一忽悠就必上钩，不知道她是怎么坐到这个位置上的。刘明达每一次向她打探消息，都百分之百有收获。

"叮——"常若宁的手机收到了一笔转款通知，她瞬间眉开眼笑："呵呵，刘教授真是说到做到……其实呢，我也没帮上什么忙，阿峰好学又聪明，一点就通！哦，对了，听说这几天阿峰病了，没事吧？"常若宁问道。

"哦，没事没事，那个……伤风了、伤风了，在家休息几天就好了。"这些天阿峰电话不接、信息不回，刘明达些许嗅到了整个事情可能被阿峰听去的味道，但常若宁突如其来的一问，让不知道阿峰跑到哪儿去了的刘明达险些露出了破绽。

"男孩子就喜欢在外面跑，我经常看他挂着一身汗，这几天刮风，要告诉他多注意身体哦！"常若宁寒暄着。

"哎，是是，是我没照顾好他呀！"刘明达说道，"今天给您打电话，是特地向您道歉的！"

"道歉？和我？为什么呀？"常若宁感到吃惊。

"唉！阿峰这孩子不知天高地厚的，竟然向您提出去资料室的要求，您还带他进去了！真是不懂事，我可知道，资料室不是随随便便就能进去的！他回来还兴高采烈地跟我说呢，我狠狠地把他批评了一顿！这个不懂规矩的孩子！"刘明达气呼呼地说道，恨不得把牙都咬碎了。

"哎，就这事儿啊！我说刘教授啊，您可千万别批评孩子，阿峰是好学。再说了，我理应主动带他到资料室学习的，我们这资料室可不比您之前见过的资料室，这里的所有设计都是我一手策划的，堪比博物馆呢！国外到目前为止都没有这样的设计和技术，阿峰在这里能长长见识，也真的能学到很多东西呢……"常若宁把资料室的基本情况一股脑儿说了出去，刘明达听得津津有味，他甚至觉得自己做的周密计划都是多余的，有什么想知道的直接问常若宁就行了，连"套话"都不用。

常若宁接着说："哎，要说起这个资料室啊，这几天也是够烦心的，现在保密系统要升级，天天都要进行维修检测，还得派人盯着，我处室的人本来就少，阿峰又不在，都要排不开了！"常若宁撒娇地说道——其实她也不是想和刘明达撒娇，只不过这种习惯已经渗透到了骨子里，她对待下属和女同事常常是横眉冷对，但和稍稍比她大一级的男同事说每一句话都感觉像是在撒娇。

"这有什么好担心的！我让阿峰过去！我们若宁有困难了，必须得鼎力相助！"刘明达听常若宁说设备检修的时候，高兴地想跳起来，这简直就是"天时地利人和"。

"呵呵，刘教授真是太心疼我了！不过，就不要叫阿峰来了，让他好好养病，我先让那几个人来轮班儿，等阿峰身体养好了再来吧！"

"那可不行，大男子汉的，这点小病算什么！我明天就叫他过去……"

沉郁压抑的LANCER大楼办公室里，发出了一条命令："根据线索，立即采取行动！一定要把核心技术拿到手！"

研究员们已经为克洛伊机器人特工编写了一套严密的程序，根据地图划定了行动路线，程序经Cole审核后，上传成功！一切蓄势待发。

克洛伊特工圆寸发型、明眸皓齿、鹅蛋脸,皮肤白皙,一米八五的大个子——没错,它的外表和阿峰一模一样!它利用和阿峰一模一样的ID芯片顺利通过了研究院的各项门禁——当然,光有一样的五官、声音和ID芯片是不够的,他毕竟是机器人,一个没有体温的机器人,所以LANCER组织给它穿上了两件特殊的衣服——一件是能够调节温度的"金丝"内衣,当门禁需要检测人体恒温的时候,它会自动调节为人体温度;一件是采用特殊的量子隐形的面料制成的"隐身衣",这种材料能够让物体周围的光线弯曲,与环境融为一体。当克洛伊需要"隐形"的时候,金丝内衣会将它的温度降低,让所有通过热能检测的摄像头、安检设备都无法"找到"它。有了这些"金钟罩铁布衫",克洛伊就可以随意地穿梭在研究院了。

04
机器人

"哎？阿峰你不是生病了吗？怎么来上班了？"管乐看到阿峰的身影吃惊地问道，"你怎么样了？没事了吧？"

"没事，小病！"克洛伊模仿阿峰的声音，生硬地说道。

管乐看着"阿峰"双目无神，面部表情呆滞，想着可能是他的病还没有痊愈，"你应该多回去休息休息，这里有我呢！这几天也没什么事儿。"

"呵呵！"克洛伊依然默不作声，脸上硬挤出了一些笑容，看起来好奇怪。

管乐看着"阿峰"的状态不同以往，眼神看起来也怪怪的，他皱了皱眉头，有些纳闷儿，总感觉哪里不对，但又一想，阿峰毕竟生病了，状态肯定和平时不一样，也就没往心里去，转头去工作了。

"阿峰"在工位坐了一会儿，刷一下存在感，让大家都知道他来了。接着,他就打算去资料室办"正事儿"了。

资料室果然四门大敞。由于保密系统升级,一些设备进进出出,工作人员在3个全程负责录像的机器人和2名综合处员工的监督下进行设备检修。

"阿峰"顺利地进入资料室。正在资料室维修的几个员工见他穿的是研究院的衣服,但并不知道他是哪个部门的,刚想阻止他进入,正巧综合处的小何跟他打招呼:"阿峰!今天怎么来了呀?不是生病了吗?""阿峰"流畅地答道:"这几天处里忙,人少,我来帮忙,你累了,就去休息,这里我来!"LANCER组织猜到会有人这样问,就提前把问题和回答都输入进去,但为避免说话的声音露出破绽,只能用比较简短的语句回答。

"哎呀,你生病了就应该多在家休息,这里有我们呢,我刚来不久,再在这盯一会儿,你先去休息吧!"

这次,"阿峰"停顿了几秒,"不,我陪你,我也在这儿学习!"这是远程输入的语段。

"呵呵,那好吧!"

维修工悄悄地问小何:"这是你们处室的?以前怎么没见过呀?"

"是的!他是新来的!你们可能没见过!"小何解释道。

克洛伊的左侧瞳孔立刻对资料室的一切进行"扫描",在短短的几秒钟内,就对资料室里成千上万的电子资料进行了分析、排查,最终锁定了培育基的位置。

根据既定的程序,克洛伊径直向培育基的位置走去。之前刘明达和常若宁吃饭时,在水杯上取下常若宁留的指纹,提供给了LANCER

组织。克洛伊右侧瞳孔打开了常若宁的3D全息投影，利用常若宁的指纹和全息投影打开了培育基的电子资料，可正当他将其取出时，资料室却发出了震耳欲聋的急促的警报声。

"哎！新来的！不懂规矩吗？资料室里的东西不能随便乱拿！快放回去！"维修工说道。

克洛伊停顿了几秒，不慌不忙地说："常处刚刚说，让我带给她，她要看一下！"培育基的存放位置离门口很近，克洛伊凭借"大长腿"的优势，低着头两个健步就蹿出门去。"哎？说你呢！怎么回事啊！怎么拿着东西跑了啊？""这是你们处室的吗？""资料室从来都没有往出带过东西啊！"维修工你一句我一句地说道。

小何一脸懵，听着刺耳的报警声更是慌乱，完全愣在那里，不知所措，这还是他入院五年来第一次遇到这事。

克洛伊拿到了资料后开始极速撤退，按照设定好的路线往大楼的顶端跑。

由于资料室发出了警报声，管乐慌忙跑进监控室，一边调取监控录像，一边询问正在资料室里发呆，茫然四顾的小何：

"小何，这是怎么回事？"

"他怎么跑……跑了……"小何越想越不对，吓得说不出话来。

"你好好说话，什么跑了？"

"阿峰，拿着培育基的资料……跑了！"

"你说什么？！"管乐恍然大悟，今天"阿峰"的一切表现瞬间都解释通了。来不及多想，管乐马上调动机器人保卫队，对阿峰进行定位，并打算对其进行围追堵截。机器人保卫队倒是准备好了，可定位出现了问题!这"阿峰"就像一个隐形人一样,一会儿出现在监控视野中,一会儿又消失了,研究院的热感应器一会儿能感应到他的存在,一会儿又感应不到一丝一毫他身体里的热量。"天哪,人是有体温的啊!即便他能够七十二变,我们的热感应器也应该可以监测到他的存在啊!""他……他是人吗?"综合处的员工都围了上来,你一言、我一语地说着,越说越害怕。管乐赶紧给常若宁打电话:"常处,出事儿了!"

"出什么事儿了?"常若宁从容地问,在她的眼里,没有什么事儿是她摆不平的。

"阿峰进入资料室,拿着培育基的资料跑了!"

"阿峰?不可能,你们是不是认错人了?"常若宁依然淡定。

"就是阿峰,千真万确,好多人可以作证!"

"他怎么进的资料室啊,我不在现场,他怎么能拿到呢?"常若宁加快了语速。

"我们也不知道!"

"一群愚蠢的孩子啊,抓住他,问问不就知道了?"常若宁深吸一口气,故作淡定。

"这才是最关键的,我们抓不住他!"

"笑话!我们的机器人保卫队都是干什么的?在研究院里抓这么个大活人抓不住?"常若宁开始觉得这事情有些蹊跷。

"没错!系统根本监测不到他的存在!他……他的身体……是没有体温的!我们都在怀疑,他……是不是人……"

"别开玩笑了!这么说,在我们处室竟然还出这样的怪事儿!今天不是愚人节吧？我还在外面出差，没工夫听你们编故事，赶紧把人抓到！先挂了！"常若宁嘴上虽这么说，但心里已经开始紧张了，她赶紧拨通了刘明达的电话。

"刘教授，您那宝贝侄子今天去研究院干吗了？"

"没有啊！他今天没去研究院啊！"

"别编了，我们好几个同事都看见他了！他偷了资料室的东西跑了！我倒是想问，您这葫芦里卖的究竟是什么药啊？就凭咱们的关系，他偷了东西还跑得了吗？"常若宁一改往日的细言细语，怒气冲冲地说道。

"哎哟若宁啊，这件事你可真的误会了，为了保护阿峰，在他小时候，我就申请在他身体里安装了实时定位，他确实这几天没回家，给他发了消息他也不理我，但他这几天一直在以琳海湾，给你看看！"刘明达把阿峰的定位给常若宁看。

常若宁定睛一看，阿峰确实是在以琳海湾，看来刘明达没有说谎。"呵呵，刘教授，我也是着急！真是奇了怪了，我们处室的这几个小孩子也不懂事儿，可能是搞错了，我现在就在回去的路上，等回去调查清楚再跟您联系吧！实在是抱歉，误会阿峰了！"常若宁的态度又转了个180度的弯儿。她心想：刘明达的话虽不能全信，但这也给她提了个醒，请警方定位到阿峰这一上午的位置就能知道刘明达是否在说谎了。

克洛伊的身影在研究院"忽隐忽现"，在他出现的时候，他能够轻松地避开机器人保卫队的攻击，就像一个身怀十八般武艺的人突出重围一样，身手了得，每一个转身、闪躲，每一个击拳、踢腿，连环

[2049]

跳跃的动作，都像极了游戏里的武术高手。就这样，他逃到了研究院的楼顶，被一架隐形直升机接走了。

这时候，院长的电话也打了过来，"若宁啊，你知道资料室出事了吗？"

"啊院长，我知道了，正想向您请示呢，能不能批准我让警方提供一下我们处韩俊峰今天上午的活动地点？"

"你怀疑上午的事不是他做的？这有包庇的嫌疑吧！"

"真不是的院长，我也调查了一下，此事确实有很多疑点，还请院长批准！"

"好吧，我知道韩俊峰是你招来的人……你抓紧时间找警方调查，但如果真出了事，你也得负责任！"

"知道了院长，我马上就去调查！"常若宁恨得咬牙切齿，感觉这件事搞不好要让自己的形象尽毁了。

常若宁迅速联系到了警方，要求提供韩俊峰上午所在的位置。警方通过人体ID芯片搜索到了两条信息：一个定位在以琳海湾周围，一个定位在了研究院，而且定位在研究院的那个从10点05分开始就消失了！

"看来，一定有一个是假冒的了！"常若宁立即把调查结果反馈给院长，证明自己的"清白"。

"韩俊峰，现在你立即回研究院！我有重要的事情要和你说！"虽然阿峰关了手机，但常若宁用研究院的强制命令传送将语音图像信息发送到了阿峰的手机上，严肃地说道。

另一端的阿峰听到手机在响，刚拿起来，面前就出现了常若宁的图像投影及语音,他很纳闷,"我不都关机了吗,怎么还是能收到信号啊……这是什么啊?才跑出来两天,语气就这样,莫名其妙的,真是烦死了……"心情还没有扭转过来的阿峰立刻回到了研究院。

走进研究院,他和认识的人打招呼,大家都用一种诧异的目光看着他,甚至眼神有些躲闪,还有的人干脆绕道而行,更有人在背后窃窃私语、指指点点,这让他感到很奇怪。

到了综合处,整个处室的人都用那种怪怪的眼神看着他,他更加紧张了。

他穿过大家眼神的"枪林弹雨",走到了常若宁的办公室。

"韩俊峰,这两天你干吗去了?"常若宁一拍桌子,一开口便用强烈不满的语气问道。

"没……没干吗啊,生病了……"从来不说谎的阿峰说起谎来总是有些不自然,吞吞吐吐的。

"生病了?我看你是去海边度假了吧?"常若宁阴阳怪气地晃着脑袋说道。

"你怎么知道?"

"度假期间也没看看新闻吗?"

"没有,心情不好,手机都没有开。"

"心情不好?怎么这么巧啊?你心情不好的时候,恰好处里就出大事了!"

"出……出什么大事了?"

"你自己看看吧!"

常若宁将视频投影显示在阿峰的面前,阿峰吓傻了,一个和他长

[2049]

相一模一样的人进入了资料室,拿了资料逃跑了!监控录像中这个人竟然还身怀绝技,能够轻松逃脱机器人保卫队的围追堵截,他的身影在录像中还"若隐若现"。

"这个……不是我!"阿峰突然站起来喊道。

"你先坐下!我知道这个人不是你!"

阿峰又坐了回去,他的心脏突突地乱跳,知道这次是出了大乱子了。

常若宁接着说道:"可我不明白为什么就这么巧,你一走,他就来了,就像有人事先安排好了一样。"

"这……这我也不知道啊……"阿峰一时间真是摸不着头脑,感觉自己陷入了泥沼当中,越陷越深。

"嘟嘟嘟……"正在这个时候,常若宁的电话响了,是院长打来的,"若宁啊,你过来一下!"

"好的,我马上过去!"常若宁转过头来对阿峰说,"你先在这好好想想怎么回事,我回来再好好问你!"

常若宁刚转身出去,阿峰的脑袋突然一阵剧痛,痛得他在一瞬间完全失去了意识。

阿峰的大脑被远程操控了!

他以最快的速度径直走出研究院,坐上了早就停在门口的车向远处飞驰而去。

在院长办公室里,上官院长说道:"……这可是件个大事!找到韩俊峰了吗?赶紧让他到实验室,给他检查一下,看有没有人在他身体里植入什么设备!"

"人找到了,我刚刚还在询问他怎么这么巧,他去度假的时候,刚好有人假冒他……这是怎么回事呢……"

"你问他那些没有用的做什么!现在我们关心的是这些事吗?你搞清楚问题的关键没有,他一个小孩子能知道什么!现在是查他有没有受人控制!"上官院长突然严厉了起来,这让常若宁紧张了起来。

"好好好,我现在马上把他叫过来。"常若宁像只企鹅一样一摇一摆地慌张地跑了出去,完全顾不上自己的形象了。

"哎?人呢?刚刚还在这啊!"真是越急越出乱子,常若宁失声冲着综合处喊道,"你们谁看到韩俊峰了?他人呢?"

管乐迅速用五官识别系统调出了阿峰的路径监控录像,"常处,他刚刚走了!"

"走了?"

"对!"

"走了?"常若宁又升高了一个调重复问了一遍。

"是的!"

"他走哪儿去了?"

"出门之后坐上一辆黑色轿车走了,不知道去哪儿了!"

"还不赶紧给我找!"常若宁简直要疯掉了,没想到自己竟栽到了韩俊峰的手里。

常若宁急得像热锅上的蚂蚁,再也不能安稳地站着哪怕一秒钟,她不停地打电话,原地打转,时而跺跺脚,时而用手拍拍墙,声音也变得毫无"修饰",风度尽失。

事关重大,警方也在极力配合寻找,可是这辆黑色轿车就像是

[2049]

"人间蒸发"了一样,在路口转了几个弯之后就完全不见了踪影。

常若宁这回可摊上大事儿了,她反复给刘明达打电话,可是这刘教授和韩俊峰一样,人间蒸发了。

LANCER科技组织如愿以偿地拿到了培育基,Cole欣喜若狂地反复看着,"培育基啊培育基,你还是被我们给找到了!这……多亏了Tom教授!"

"呵呵,这多亏了我们研究的金丝变温内衣和隐形技术啊,这项技术世界领先!当然,还有刘教授,呵呵,我们的刘教授!"

"嗯,这次刘教授立功了!可惜,他知道的太多了!哈哈哈……"Cole阴险地一笑,"事情都处理得怎么样了?"

"刘教授的事都办妥……他的侄子还在路上,我们正在处理!"

"好!一定要除掉后患!"

阴森的地下实验室里,刘明达的脚踝、手腕上都被安装了电子铐。这个时候,他终于知道:他被骗了,他完了,他的侄子也完了。

这培育基的核心技术是拿到手了,可怎么操作呢?培育基是一项加密技术,表面上看只是一个平面"地图",通过解密后,才可以形成一个完整的操作流程动态立体图。可如何解密呢?LANCER组织到处了解、学习、研究,想尽一切办法破解培育器技术。

"拿到了又怎样?他们解不开!"常若宁用尽力气扭着头翻了个白眼说道。

"你怎么知道解不开啊?万一人家破解了技术呢?"

"就是!东西在他们手中,破解技术只是个时间问题!"

"破解什么?密码指令只有我知道,他们解不开的!"

会议室里，研究院例会成员你一句、我一句地说着。

"好了！大家先不要争论了！问题已经出现了，现在是如何解决问题，这件事情影响重大，涉及国家核心技术失窃，一定要把这件事情从头到尾调查清楚，盗窃者的身份到底是什么，盗窃的过程又是怎样的。另外，我相信这件事情当中一定有内鬼，我也很想知道，究竟是谁走漏了风声！"上官院长严肃地说道。通过这几天的分析、反复琢磨，他心里对这件事情的经过已经知道个大概，他很清楚，常若宁平时虽表面上看起来恭敬单纯，但也听过关于她嘴巴不严、泄露机密的只言片语，他觉得这事跟常若宁脱不了干系。

"若宁，这件事是在你们处发生的，前前后后的情况也只有你最了解，你这几天停止一切工作，来配合调查此事吧！"上官院长希望她能够"戴罪立功"。

常若宁开始想解决问题的对策，在对方没有完全解密培育基技术前更新系统，她组织人手不断地对其进行远程加密。LANCER组织呢，也在一点一点地破解他们的密码，双方展开了一场远程网络加密、解密的对决。

"付院长，我方加密、敌方解密，此消彼长，这样下去不是办法啊！你怎么看？"上官院长问道。

"嗯，我这几天也一直在想这个问题，我想，我们还是要加密。但是加密的方向要有变化，这段时间以来，我们一直在加密对方容易解密的这一部分，才造成现在的局面。"

上官院长用力一拍桌子，"付泽啊！在这件事情上，你竟然跟我想到一块儿去了！所以，我有一个大胆的想法……"

05
解　密

　　上官院长说道："把你说的对方容易解密的这一部分技术公开吧！"

　　"公开？"付泽倒吸一口气，瞪大了眼睛，"这绝对不行！这可是研究院的技术机密！我坚决反对！"

　　"呵呵，技术嘛！日新月异，总是有过时的时候，我们这次系统升级，老的技术就可以公开了，向全世界公开，也是研究院实力的体现啊！况且我们的培育基也不是尽善尽美的，应该全世界共同努力完善它！"院长说道。

　　"我问你，敌人为什么要窃取我们的技术？就是因为他们想非法使用！公开不是纵容了这种行为吗？"付泽极力反对，毫不退让。

　　"呵呵，我们要打破以往的传统观念，推动世界技术的发展，尽显大国胸怀。其实，我们只是公开一部分技术，我们还要用最新的技术，对培育基的其他技术加密，他们攻破我们以往做的这一部分技术，还用了这么久，那攻破我们培育基加密技术估计要用个好几年了。付泽啊，研究院的高端技术不止这一项，这个技术早晚也会过时，还不如向世界公开，各国一起努力，共同向更好的未来迈进！"

付泽知道这么多年他都说不过上官，又一次气冲冲地摔门而去了。

上官院长组织召开了院务会议，会议通过了公开技术的议题，研究院向上级汇报，马上得到了上级的许可。这回，付泽全程黑脸。

"破解啦！终于破解啦！"经过长时间没日没夜的破解，Cole的手下开心地跳了起来，"地图"终于开始动了起来，多美的画面啊！

他们立即向Cole汇报。不幸的是，此时，Cole刚刚看完培育基公开核心技术的新闻。

"呵呵，破解了？"Cole强压着内心的怒火问道。

"嗯嗯，破解啦！"手下们强压着眼中激动的泪水。

"破解了、破解了，你们终于破解了！现在破解还有什么用？你们看看这铺天盖地的新闻！培育基的核心技术已经公开了！"Cole气得直喘粗气。

这句话给了Tom当头一棒，他欲哭无泪，恨得抓心挠肝，多少个失眠的日日夜夜都打了水漂，他的发量更稀少了。他从嗓子眼里硬挤出来一个字："哦。"

"还是被他们给抢先了，不过……走着瞧！"Cole怒视面前的原材料培育器。

完成这一件大事，研究院又恢复了平静。

06
治　疗

　　研究院医学部要为夏爷爷进行治疗了，医学部在多功能会议室里组织召开了一次全体专家会诊。会议室虽然通透光亮，可气氛却压抑得让人透不过气来，会议室机器人每天都在做清洁工作，可怎样也不能清除室内的火药味。医学部共有19位专家，每个人在会议室都有指定的位置，座椅垫上安装了传感器、3D虚拟人像及语音系统。今天来到会议室的有9人，他们找好自己的位置坐下，其余的人在其他地点找好位置坐下，打开手机的会议系统，也"嗖"地一下"来到"了会议室，他们像"透明人"一样，纷纷坐在了各自的位置上，这是全息投影人像。

　　研究院院长、副院长走了进来，会议开始了。

　　院长上官明哲清了清嗓子，先做了个开场白："大家好，今天我们开会的内容是讨论一下如何治疗这位国宝级的植物人——夏燔老

06 治疗

前辈。他的植质状态已经维持了四十多年,由于在这期间接受到了很好的治疗,他身体的各个器官都很健康。他之所以被称为国宝级,不单单因为他的身体各个器官保持健康状态,更是因为这些器官并没有随着年龄的增长而衰老,个别器官还有'逆生长'的迹象,他的脑干功能也比其他患者强大一些。我们现在技术已经日臻成熟,想对他进行进一步的治疗,若治疗成功,我们在医学领域将迈上一个更高的台阶,对治愈脑死亡患者也会有很大的启发,全世界将不再有植物人!丁部长,接下来你给我们讲一下具体情况。"

上官明哲从小就是个奇才,总能用最短的时间完成最多的事情,在他眼里,时间总是充裕的。在他的带领下,研究院取得了一个又一个成果,迈上了一个又一个新台阶。例如,他带领医学部研究的中医智能手环,通过连接数据库、物联网,能够自动分析病情,自动选择药物,实现了人们在家看病的愿望。当然,也正是因为他,医院、商场以及很多企业都一所又一所地拆除了,一批又一批的人面临失业,人们真是既爱他,又讨厌他。虽然研究院很多技术都试验成功,但这项技术,他也没有十足的把握,毕竟"国宝"只有一个,机会只有一次。

"上官院长,各位同事:医学部最新研究了一套新的技术治疗植物人,需要将志愿者的大脑与患者大脑连接,志愿者通过脑电波为患者传输能量,促进患者大脑记忆等功能重建、逐渐恢复意识。这个项目呢,我们在猴子、猫、狗等动物身上已经做了实验,研究员与动物大脑连接后,这些动物的大脑活跃度明显提高了,会做的动作由简单到复杂……虽然我们在动物身上已经试验成功,但是在人类身上还从未做过类似的试验。而且,动物和人不一样,动物的大脑没有损伤,而夏前辈的大脑是经过严重损伤的,这项试验对双方大脑刺激都很大,很有可能出现这样一种情况:不但患者没有治好,志愿者的脑部也会造成严重损伤,治疗机会只有一次,且结果不可逆,风险很大;还有一种相对来讲保守一些的治疗方法——5D感官刺激治疗方法,即通过刺激患者的听觉、味觉、触觉、视觉、嗅觉进行治疗,但是这种传统的治疗办法成功的概率很低。大家来讨论一下,我们下一步该怎么办呢?"医学部部长丁逸飞一边说着,一边隔着空气在智能显示器上圈圈点点,屏幕显示脑电图虽然呈杂散的波形,但又和其他患者不太一样,似乎有规律可循,高波幅慢波和克洛伊节律出现的概率很高。丁逸飞做部长几十年,还从来没有一项技术让他感觉这么棘手,敏锐的他已经感觉到了夏前辈脑电图的反常状态,但他也无法确定究竟是哪里出了问题。

"既然传统治疗办法成功概率低,我们为什么要尝试传统治疗呢?"

"可是,如果冒险治疗,谁来当志愿者呢?这可是要把自己的大脑也搭进去啊!"

"那也总要试一试,不然,我们这么多年的研究成果就白费啦!"

……

专家们七嘴八舌地讨论,他们似乎都站在局外,理智地发着言。

付泽板着脸,挺直了身子,压低了声音说:"我反对冒险治疗!夏老前辈是我们国宝级的治疗对象,更是国宝级的保护对象!现在我们的技术还不成熟,还不稳定,风险太大,一旦出了问题将是医疗界的重大失误,也是医疗界的重大损失!这,容不得半点差错!等技术成熟了再做实验吧!"保持现状,别出岔子,就是此刻付泽最大的心愿。

一时间,空气突然安静,会议陷入了僵局,大家都闷不吭声,不发表言论,只剩下电子时钟闪烁着跳动。

"各位,如果是用我们的新技术治疗,有人愿意当志愿者吗?"上官院长突然问道,打破了这片刻的宁静。他好像被那句"等技术成熟再做实验"深深地刺激到了,毕竟这项技术花费了他太多心血,总是等技术成熟,可这技术如果不试验,就永远也不会"成熟",上官院长有九成的把握,就这样放弃尝试,总是有些不甘心。更何况,"等技术成熟"又不知要等到何年何月了。

"我来做志愿者吧!"夏茗早该发言,但却不屑于在这些人面前发言,他在心里一直默默地打自己的算盘,既然上官院长问到了,说了也无妨。

"他是我的爷爷,我做志愿者再合适不过了。"

"那万一……"

"哪有那么多万一,不试试怎能知道行不行?"夏茗打断了上官院长的话。

"可这项技术和以往的不一样!"上官院长在试探他。

"我知道!但我相信这项技术!我从头到尾参与了这项技术的每一个环节,做了无数次模拟实验,我相信我们的技术一定可以成功!"夏茗越说越来劲儿,眼睛里闪烁出希望的光芒。

"其他人还有别的意见吗?"上官院长很有底气地问道。

付泽扭过头去,"我不同意!"其他人不吭声。

"这是我自愿的!"夏茗说道,"而且这是我爷爷,是我们家的事!"

"啪——"付泽一拍桌子,"夏燏是我们研究院的!"

"研究院的什么?试验品吗?"夏茗气呼呼地说,"这么多年,你们动不动就在爷爷身上做试验,把他当小白鼠一样,保守治疗这么多年都是老样子,可照顾他的是我的家人!"

"那这也是工作上的事!扯那么远干什么?"

"这是我们的家事!再这样拖下去,什么时候是个头?而且,我总是能听到你们冷言冷语的说我们不孝顺,我们全家都受够了!"

这一番话说得专家们面面相觑,气氛变得更加凝重了。这已经是两人近期第N次爆发争吵了。

这时,大家只能用"呼吸声"发表意见了。

丁逸飞见状不妙,赶紧缓解一下气氛,"既然大家都不发表意见,那我们就按照无记名投票的结果来决定吧!"大家都打开各自面前的投影式透明屏幕,屏幕上显示,可选择"同意""不同意""弃权"。

大家纷纷做出选择,当所有人投票结束后,投票结果立即在会议大屏幕上显示出来:同意9票,不同意8票,弃权2票。

"此次会议同意票没过半数,本轮投票无效。"丁逸飞宣布结果。

夏茗一边压着火喘着粗气,一边盘算着自己的计划。他是一个非常自信的人,确切地说,甚至有些自负,他相信自己参与研究的新技术一定会成功是真,不想再照顾这所谓的"爷爷"也是真。

"那这次就这样，等我们下一次会议再决定吧……"院长还没说完，付泽便起身快速地走了，虽然他一副生气的样子，但这个结果对他来说，也是好的。

"副院长又生气啦！"

"嗨！他每次开会都这样，个性太强！"

大家交头接耳，议论纷纷。

夏茗追上前去跟付泽说："这个结果让您失望了吧？"

"呵呵，抱歉了，我还挺满意的！"

"我会让您更失望的！"

"好啊，有能耐你小子就在我眼皮底下折腾！让我抓住了，看我饶不饶得了你！"付泽笑里藏刀。

"这可是您说的哦！为了满足您的要求，看来我不搞些动作都不行了！"夏茗用调皮的笑容气着付泽。

付泽三步并作两步带着风跨到办公室，"啪"的一声把门关上了。

夏茗从来没把付泽放在眼里。他觉得付泽也就是年纪比他大点，思想迂腐，不知道研究院多少技术在他这儿被耽搁了，也不知道他是不是故意跟研究院作对的。

夏茗是个怪人，常自诩为爱因斯坦，可人们都说他是个"科学疯子"，他究竟"疯"成什么样呢？除了他不修边幅的"爆炸头"发型外，看看他的"实验室"就知道了——哎，说这里是"垃圾场"才更贴切一些！空的瓶罐在地上七零八落地躺着，有时他在实验室为避开这些瓶罐跳来跳去，不想踢到它们，但无意间碰到了还是叮当作响；还没有喝完的饮料罐全部都摆在桌子上，他酷爱喝酒，经常在精神游

[2049]

离、身体失衡的情况下碰倒这些罐子,洒得到处都是,桌台黏黏糊糊,经常黏在衣服上,黏在拖鞋上,黏在头发上。头发长了就自己用剪子随意修剪一下,但风格却几十年如一日。他的大脑休息模式和普通人也不一样,他工作起来可以连续几个月不睡觉,累了也可以连续睡上几个月,这样的生活作息和生活习惯让他很难有朋友。但是,他打心眼里感谢药学部,自从去年研制出了可以当饭吃的药丸,他连做饭、吃零食都免了,省了好多时间搞研究呢!到了该吃饭的时间抓一把药丸放进嘴里,可以管好几天的饱,因此他瘦骨嶙峋,让人不忍直视。实验室就是他的家,他研究出了一个又一个新产品。在新产品发布会上,别人常会为了介绍自己的发明夸夸其谈,可他却一言不发,只是摆好所有设备,用事实说话,台下的人经常被他的成果惊得瞠目结舌。虽然大家很少见到他,但他也算得上是研究院的名人了!

会议结束了,电源一断,所有的屏幕都熄了,会议室空空荡荡,只剩下桌子椅子。

夜晚,凉风徐徐。夏茗坐在阳台上,拿着天文望远镜看着星河。他看着闪闪发亮的星球,无数的问题在他脑海里盘旋:若地球有一天消失,人类会去哪里呢?外星上,究竟有没有生物存在呢?它们会比人类更聪明、适应能力更强吗?宇宙,到底有多大、有没有边界呢……唉!在宇宙中,自己实在是太渺小啦,能为这个世界做些什么呢?

"一定要做些什么!没有我,这个宇宙照样运行,但是有我就不一样!"他在心里暗暗地下决心,一切要按照计划进行。

他始终相信,人的意念可以形成一种强大的力量,用这个力量,能改变的事情太多了,超乎人类的想象。

07

策 划

会议过后,夏茗要开始他的计划了,他迫不及待地想要把爷爷治好,这也是一家人的心愿——毕竟"久病床前无孝子",家人也都厌烦了。

完美的计划需要完美的助手。

"喂,扬哥,干吗呢?"夏茗思来想去,这通电话打给胡扬最合适。

"我在攀岩,追夕阳、赏晚霞!"一双黝黑的、青筋暴起的手紧紧地扣在悬崖峭壁上,汗水顺着汗毛孔流下。

"'夕阳'是谁?'晚霞'又是谁?小日子过得不错呀!"

"咱能高雅一点儿吗?我说茗哥,这么多年你怎么一点儿都没变?"

"自从你辞职去环游世界了,生活过得挺美啊。你呀,就一点儿也没有想回来看看我的意思?"

"哎,我一个人无牵无挂,逍遥自在,每天在大自然中,兜兜风、看看海、追追夕阳、赏赏晚霞,这才是诗意的生活!哪像你啊,一大家子人。说吧,有啥事儿?"

"哈哈,你怎么知道我找你有事儿啊?"

"就你,没有事儿能想起我?"

"哎,可别这么说,我那是怕打扰你的美好生活。再说了,没有我们研究院的智能旅游航班,你哪能想飞哪儿就飞哪儿?你应该知恩图报……不过,这次还真找你有事儿!"

"嗨!就知道你有事儿,说吧!"此时,胡扬正好爬到山顶。

"我最近有一个计划……"夏茗这么一说,胡扬马上意会了他的心思,两个人的手机都开启了防监听模式。

"好吧,我这就回去!"胡扬听完,斩钉截铁地答应了夏茗。

胡扬自毕业以来就在研究院工作,和夏茗年龄相差不多,十分聊得来,夏茗什么事都罩着他,他也把夏茗当亲兄弟看待。胡扬的身世从来没跟别人提起过,大家只知道他是一个人,一直都是一个人。胡扬以前在研究院计算机自动化部,专门做计算机和手机系统程序,他是全国的顶尖高手,所有设置过密码的系统,没有他破解不了的,他设置的系统,一般人无法破解。如今家庭计算机系统、手机系统已经发展到一定阶段,很难再有突破,在很长一段时间内也无需再突破。所以,自从前年研究院航空部研究出了自动规划航线智能旅游航班,胡扬便辞职不干了,去环游世界。智能航班可无人驾驶、自动规划航线、智能检票,并且有机器人在机舱内服务,每天都在更新全球旅游预告信息。

挂断电话之后，胡扬站在山顶，看了看远方童话般的世界，感慨道："人的一生何其短暂！"他看过滔滔江水绵延而去，站在云之间眺望过绿野仙踪，在山间无意中发现过一片碧蓝的湖，探访过无人的林间小屋，甚至迷了路，直到遇见下一个"柳暗花明"……一切使他视野开阔的瞬间，都能成为他情绪的顶点。

大自然让胡扬意乱情迷，忘掉生活上的一切不如意，而夏茗跟他说的事，让他激动又兴奋，因为，那一瞬间，他的视野又开阔了。

胡扬通过手机成功预订了返程的机票，手机订票时提示：近期区域降雨，部分线路出现交通管制，航班可能不会按时起飞，请选择其他航班……可是，他迫不及待地要回去开始他们的"大计划"，哪能等到第二天！"碰碰运气吧！"胡扬毅然决然地奔向机场。

胡扬望着窗外的电闪雷鸣，看着1000米高的雷电能量接收塔，觉得在这个科技极大发展的社会里，他这次一定能搞出一些名堂！

"卫星云图拍摄云层后可自动分析带电云层，雷电接收塔、雷电收集直升机都可以收集雷电，雷电收集后自动分正负极分流到集电箱中，这是无法想象的巨大电量。这肯定又是研究院的新技术！这么些年在外面游山玩水，我都快成原始人了，是该回来找找感觉了。"胡扬自言自语道。

胡扬通过人体ID芯片迅速通过身份认证完成检票。在机场候机时，语音广播提示道："由于天气原因，您乘坐的航班不能按时起飞，请耐心等候……"

一个小时过去了，胡扬的心里像爬了好多小虫子，虽然痒得很，却抓不到，真是够折磨人！两个小时过去了……他已经坐不住了，双手叉腰，来回地踱步。

胡扬在焦虑之中，忽然被人用胳膊肘使劲拐了一下，疼得他"哎哟"一声。

只见一位扎着马尾辫的姑娘正戴着透明的虚拟眼镜和耳机玩着手机游戏，手里比比画画，脚下踩着小碎步快速移动，像是在和敌人厮杀。她就像风雨过后的夏花，点缀着一个小世界。她步履轻盈，风姿绰约。马尾垂肩如新绿的柳枝纤细轻柔，额头上的青丝偶尔随着步伐的移动而飘起，山泉一般清澈的眼眸泛着波光。她长裙袭地，裙摆飘摇，在流动的人群中，就像一首灵动的歌，点亮了胡扬的心，使这个雨天有了美，不那样让人感到焦躁不安了。

"既来之，则安之。消停一会儿吧大叔，别走来走去的，影响我打游戏！"

说着，女孩将眼镜和耳机摘下来。胡扬定睛一看，她更像是武侠小说里的女侠，肤如凝雪，眼如皓月，眼神犀利又灵动，好像用目光都能吓退敌人，眉目如画，超凡脱俗！

胡扬不由自主地上前搭话："我可不是你大叔！我还不到三十岁！"

"那就是您长得太着急！"

"额，这个，好像有一点儿……"胡扬摸了摸自己的络腮胡，有些害羞了，毕竟这么多年来，他从来都没在意过自己的外表。

"你在玩什么？"

"说了你也不懂！咱们有代沟！"

"哈哈？都什么年代了，还代沟！那都是好几十年前的词儿了，现在早就没有啦！"

女孩瞪了他一眼，感觉和这个"大叔"没有共同语言，便没有再理睬他，又带上了耳机、眼镜，开始打下一轮游戏了。

胡扬平时不喜欢打游戏，更不是专业的游戏玩家。但他毕竟是设计计算机、手机系统的顶尖高手，想破解一套游戏对于他来讲还是很轻松的，这个女孩的游戏引起了他的兴趣。

胡扬在女孩旁边坐下来，叹了一口气，不屑地摇了摇头，心想：年轻人，口气还不小！看我怎么把你打败！

于是，胡扬拿出了他的手机设备，先扫描了女孩的动作，再对动作进行分解，通过系统内大数据几秒钟就分析出了女孩玩的游戏名称。"哈哈，城市之巅！有意思！"胡扬也带上了3D虚拟眼镜和耳机，通过动作同步分析锁定了女孩所在的游戏区域并迅速确定了女孩的用户名。"南城小雨，有意思！那我就叫'城北旋风'吧！"于是，胡扬就注册了用户名，开始游戏。

"城北旋风"是下定决心打败"南城小雨"的，因此他不放过能打击"南城小雨"的任何机会。

"南城小雨"是"法师"角色，"城北旋风"是"战士"角色。在各"城市"队伍混战中，南城小雨一开始没有"单挑"的防备，只是一味地乱放技能、发"暴风雪"技能减速。这时，城北旋风出现了，他使用"冲锋"技能，偷偷地冲到南城小雨身边，想让她暂时昏眩，可毕竟小雨也是老玩家了，立刻使用传送躲开了他的控制，并放了一个冰环技能将他冻在原地。"怎么突然杀出来一个'城北旋风'？"她皱着眉，知道来者不善，不能大意。南城小雨立刻放"寒冰箭"使对方减速，趁机攻击他，没想到此时城北旋风发动"英勇"技能，解除了控制！城北旋风趁机一个冲锋瞬间移动到南城小雨身边，使她暂时"晕眩"。

"为什么针对我！"南城小雨对这个突如其来的"高手"战士的身份很疑惑。

"南城小雨，为了证明我们没有代沟啊！"城北旋风得意地说道。

南城小雨恍然大悟，可是一切都来不及了。

这时，城北旋风使用"赫耳墨斯之靴"的神速技能，瞬间移动到了南城小雨旁边，用"深渊之刃"攻击了她，使她再次晕眩。

南城小雨见形势不妙，发动寒冰屏障保护自己，城北旋风使用"破碎之击"将屏障击破，并发动顺势斩英勇打击——放旋风斩技能，只见南城小雨疯狂掉血，所有的技能都已无法使用，再无回天之力。南城小雨见大势已去，口中念道："真是欺人太甚，还好我有最后的一个技能！"她立马放了最大一招——城北旋风万万没有想到的——"黑客入侵"手段，一秒钟把城北旋风的队伍全部黑掉，一分钟内城北队旋风伍动弹不得，被南城小雨的队伍按在地上打，杀得片甲不留！

"你这是赖皮！"胡扬气冲冲地摘下了眼镜和耳机，瞪着这位南城小雨小姐。

"哎，这就是残酷的战争！输就是输，赢就是赢！"南城小雨得意地说道，"想要赢，就要不择手段！我可不管那么多，你敢杀我，我就要黑掉你！"

"这种黑客手段我还是第一次见!我的技术根本无法破解!"

"大叔,你能进入我的游戏区域,还能找到我,证明你还是有些本事的!可惜……比我还差了点儿!"

"你是做什么的?这种黑客程序一般人是做不了的!"胡扬在计算机、手机系统程序领域摸爬滚打这么多年,从来没遇到过这么强劲的"对手",所有的游戏程序对于他来说都是那么不堪一击,他也没有一个对手,但是这位"南城小雨"的黑客手段,却让他无法破解。他既兴奋,又有点害怕。兴奋的是计算机系统程序领域终于后继有人、他终于不是单打独斗了,害怕的是这么高水平的黑客,万一被人利用了,不知要惹出多少祸端。于是,他打算先发制人。

"我说我是职业黑客,你信吗?"南城小雨眨着一双清澈的大眼睛,神秘地说道。

"你不说我也猜到了,这么高的技术也只有职业黑客才能做得出来!你是有一个黑客团队,还是……"胡扬迟疑地问道。他有些担忧,在他环游世界的两年里,看似风平浪静的计算机系统领域到底有着怎样的暗涛汹涌,他当时做的一套安全系统,现在还真的安全吗?

"黑……黑客团队?"南城小雨笑出声来,"我从来都不和别人合作,都是猪一样的队友!我向来喜欢单打独斗!"

"你的水平这么高,跟这些玩家打,有意思吗?"胡扬这才松了一口气,还好她是一个人。

"不然呢?我又找不到工作,不打游戏干什么啊?再说了,看到那些玩家被我黑得团团转、杀得落花流水,也是一种乐趣呀!"南城小雨翘着二郎腿,一边说着,一边随意翻着手机。

"你想工作吗？"胡扬的眼睛里突然放出了一道光芒。

"想啊，做梦都想！不然整天多没意思！可是，像我这样的，没有正规的专业，只能靠每天黑黑游戏找乐趣了！我都快无聊死啦！"这可是南城小雨发自肺腑的话，她无聊到每天想寻求刺激，黑附近区域的网络，黑手机系统，到处"黑"，她既是"职业黑"，也是"高端黑"，更是"无脑黑"！

胡扬一听，感觉收买南城小雨有了一丝希望。"我能给你提供一份工作，不知道你感不感兴趣？"胡扬此时的神情和语气像极了做坏事的人在接头对暗号。

"感兴趣啊，非常感！说来听听！"

08
团 队

胡扬把他的计划告诉了眼前的这位黑客高手，只待她的反应。

"我叫林潇雨，以后叫我小雨就行！I'm in！"

胡扬兴奋得就差喜极而泣了，他知道，团队里若有林潇雨这样的高手加入，他和夏茗的计划就成功了一半。

"我叫胡扬，我之前在研究院工作，两年前辞职，现在单干了，欢迎加入我的团队！"胡扬掩饰住自己内心的喜悦，毕竟"研究院"这个名字，还是能震住面前这个小姑娘的。

"哇，你真的是研究院的吗？好崇拜！我一直都好想去呢！可惜我这水平不行……"小雨的崇拜之心此刻爆棚。

"水平行不行，得拉出来练练才知道。以我专业的眼光判断，应该行！等一会儿飞机落地后，跟我联系吧！"胡扬用大BOSS的口吻说道。

[2049]

胡扬怎样也想不到,这样糟糕的天气,竟然带来了这样一桩好事,生活真是处处充满了惊喜啊!

林潇雨看着窗外,外面风雨交加、电闪雷鸣。她从小就喜欢打游戏,现在这个社会没有约束,想玩什么就玩什么。从小学开始,学校就是自选专业,每天只上两个小时的课,其余时间自己支配,学校没有考试,学生毫无压力。很多学生都选了京剧、美术、美食、服装设计、摄影、旅游等专业,在这个全面智能化的时代,选择数学、外语、建筑、会计这些专业做什么呢?林潇雨选择的计算机程序都已经算很冷门的专业了,她最初只是为了打游戏、编程序、找系统漏洞,没想到只钻研一门功课,她的强大能力却被挖掘出来。

由于社会职位供应数量锐减,大部分毕业的学生都找不到工作,当然,他们也无需找工作,有些人找工作是为了打发时间,排解寂寞;有些人的思想更高尚一些——为这个社会做些贡献,他们都不是为了赚钱,因为每一个人都不缺钱,在这个时代,现金早已消失,社会上都是免费的公共资源,代表财富的只有精神富足,仅此而已。

林潇雨是一个耐不住寂寞的人,她从早到晚都离不开游戏和她的"队友",她早就想换一种生活方式,如今找到了一份工作,这位"大叔"看着也很靠谱,她无比开心。

窗外,几十架无人机在云层中收集雷电,将其巨大的能量储存起来,"这次收集的电量,够用好多年呢!"小雨心里想着,正如夏茗、胡扬和林潇雨这个三人团队,也有着巨大的能量等待释放。

雨声渐稀,飞机终于可以起飞了。此时已是凌晨,一轮皓月在黑夜中挥洒着银色的光,无声无息地照亮了他们的梦。

08 团 队

次日,飞机平稳落地。

"小雨,我在这儿!"胡扬从后面小跑着赶上了林潇雨,拍了拍她的肩膀,生怕跟丢了。

小雨将手腕上的手机对准胡扬的手机,用食指轻轻一划,她的电子名片"嗖"地一下显示在胡扬手机通讯录中。他们互相分享电子名片后,便分开了。

终于到了桐珺城。胡扬抬起头,望着这片熟悉的天空,空中厚厚的云朵恰好遮住刺眼的阳光;道路两边的树冠浓密、厚重,像一把巨大又结实的伞,为人们遮风挡雨,一切都显得温柔美好。

"这么长时间没见,应该给他一个惊喜!"胡扬通过手机定位找到了夏茗的位置,他乘坐无人汽车规划路线,很快就找到了夏茗。

此时,夏茗正在阳光体育馆里打羽毛球,累得大汗淋漓。

胡扬来到体育馆换衣间,在自动服装柜的电子屏幕上设置了自己的服装与运动鞋的尺码:XXL码、40号,电子屏幕立即显示"设置成功,正在为您取件,请稍后",这时,服装柜的抽屉缓缓伸出,将他的运动服、运动鞋和均码的运动袜送出,他换好衣服后,在自助取拍处取到适合自己磅数的球拍,就去打球了。

"你太懒了,总是站在那里不动!我不跟你配双打了,累死我啦!"夏茗弯着腰,双手拄着膝盖,气喘吁吁地说道。

"那我来和你配双打吧!看看这回是谁拖累谁!"

夏茗定睛一看:说话的人面容消瘦,皮肤黝黑,络腮胡子十分扎眼,眼睛炯炯有神,声音极具磁性——没错啦,正是胡扬!

"你怎么被生活蹂躏成这个样子了?"夏茗上下打量着这个熟悉

又陌生的身影，惊讶地说道。

"这是艺术气质！你懂啥？时尚好轮回，现在又流行回络腮胡了！"胡扬摸着他的胡子说道，"这么多年，你这爆炸头还是独具特色啊！"

"别贫了，你搞成这个样子，哪个小姑娘愿意理你啊？"

"你还别说，还真遇到一个愿意理我的！"胡扬得意洋洋的说道。

"好看么？"夏茗好奇问道，他觉得能看上胡扬这模样的，肯定长得很难看。

"见面你就知道了！"说到长相，胡扬更得意了。

"哟！你们认识多久啊，这就要带见家属了啊？"

"昨天啊，昨天在机场认识的！"

"行了，别吹牛了！我呀，一百个不信，说说正事儿。嘿！昨天刚给你打完电话，没想到你这么快就到了啊！"

"你一通电话，我哪敢耽搁啊！"

"不是，你这……两年都没有刮胡子吗？"夏茗看着胡扬的样子实在难受，不得已又回到刚才的话题。

"刮……刮了几次！"胡扬不好意思地摸了摸胡须，他知道是自己太过放飞自我、太不注重形象了。

"这和两年前的你变化太大了！之前的'玉面小王子'哪儿去了？哎？你不是去诗意的生活了吗？又追夕阳又赏晚霞的，怎么两年不见就变大叔了！"

"咋啦？这是成熟的标志！再说了……你怎么也说'大叔'啊！

我哪里像大叔！"

"难道，人家叫你'大叔'？"夏茗一脸坏笑。

"对啊，别小看人家啊，她可是个高手！"

"什么高手？"夏茗斜着眼睛笑了起来。

胡扬左顾右盼，将夏茗拉到一边，压低了声音悄悄说道："高级黑客！正是我们的需要！"

"靠谱吗？就凭你的能力，我们还需要黑客？"

"我是搞程序的，是正规军，'黑'这方面我还差一点！但你要相信我的判断力！她真的是'高级黑'，能在数秒之内黑掉我一整个战队，我在数分钟内无法破解……计算机程序领域我还没服过谁，但是她的能力绝对不可小觑！"

夏茗默默地看着胡扬，被他的描述吓傻了，激动又兴奋，"看来，还真得见一见了！计划一下！"

"在哪儿？"

"老地方！"

夏茗刚刚转过身去，又把头扭了回来，对胡扬说道："对了！那个……"

"怎么了？"

"你回去把胡子刮一下吧！我还是习惯你以前的样子！"夏茗调皮地挑了挑眉毛。

"切！"胡扬转身离去，摸着胡须嘴里还嘟囔着，"这有什么呀！"

夏茗和胡扬约了林潇雨在"绿光茶室"相聚，共商"大计"。绿

[2049]

绿茶室是桐珺城众多公共餐厅中别具风格的一家，公共餐厅多是全球各地的小吃店、咖啡馆、快餐店等，建筑风格大同小异，餐厅内都配有机器人服务，主要为人们聚餐聊天提供场地。可绿光茶室不一样！这间茶室没有机器人服务，全靠自助，只有一台机器人负责保洁工作。现在的社会，汽车快、飞机快、做饭快、看病快……高科技的生活为人们节省了太多时间，却无法让人心安理得地虚度光阴，或许，人的心灵得到安静的空间，还需要一个过程。这个坐落在湖心岛上的茶室，会给带他们片刻的宁静。湖心岛远离城市，周围也没有高层建筑，一眼望去，三面环山。每当下雨，湖面上的雾气像一层缥缈的面纱将茶室遮蔽，若隐若现，这景色像一幅泼墨画卷，更像世外桃源、人间仙境。茶室的建筑十分复古，木质的桌椅、板凳，绣着梅、兰、竹、菊的丝绸餐布，精致的镂空窗总是散发着檀香木的气息，每隔几个小桌就摆放一个有祥云棱角的刺绣屏风，屏风上绣着云间山水、苍穹劲松、鸟兽虫鱼、空谷幽兰……形态各异，栩栩如生。说这里是茶室，不如说这里是园林，这里的一草一木、一花一石都能看出设计者的精心构思。从茶室向里走去，推开红色的镂空雕花木门，穿过铺满青石板的长廊，就可以看到一座瘦、露、皱、透的人工假山，绕过假山，便能看见一口百年古井，井旁湖石嶙峋，泉水清澈甘冽，终年不涸，绿光茶室正是用了这里的水来沏茶，真是人工和自然的天作之合！

　　林潇雨是第一次来，她独自划着船，欣赏着美景，天边的云朵、远处青山、朦胧的日光倒映在湖面上，清风徐来，波光粼粼，连船桨都不忍心划破水面上的图画。

"咦？怎么没有人？"林潇雨到了茶室，发现空无一人，就连服务的机器人都没有。于是，她先到自助取茶处取了一杯茶，顺着楼梯到了二层，随便找一个靠窗户的位置坐下了。

"站得高望得远"，她隐约看到两个人划船而来，越来越近，可都是陌生的脸。

过了一会儿，两个声音也越来越近了。

"喝茶当于瓦屋纸窗之下，清泉绿茶，用素雅的陶瓷茶具，同二三人共饮，得半日之闲，可抵十年尘梦。"夏茗一边走，一边口中念念有词。

林潇雨在茶室二楼便听到了这洪亮的声音。不一会儿，两个人"咚咚咚"地走上二楼，林潇雨仔细端详着站在对面的两位男士。

只见一人好像二十五六岁左右的模样，相貌清秀端庄，皮肤光洁白皙，一头清爽的短发被风吹得像麦浪一样涌动，眉毛浓黑、似剑，目光中透露着倔强，嘴唇棱角分明，像极了游戏中的"少帅"！林潇雨心想：这人唯一的一点不足就是——看起来有点呆呆的，但这又算得了什么呢，呆得很可爱！

另一个人额头出奇地宽阔，一看便知是个高智商，他眼神深邃、神秘，虽看起来桀骜不驯，却又不失风度，一双剑眉微微向上翘，有一种"舍我其谁"的大气，像是游戏中的"大将军"。

"这位就是小雨吧！""大将军"用一种极富热情的眼神看着小雨。似乎对一切事物都不屑一顾的夏茗很少有这种眼神，这是发现了天才的眼神。

"对，这就是小雨，这就是我发现的奇才！"还没等小雨说话，胡扬便着急地介绍起来。

"哦,这位就是'女侠'!幸会幸会!"夏茗笑得灿烂。

"你们是……"小雨心中充满了疑问,虽然那位"少帅"看着好像在哪儿见过,但也的确是一张陌生的面孔,再加上她好像不曾见过这样俊秀、符合自己审美的面孔,小雨收敛了自己"侠气"的一面,害羞得不断用手指卷着头发,声音也温柔了起来。

"我是胡扬啊!不认得我了?"

"什么?胡扬?"

"对啊,就是城北旋风!不信你扫我的ID!"胡扬将右手大拇指伸出,在林潇雨的手机上按了一下,林潇雨手机上立即显示:"已收到人体ID芯片信息,胡扬,男,29岁。"

小雨歪着头,皱着眉,眼睛斜斜地看着面前这个玉面小生,脸上纠结成了一团,对之前自己对这位"少帅"的态度以及表现的行为有些后悔。"大叔怎么变脸啦?你们研究院新研究出来的易容术吗?还是你吃了什么逆生长的药呢?"她勒着细细的声音说道。

"这个……我们研究院医学部一直在研究,相信以后会研究出来这种逆生长的技术!哈哈哈!南仔,刮个胡子变化这么大哦!"夏茗拍了拍胡扬的肩膀说道。

"咱们坐下吧,谈正事儿、谈正事儿!我先去取茶了。"胡扬连忙拉住夏茗,阻止他继续调侃,赶紧转移话题。

等他端来茶水,三个人坐下来,谈起了正事儿。

09
闯　关

"研究院的实验室内部结构是这样的。"夏茗将手机展开,打开虚拟屏幕开始演示,研究院的内部结构图及各种通道路线在他们面前显示出来。

"和你的游戏闯关一样,我们要安全通过九道关卡。在这里,每一道门都戒备森严,不但有人巡逻,电子机器人和电子监控摄像头几乎遍布整个研究院。我们的目的是到达实验室,这里是研究院最高级别的戒备区,人能安全进入实验室已经很难,而这次行动的最大难点在于,我们还要携带实验装备进去,并且还需要在那里停留至少1个小时……"胡扬和林潇雨一边看着夏茗的手指隔空在屏幕上点点画画,一边不禁咽了咽口水。

"唔……戒备系统又升级了?我在的时候还是5级戒备,这两年变化这么大!"胡扬看着这密不透风的"天网"戒备系统,人想要进入似乎没有可能。

"两年了,变化当然大,我们研究院研究了289项技术,不断升级程序主要是防止非法侵入,盗取我们的技术情报!前段时间刚发生了一起非法侵入事故,你在电视上肯定也看见新闻了。当然,有一些人总是想掌握权力和利益,希望能支配其他人,社会若真的实现,人人都平等了,他们就达不到这样的目的。"

"听你这么一说,怎么感觉这项行动是在干坏事儿……"林潇雨怯怯地说。

"这可是做好事啊,大大的好事!我们的行动是突破一项医疗领域新技术的关键环节!这些年,我们解决了人类的心血管等各种疾病,攻克了一种又一种癌症,使人类获得更长久的健康,如果再突破这项疾病,人类又会迈向新的领域、新的台阶!"夏茗涨红了脸,慷慨陈词。

林潇雨和胡扬面面相觑,"哦,原来我们是在做好事儿啊!"

"当然是在做好事儿啦!如果成功了,你就被载入史册啦!"夏茗补充道。

"哈哈,我整天开黑,破坏程序,如今终于能做一件好事儿啦!我嘛,虽然对你们的大义还没有概念,但也希望人人平等,人人幸福,哈哈哈!"林潇雨听了夏茗的激情讲演之后,也心潮澎湃了。

三个人俯下身子,认真研究起来。

"我当时参与了综合安全防护系统的主要设计与制作,虽然研究院有保密协议,辞职后要确保所有系统无备份,不能带走,但我都在脑子里记住了,按照你刚才描述的,这里的系统全部升级过,但应该是按照我做的基础程序进行了升级，可以找到漏洞和破解办法。"

"你是这方面的顶尖高手，以我的观察和判断，研究院这两年还没有人在这个领域超越你。"夏茗这几年来一直在研究这个计划，他一直观察身边的同事，尤其是做计算机系统和安保系统的人，由于研究院各部门间的研究进度也互相保密，因此他只能通过判断猜个大概。

"我也没有十足的把握，只能尽最大努力来试试。虽然两年没有碰过研究院的系统，但是在旅行的过程中，我也在尝试破解其他系统，比如控制他人的汽车行驶方向、改善餐饮自助服务系统，我还尝试控制机器人系统……只是，破解容易，操控起来不是那么得心应手。"术业有专攻，研究院戒备如此森严……

"破解系统我不在行，控制系统？这个我也许会帮到你！"林潇雨听得入迷，这个计划她越来越感兴趣！她的强项是黑系统于无形，就像在游戏中伪装成敌军，使敌军产生内乱一样。

"那太好啦！无缝对接！现在说说咱们的计划吧！"夏茗几年的缜密思考和周密计划这一刻终于可以说出来了！为了保守这个秘密，他的心中筑了很高的堤坝，就在这一刻，所有的情绪都像决堤的洪水一样，奔涌而出。

"我们只有三个人，需要通过九道设计严密的关卡，还要带着设备，因此一定要十分小心。小雨，你全程负责后台操控，我和胡扬进入研究院行动。第一道关卡——鱼目混珠。胡扬需要伪造身份，瞒过安保系统和电子眼。小雨，第一关需要你黑进研究院的电子眼监控，查看一下近一个月员工进出情况，整理出一个月内不常来的员工名单。"

"接下来,我进入员工档案系统,查一下此人的照片和身份信息,找一个跟我身高相貌差不多的,3D打印面部模型。小雨,你再黑进员工档案系统,把这人的身份ID信息暂时全部替换成我的。"胡扬说道。

"好!只要胡扬混进来就好说了。第二道关卡——偷梁换柱。研究院每天晚上都需要搬运设备,有些设备是需要返回修理的,有些设备是新制作要投入使用的,这些设备都是机器人负责运输,只有两位管理人员进行监督。机器人会自动识别设备,若发现内容被替换会立刻报警,小雨需要控制机器人,至少让其不发出声音,不让管理人员发现。每晚8点管理人员交接班,为了保险起见,我们打算在此时把咱们需要的设备运到实验室。"

"第三关——暗度陈仓。怎样通过这些电子眼和机器人巡逻,将我们的设备送到实验室也是个难点!"

"屏蔽掉所有的电子眼几乎不可能,因为研究院为确保所有电子眼都在工作,用了不同的系统,安全戒备一直处于最高状态。"胡扬对这里的情况太了解了。

"为什么要屏蔽所有的电子眼呢,只需要将我们的路线规划好就行了嘛!再说,胡扬已经扮成研究院的人,无非就是他不是医学部的,无法进入实验室罢了。"林潇雨想了想,继续说道,"我可以暂时将通往实验室的28个电子眼黑掉,给胡扬留出监控死角,这就需要考验你的身手了,你一定要按照我给你规划的路线走哦!走过这一段路就好了。"林潇雨一边说着,一边在屏幕上画来画去。

"你这是什么路线?!一会儿滚,一会儿爬,大家一定以为我是个疯子！被别人关注，更容易被发现啊！"胡扬瞪大了眼睛看着林潇雨，心里想：这是什么鬼主意！

"哎？我倒是觉得这个想法不错啊！不然你怎么能瞒过电子眼呢？"夏茗拍了拍脑袋说，"到时候给你准备个道具吧！我们家子衿的电子宠物就不错，到时候借给你用！"

"啊？你说的是那个调皮捣蛋的啦K？算了吧，我怕它！"

"别怕啊，啦K可喜欢你了，它现在长大了，不会再捉弄你啦！哈哈！"

"哎呀一看到它我就头痛，先不说这个啦。喂！小雨，谁说走过这一段路就好啦？接下来呢？没有路了啊！"胡扬看着这路线图，走到窗前确实没有路了。

"当然没有路了，因为你要从这里上去，直到23层实验室。"

"啊！你确定吗？"胡扬看着这座大楼，眼睛都要瞪了出来，他要沿着大楼的表面爬上去！

"当然啦！这样就能完美逃过监控啦！你坐电梯行吗？不行！你爬楼梯行吗？不行！你的身份和面孔识别都无法进入23层。所以只能从外面爬进去，外面的监控少，好操控！到时候我给你设计一款跟大楼外墙一个颜色的外衣，你就能变身'变色龙'，放心大胆地爬！然后，你从没有门禁的男卫生间窗户开个洞钻进去——开洞这个工作需要夏叔叔提前做好，注意掩饰，不要被其他人看到！"

"还好我这几年练了登山，不然这次一定会被你给害死！"胡扬眼神幽怨地看着林潇雨，林潇雨扭头给了他一个白眼。

"就这么办啦！"夏茗无比赞同这个想法。

"可……"还没等胡扬说完,夏茗便打断他继续说:"第四关——顺手牵羊。胡扬夜晚进入23层之后,除了还在做清洁的机器人和2名管理人员值班外,不会有其他人。这时候,受我们控制的机器人应该把设备送到医学部指定的拣货地点,这时我来个顺手牵羊,将设备取到手。小雨你要继续控制收货的机器人不要发出警报。"

"第五关、第六关、第七关——瞒天过海。在这三道关卡中,我们已经到达了实验室周围的核心地区,一共有三层防盗门需要任务指令、任务编码、ID认证和面孔识别、声音识别。胡扬,这三关就需要你和小雨合作制作一套解密系统,将我安全地放进去。"

"嗯!好的!"

"第八关——进入实验室。我需要时间,但具体多长时间不好把握,你们要尽量拖延时间,若我有什么意外……胡扬,你立刻离开,这就是第九关——金蝉脱壳。你赶快向最顶层逃离,依旧顺着玻璃攀岩,熙妍会安排直升机接你。"

"会有什么意外……"胡扬对夏茗的研究成果十分有把握,他是个聪明人,在研究院这些年,对这里的人和事太了解,他心里很清楚那次反对进行实验的人目的是什么。在这个检验真理的时候,总要有人站出来做些什么来证明坚持下去是正确的。

10 行　动

胡扬做了一个模拟3D VR系统,他们三个带着VR眼镜练习了好几天,熟悉地形和内部机构设置。

熙妍也来帮忙,为他们的行动提供保障。熙妍神秘地从保密箱中拿出一个像黑铁块一样的物体。这是她转到电学部后研究出的第一个"宝贝",是时候试试它的"功效"了。

"这是我刚研究出来的宝贝,还没有面世呢!你们可得省着点用哦!"

"这是什么啊?还挺重!"夏茗将它放在手中,掂了掂。

"这是吸电宝啊!"

"吸电宝?做什么用?"

"我发明它的初衷呢,是为防止一些不受控制的机器人或智能机器搞破坏,吸电宝附着在它们身上能够在3秒中之内吸掉它们的电量。你知道,机器人又不像电视,拔掉插头就没电了……可以说,吸电宝是充电式机器的'杀手'!"

这块吸电宝虽然体积小巧,还不如巴掌大,但只要贴在带电的物品上,物品中存的电会立刻被吸到吸电宝中,具有超高的存电量。

"这个东西好啊!我也正犯愁,万一小雨不能搞定这些机器人,或者这些机器人突然发出警报声,我们该怎么办呢!"夏茗对这个吸电宝爱不释手,放在手心里翻来覆去地看,眼睛都直了。

"它能存多少电量啊?"

"保守地说,研究院的所有机器人,它都能搞定。"

啪——夏茗一拍手,"熙妍,你太厉害啦!在新的岗位上手很快嘛!我们确实需要这东西!"

"别得意太早,吸电宝目前只有一个,你们可不能光靠着它,它要一个一个地吸,如果几个机器人同时报警,它可解决不了,这个纯属是给你们应急用的!我之前也想过做一种隔空吸电宝,可这样有可能会误吸其他物体的电量,我还得再研究研究。"

"应急用也好,这种好宝贝关键时刻总是能用得上!"夏茗恨不得现在就跑去试验一下。

"可是,哥——这玩意儿你们能带得进去吗?"子衿一边抱着毛绒绒的啦K,一边小声地说。

"哎呀!对了!这个恐怕是带不进去呀!第一关就被卡住啦!烦死啦烦死啦!"夏茗一脸懊恼,白高兴了一场。

胡扬拿起吸电宝,反复看了看说道:"吸电宝还没有面世,安全门会对这类不明物体有所感应,触发报警器。"他双手叉腰踱了几

步,"我们现在要解决两个问题:第一个问题是要搞定安全门,不让它报警;第二个问题是要搞定安检机器人,让它扫描不到吸电宝的性状,不能将问题信息反馈给管理者。"

五个人你看看我,我看看你,不知道该怎么办。

"科科!科科!"啦K在一边滚来滚去,发出声音。"啦K,别闹,过来!"子衿将啦K抱在了怀里。

大家的目光都注视着啦K,不约而同地想到了什么。

啦K见大家都用异样的目光看着它,圆圆的眼睛一眨,撅起了小嘴,一副委屈的样子。

啦K是子衿的机器人萌宠,圆圆的,毛茸茸的,像一颗卤蛋。它只有小皮球那么大,可本事多着呢!它力大无比,能托起体积很大的重物,也能做数据采集、分析,它的形态还会根据环境改变……最厉害的本领是——它能够瞬间移动!

夜晚没有月亮,也没有星辉,厚厚的云层将所有的光芒遮蔽,似乎想为这一晚的行动作掩护。

一切按照计划进行。

林潇雨找了一间工作室,解除了她电脑的所有定位,进入研究院的监控系统,随时待命。林潇雨此刻异常兴奋,就像去游乐场排队等候坐过山车一样,她觉得打过的游戏太多,而这一场"游戏"最真实、最刺激,也最有意义。

夏茗早早地守在办公室待时而动。

胡扬3D打印了很少打卡签到那名员工的人脸模型,戴在脸上带着啦K走向研究院。林潇雨早已在电脑前准备好,将研究院ID识别系统中那名员工的信息暂时替换为胡扬的ID信息，开始了她的"闯关"行动！

林潇雨先连线研究院的所有监控网络，控制了所有的电子眼设备，她看到胡扬缓缓走向大门时，不停咬着下嘴唇，手心也止不住地冒汗，这场真实的游戏，让她有些紧张。

胡扬对研究院的地形再熟悉不过，他很自然地进入大门，通过一层层打卡设备。进入安检设备之前，他略微有些紧张，毕竟，他不知道这个圆滚滚的小啦K会不会给他搞出什么乱子。他先将携带吸电宝的啦K放下，以方便它趁机使用技能溜进去。啦K平时总喜欢"科科"地叫，但此时它就像经过严格训练的"士兵"一样，遵守纪律，踮着脚尖轻轻移动，一声不发。胡扬通过了人脸识别和人体ID识别，顺利地经过最后一道安检门，就看啦K的了！

只见啦K在最后一道安检门前蓄力，由于蓄力时要产生一定的热能量，被离它最近的安检机器人发现了，林潇雨眼疾手快，见到机器人一转头，立刻干扰信号，切断了警报网络，机器人刚刚发出一声警报，网络便被林潇雨及时切断了，警报声就像突然断了弦的琴声，走音后便渐渐消失了。收到一声警报的监察机器人系统默认系统故障，开始上传错误报告。说时迟、那时快，啦K"嗖"地一下闯进了安检门，由于速度太快，安检监控屏幕上只留下了一道光影，其他什么也看不见。

"呼……"胡扬和林潇雨都松了一口气。接下来，胡扬带着啦K按照既定路线开始行动，林潇雨控制所有电子眼的旋转方向，完美地避开了他们的行走路径，监控设备前的机器人也并未发现异常。

[2049]

他们到了机器人进行设备交接的地点,将带来的设备偷偷放在了传输机器人的车上。传输机器人进行检测时,发现这个设备与其他设备不同,刚要进行警报,林潇雨便立刻黑掉了这个机器人,并控制它将这个设备送到实验室。

林潇雨带着VR眼镜,看着胡扬的行踪路线,就像她自己身临其境一般,"知己知彼,百战不殆!"林潇雨对自己的战术洋洋得意,反应迅速、做事果断是她的特点,有了这个好战友,胡扬在行动时也从容了许多。

胡扬走向了男卫生间,打算"攀岩"而上。"喂!你这个小子,好久不见啊!"胡扬身后传来一个声音。他回头一看是一个陌生的脸庞,不被问,他都忘了自己现在是在"扮演"着另一个人。

"啊!是啊,最近比较忙!"毕竟是"演戏",胡扬的眼神有些飘移。

"不是说,你最近在家研究什么合成谷物吗?研究得怎么样了?"

胡扬一听,这个领域他一点也搭不上话,"唉,没什么进展,回头再聊啊,我肚子痛,要憋不住啦!"他急匆匆地钻进了卫生间的小门儿内。

"诶?你不是特别自信嘛!我们大家还等着吃这一口呢!上次还说有巨大进展,我看你又在吹牛吧!"

胡扬憋着不说话,啦K在他的怀里发出嘲笑的表情,嘲笑他的烂演技,胡扬气得只想打它,嘴上嘟囔着:"我扮演的这位爷平时是个什么人呢?是个喜欢吹牛的吧!"

不一会儿,外面没声音了,啦K先跑出去探了探头,确认无人后,胡扬缩头缩脑地走了出来,换上了"攀岩"装备,顺着墙壁一点一点地向上爬。夜幕下,胡扬的外衣颜色和大楼外墙颜色融为一体,不仔细看,丝毫察觉不到有人在墙上"攀岩"。林潇雨仔细地看着监控,确保无人发现他,直到胡扬爬到了23层和夏茗汇合。

研究室内。

"哟,今天怎么这么晚还来办公室啊?"

夏茗一听不妙!晚上十一点钟,怎么还会有人在说话?"哈哈,是你啊小白,我有些事情没做完,你呢?怎么这么晚还来?"夏茗故作淡定。

"我都要休息了,突然想起来中医手环还有一些要改进的地方,所以来取一下样本,打算研究一下……"

夏茗一听可急坏了,他看了一下时间,胡扬马上就要和他在窗户口汇合了,让小白发现可怎么了得!

正说着,夏茗看见一个黑影在窗户边移动,正是胡扬!胡扬刚想夺窗而入,可仔细一看,屋内亮着灯,是两个人的影子,夏茗站着,摆手跟他示意先不要进来,另一个在不远处人坐着,背对着他,埋着头不知在研究什么。胡扬捏了一把汗,心想:"真是事事难预料,谁想到大半夜的竟然有人来办公室加班搞研究,这早不来、晚不来,偏偏在这个时候来!真是倒霉透了!"胡扬只得借着夜色伪装自己,一只脚踮在窗户沿儿上,另一只脚悬空,两只手都趴在墙壁上,一动也不敢动,就像被钉在了墙上一样。夏茗急得团团转,而小白呢,却还在慢悠悠地搞他的研究,时而上网查查资料,时而将中医手环拆了卸、卸了拆,还时不时地打打哈欠,喝几口咖啡……

此时，胡扬的手已经发抖，用于支撑的一只腿也酸了，林潇雨还在极力地控制着电子眼的方向，依然保持电子眼照不到胡扬的状态，夏茗一直没有下一步行动，林潇雨只能按兵不动，不敢随意操作。最终夏茗无奈，只得给熙妍和林潇雨发送了既定的求助暗号信息。

熙妍和小雨接到求助信息后商议起来。"怎么才能让这个家伙快点离开呢？"小雨皱着眉头，牙齿咬着大拇指的指甲，陷入思考。

"你有没有想过黑进电网？"熙妍思索片刻之后淡定地问道。

"电网？这个还真没有过！"

"小雨！现在的电网和计算机网络是一样的，也需要终端的系统控制，若你控制电网的网络，我就能想办法将办公室的电源切断！"

"好！我来试试！"小雨通过对成千上万组电流走向的分析，很快就找到了研究院的电源终端系统。"就在这里啦！可是，我该怎么黑进办公室呢？"

"看我的！"熙妍从小雨手中夺过笔记本电脑，"我还留了一招呢！适合远程操控，正好先试试！"她在电脑上精确地计算了从办公室到电源终端的距离，电脑自动分析了电路信息，她拿出了一个USB插头形状的设备，插在笔记本上，安装程序，点击"开始按钮"，约3秒钟，办公室的灯"啪"一下全都熄灭了。

此时，小白研究得正起劲儿，灯突然熄灭，把他吓了一跳！他茫然地抬起头四顾观望后，发现别的办公室灯还都亮着。"咦？奇了怪了，咱们办公室怎么会停电呢？"

"唉！看来今天不适合搞研究啊……我看咱啊，还是老老实实回家睡觉吧！明天再继续奋斗！"夏茗装模作样地开始收拾东西，一副准备离开的样子。停了电,所有实验设备又都在办公室,小白也只能离开了。等小白一走出办公室,胡扬的另一只脚"噌"地跳到了窗户沿儿上,他已浑身酸痛,挤眉弄眼地作出"哎哟哎哟"的痛苦表情,他偷偷对啦K说:"可算搞定了!再不解决,我都快成一座雕像了!"啦K又"科科"地嘲笑他。啦K正准备用超声玻璃刀切开窗户,没想到不到5秒钟,小白就杀了个回马枪,吓得胡扬和啦K瞬间定格,一动也不敢动。夏茗赶紧用他的"爆炸头"挡在了他们前面。

"哎呀,忘记带手机啦!嘿嘿!瞧我这记性!"小白一边说着,一边和夏茗打招呼,"你也赶紧走吧!用不用我顺路送你一程啊!"

"啊……不用了,你先走吧,我再收拾一下,这东西让我放哪儿了呢?"夏茗装模作样地翻找东西,他快被这个小白搞得崩溃了。

过了一会儿,小白的脚步声渐渐消失了,夏茗终于松了一口气,胡扬带着啦K与设备和他汇合了!

他们按照设计好的路线,来到了实验室门口,要进入实验室可不简单,要同时有副院长、院长的授权指令才行,可他们今晚已经决定要硬闯,只能靠胡扬破解指令。

胡扬打开他带来的设备开始解码,夏茗和啦K在一旁负责观察。"看来实验室的第一道指令程序这两年没有做过太大的变动,搞定!"胡扬的手指在键盘上"嗒嗒嗒"地敲着,就像在弹贝多芬的《命运交响曲》,运指如风,又不乏节奏感,看起来真带劲儿!自动门缓缓打开,他们三个悄悄地走了进去,又将门小心地关上。胡扬又开始打开第二道门,"一如既往地好破解!虽然两年没有破解过密码了,但还是这么轻松啊!哈哈!"胡扬洋洋得意。"科科!"啦K在一旁看着，眼睛里面闪着星星，咧开嘴笑哈哈的，也为胡扬鼓劲儿。他们很快就进入最后一关——这是需要识别声音和面部轮廓的关卡，只有院长的声音和面部轮廓被确认识别后才能通过，夏茗早已录好声音，准备好3D面部模型，他对着麦克放着模拟录音，带上3D面部模型，正准备进去，"等等！"胡扬叫住了夏茗。"我总觉得这一关没有这么简单！"胡扬平时大大咧咧的，但是在细节上却很敏锐，心细如发，他冥冥之中感觉到最后一关太过简单。"声音和面部识别打开门禁，这可是好几十年前的把戏啊！你确定这样能打得开？"夏茗看着胡扬尖锐的目光，有点发怵了："是啊，每次院长进这一层的时候，都是对着镜头和这个感应器说一句话，这门就开了呀！"

"不对，肯定没有这么简单！"胡扬很坚定的说道。

"哎呀，别想了，我们在这里时间越久就越不安全，这里的防备级别可是最高的啊！"

"别急躁，急躁容易出问题！你总是这样急躁！"

"那你说怎么办？都到这儿了，咱们几个就在这等着？"

"嗯，再想想办法嘛！"由于是声音和面部轮廓识别，胡扬无法用原来的计算方法破解，也非常头痛。

夏茗也知道胡扬的方法无法破解现在面临的这个难题。"我不跟你啰唆了，我要开始我的计划了！总不能在这白白浪费时间！"

"别……"胡扬已经拉不住他了。啦K在一旁也怕怕的，眼睛眯成一条缝，躲在了胡扬后面。

11
最后一关

夏茗带上面部模型，对准口型，播放了他之前录好的声音。"你好，我是上官明哲……"还没等他说完，门竟然就开了！

"咦？"胡扬难以置信，"不会吧？"他的眼睛瞪得大大的，这一切都太过顺利了。

"啧啧！"夏茗使劲瞪了他一眼，"怎么样？想那么多干吗？帮我在外面看着吧，我要开始行动啦！"夏茗带着设备，自信满满地走进了实验室，关上了最后一道门。胡扬和啦K愣了几秒钟，互相看了看，走到门外去。胡扬一头雾水，半天都愣在那里，总觉得是哪里不对。

夏茗终于走进了这间实验室，爷爷还在那里安静地躺着。事不宜迟，他走上前去，将设备接好，将八条传感线末端分别贴在爷爷和他自己的太阳穴和头皮上的各个重要穴位上面。此时的他既兴奋又激动,双手在不停地颤抖。把所有设备都对接好之后,他深吁一口气,闭上眼睛,按下了电源键。这一刻对于夏茗来说,等了太久太久,与其说他做的一切是为了"摆脱"这个"陌生"的爷爷,不如说是对事业的追求,他想证明自己的能力,实现自我价值!人脑连接成功了,他开始通过意识改变夏燔的脑电波,他用意念对着夏燔说:"爷爷,我从生下来都没有听到过您的声音,就这样一直看着您,我的身体里流着您的血液,也继承了您的优良基因,您能感受到我的存在吗?您能听见我心里的声音吗?爷爷,他们都不相信我的技术,都说我做的是无用功,还百般阻挠不让我为您治疗,这里面有什么隐情吧?我听说很多关于您突然倒下,成为植物人的故事,哪一个版本才是真的呢?您究竟经历过什么?您倒下的那一天又究竟遭遇了什么呢?快醒过来吧!告诉我们真相好吗?若您当时真的被人迫害,不能让害您的人逍遥法外啊!快醒过来吧!醒过来……"

几分钟过去了,夏燔脑电图的电波还是没有什么变化,夏茗在心中默念着自己想说的话,汗水顺着额头滴滴答答地流了下来……夏燔依然躺在那里,一动也不动。

凌晨已至,实验室外胡扬和啦K困得东倒西歪,不停地张开大嘴打着哈欠,整个研究院都静悄悄的,胡扬心想都这么晚了应该也不会有什么事儿,渐渐放松了警惕,迷迷糊糊地抱着啦K睡去了。林潇雨也疲惫极了,对着电脑不断地"磕头"……就在这时,一个不知从哪跑来的机器人监视到了有人非法闯入实验室,便立即拉开警报,并将警报级别提高到最高级。震耳欲聋的警报声在几秒钟内响彻研究院,胡扬吓得跳了起来,把怀里的啦K摔在了地上。

[2049]

"糟了，啦K，我们被发现啦！"胡扬一时间不知所措，越来越多的机器人围了过来。林潇雨的电脑也发出了失控警报，她和熙妍也慌乱起来。熙妍先是皱了皱眉，然后冷静地说："别急，先断掉整个研究院的电源！夏茗的设备是有独立电源的，不用担心。再看看能不能控制疏散一部分机器人，能疏散多少是多少，一定要快！"熙妍知道，越是在这种时候，越是应该沉稳，慌乱总是容易出错。林潇雨连忙应道："好好好！我来试试！"

断掉整个研究院的电源的方法比刚刚还要简单，林潇雨5秒钟就完成了。然后，她通过黑客入侵的方式进入网络给机器人重新输入指令，使机器人纷纷向其他楼层疏散。

整栋大楼的灯都熄灭了，没有光，研究院工作的机器人识别不了人脸，无法进行攻击，只能开启检测热能模式，正当要切换功能时，胡扬想到还有一个"宝贝"一直没有使用。"啦K，把这个贴到这些坏机器人身上！"啦K用瞬间移动的技能将吸电宝贴在机器人身上，只见这个吸电宝功能强大，一秒钟就能"放倒"一个机器人，啦K打开它肚子上的小灯箱，它移动时就像一道道闪电在空气中闪烁跳跃。没过多久，实验室周围的机器人就都被搞定了。

"啦K，是时候来个'声东击西'啦！"胡扬心想，刚刚有很多机器人都见到过他们，通过网络连接会瞬间识别出他的面孔，啦K虽然也是机器人，但它的形状性能也会被记录在案，既然已经被发现，这些机器人又都是实验室"忠实的护卫者"，一定还会再次包围实验室的，那夏茗就危险啦！

胡扬又急又气，"哎！也不知道夏大哥在里面怎么样了，脑电波治疗最忌讳的就是被中途打断啊！我一定要帮他争取时间！"胡扬心里清楚，这些机器人目前还不知道夏茗在里面，只知道他和啦K是入侵者，于是他想出了一个办法：他和啦K兵分两路，声东击西，分别引开一些机器人，和机器人多多周旋，为夏茗争取更多的时间。

由于胡扬对研究院的地形比较熟悉，所以他能轻松地甩开行动还不是很灵活的机器人，啦K以"快"著称，乐此不疲地和这些机器人玩起了捉迷藏！

林潇雨极力地重新设置程序控制这些机器人，当一切都要被她摆平的时候，她发现有一个机器人和其他的不太一样，无论她如何修改指令，都无法改变它的系统程序。"哎？这个机器人怎么回事？我怎么控制不了它呢？你看它行动起来非常灵活，和其他机器人好不一样耶！"林潇雨皱着眉头，"嗒嗒嗒"地敲着键盘，每次修改成功不过三秒，这个机器人的控制权就会再次被"夺回"。"看来，是有人在远程操控它，而且还是个高手！我们可能遇到麻烦了，赶紧通知胡扬和啦K回实验室！"熙妍在研究院这么长时间，都没有见过这种机器人，她猜测，这个机器人一定不一般，不知道有什么强大的功能呢！

"嗯！"林潇雨只能眼睁睁地看着这个特别的机器人在实验室门口转来转去，用它的"触角"左敲敲、右探探。只见它的"触角"在接触实验室墙壁和门禁的时候，触角顶端的灯一会儿变成黄色，一会儿变成绿色，一闪一闪的，突然，灯变成了红色，它整个身体发出强烈的红光，林潇雨监测到它在源源不断地为未知地址发送警报信息，这个远程操控者也在不断地给这个机器人传达指令，操控它下一步的行动。没过多久，触角的红光消失了，开始变成白色的光。"它不会要开始行动了吧！"林潇雨判断，绿色的光代表正常状态，黄色的光代表可疑状态，红色的光代表危险状态，白色的光是接收指令，开始行动！

这时，胡扬和啦K已经赶到，他们必须阻止这个带触角的机器人进入实验室，是时候来一场大战了！啦K收到战斗指令，一改以往可爱的萌宠形象，面部表情开始狰狞起来。啦K和触角机器人面对面，互相注视，伺机进攻。"来一场真正的战斗吧！"胡扬席地而坐，连接设备，开始操控啦K的进攻。林潇雨和熙妍紧紧地盯着屏幕，看这场"机器人大战"究竟谁胜谁负。

由于不了解对方的特殊技能，胡扬不敢轻举妄动，只能先使用瞬间移动技能试探它的底细。啦K一会儿蹿前，一会儿蹦后，触角机器人摸不到它的身影，只得在原地团团转。"就这点能耐吗？看好啦！"胡扬控制啦K将吸电宝贴在了它的身上，他们坐等触角机器人的电量被吸干，瘫在那里。被贴上吸电宝后，触角机器人一动也不动，触角上的灯也熄灭了，胡扬心想："这估计是个监视机器人，没什么特殊技能，有点过分担心了！"不由得松了一口气，正当他和啦K准备卸下吸电宝时，意外发生了，吸电宝死死地粘在机器人身上，无论如何也卸不下来！又过了几秒钟，触角机器人上的灯又亮了起来，是紫色的光！随着刺耳的"嘀嘀嘀"声，紫色的光越来越亮，触角机器人慢慢地"苏醒"了起来，令他们万万没想到的是，吸电宝的电量竟然在慢慢地减少！这个触角机器人不但没有被吸电宝吸干，还把"吸电宝"变成了他的"充电宝"！

"糟了！糟了！吸电宝被反噬了！"

12
半路遇强敌

"这到底是个什么机器？怎么会这么强大？！"熙妍的"吸电宝"还没有面世，凭空出现这么一个克制"吸电宝"的家伙，不由得让人大吃一惊。可以确定的是，这个触角机器人背后的操控者一定是个高手，至少在"控电达人"熙妍和"高端黑"林潇雨之上。

"怎么办？怎么办？"林潇雨的双手已经不知道该怎样敲击键盘了，也不知什么样的程序命令才能对付眼前这个还未发威的强大对手。

正想着，触角机器人已经把吸电宝中所有的电量都吸尽了，它就像一个无底洞，能承载无尽的能量，它触角上的灯又亮了起来，变成了紫色强光，强得让人睁不开眼睛。它的两个触角一并拢，变成像直升机上面的螺旋桨一样的东西，缓缓飞了起来。它似乎知道眼前的胡扬和啦K根本不是它的对手，无心恋战，飞到实验室上层的墙壁上继

[2049]

续用触角检测。

胡扬吓了一身冷汗,他想,一定要阻止它进入实验室!他给吓傻了的林潇雨发送消息:不管对手有多么强大,继续战斗!不要忘了,在游戏里面,你是赢家,永远都是!

这句话叫醒了林潇雨,她想起了从最初进入游戏世界一路走到现在,她经历的种种:队友背叛、对手使诈、战术不佳……到现在,游刃有余、无人可挡。"对啊,现在是在游戏里!在游戏世界里,我还是那个战无不胜的南城小雨!"她想到,现实世界的模式可能总会给人种种"假象",但在你最熟悉的世界里,这些"假象"就会变得不堪一击。

林潇雨振作了起来,鼓起勇气开始控制啦K。啦K是个"卤蛋"也是个"百变机器人",这可是夏茗在全国医学领域科技竞赛中获得一等奖时,上官院长额外送给他的嘉奖,上官院长对他说过,这个机器人是他花费好多年的心血打造的,功能有很多,需要聪明人好好挖掘,将来会有大用处。可是这个小"卤蛋"可爱的造型把小妹妹子衿深深吸引住了,把它当做一个萌宠来养,还给它取了名字叫"啦K",说是"LUCKY"的谐音,让它给自己带来幸运,只叫它做一些简单的事情,实在有些"大材小用"了。

林潇雨知道些许关于啦K的故事,她进入啦K的系统里,将它能用的所有技能尽量全部激发出来。

"嘿!触角兽!只有你会飞?看我的,南城啦K,上!"只见啦K的背后开了一个缝隙,伸出两根像蜻蜓一样的"翅膀",一个飞跃加快速移动技能就跳到了触角兽身旁。触角兽怎能想到它的速度如此之快，还来不及反应出招，便被南城啦K从空中扯了下来，重重地摔到了地上。这时，它们之间真正的战斗才开始。

触角兽头上两只触角之间出现了一丝一丝的发光的电，毕竟，刚刚吸完吸电宝的电量，身上的电量那么多，正愁无处释放呢！不一会儿，它浑身都开始发光，就像一个"电球"在示威，南城啦K根本无法靠近它。

"发电我就怕了吗？看招！合成木剑！"南城啦K用长木剑猛攻触角兽，无视它电量的存在。触角兽并不示弱，发电量愈来愈大，触角上的光越来越强，像是要烤化南城啦K的液晶显示屏，让人无法操控。林潇雨连忙给啦K戴上了防光辐射"墨镜"，南城啦K看起来更酷了！"谁能告诉我，怎样能断了它的电？它身上的电量实在太多了，这样一直发电，我会占下风的！"林潇雨焦急地问。

"我来看看！"胡扬一把抄起手边的电子扫描设备，从上至下将触角兽扫描一番，"让我来做你的神助攻吧！"胡扬看到了触角兽的电池位置，兴奋地说道。

"在哪里？心脏位置吗？我看它总是护着心脏！"

"不，那都是假象！电池就在触角下面！你得攻击它的头！"

于是，南城啦K开始转向攻击触角兽的头部，而胡扬开始查找触角兽的操控源，准备切断它的操控信号。熙妍不断地给啦K远程输送电量，让它能够持续作战。

论速度，触角兽没有这项技能；论作战技术，触角兽背后的操控者根本不是林潇雨的对手；论技能，从目前来看触角兽顶多就是飞跃、发电加旋转躲闪。"它要那么多能量干什么？莫非是……"熙妍经过一阵分析后开始担心了,她有一种不祥的预感。"大家注意了,它接到最后的指令,可能会来个玉石俱焚!一定要做好准备!它的能量实在太强了!"

强烈的电量蓄力是一把双刃剑,一方面能加强作战能量重重打击对手,另一方面呢,它的信号输入输出也加强了,找到信号源就不是一件难事了。胡扬通过触角兽强烈的信号输入输出已经摸索出了操控源,"找到了!找到了!我得马上切断它!"于是,胡扬立刻将操控源切断。可万万没想到,触角兽的战斗还在进行,并且一直在蓄力,不知道下一步要做什么。"据我的判断,它下一步就是自杀式爆炸,这一定是操控者以防万一预先设计好的,现在终于轮到我高端黑的技能上场了!"操控源被胡扬切断了,林潇雨终于能控制这个触角兽了。林潇雨轻松地进入触角兽的系统,将它所有的作战模式一一关闭。最终,熙妍将它的电源切断了。所有人都精疲力竭,这场胜仗打得太不容易了。

"这只是暂时的安全,操控者这么厉害,一定还会再次夺回触角兽的操控权,此地不宜久留,我们赶紧走吧!"林潇雨说道。

"不行,夏茗怎么办?他还在实验室,万一触角机器人醒了,又该出大问题了。"

"你赶紧进去看看吧!"

"这……不行吧……"

"快点进去看看里面什么样了,时间已经很久了,我们不能再等啦!"

经过一番内心的挣扎和犹豫,胡扬带着啦K进入了实验室,当推开第三层门的时候,他们发现夏茗倒在了夏燔病床旁边,头上的连接器还没有摘除,脑电图还在有规律地跳动着。

"这……这是怎么回事?是昏过去了还是?"

"哎呀,来不及想那么多了,快走吧!"这时啦K化身小推车,胡扬将夏茗拖到车上,摘除所有设备,关好所有的门,从楼顶坐着准备好的小型消音直升机离开了。

林潇雨做好"善后"工作,慢慢将所有机器人归位,撤销对所有电子眼的控制指令,删除控制IP地址,对现场进行"毁尸灭迹",而触角兽呢,不知什么时候不见了,电子眼也监控不到它,就像从未出现过一样。

他们都知道,这一次的任务结束了,无论结果如何。

13
苏　醒

　　夏茗躺在家里的床上，不知何时醒来。夏燔依然躺在实验室的床上，也不知何时醒来。

　　第二天，研究院的一切和往常一样，所有机器人都在有序运转，研究员们照常工作。医学部召开的例会只有夏茗缺席了，熙妍帮他请假，说夏茗身体不适，过几天再来上班。会后，上官院长叫上两位研究员，到实验室为夏燔检查身体状况。

　　他们一项一项地检验，结果和往常一样，没有什么变化。上官院长用搜索的目光从上到下打量着夏燔的身体，一边对照检查着电子屏幕的各项指标，突然，他走近几步盯着屏幕上的脑电波仔细看了起来。他将眼镜从鼻梁上拿开，眼睛几乎要贴在屏幕上了，绿色波线映在他的黑眼珠上，闪烁着光芒。

　　"你们快看！"上官院长指着屏幕，"看这里，和昨天有什么不

13 苏 醒

一样？快对比一下！"

研究员迅速从数据库中调出了近一周的脑电图数据，系统自动对同一时间段的脑电图进行对比，发现从昨天凌晨00:09分开始，夏燔的脑电波出现了改变，并逐渐趋于正常。上官院长欣喜万分却没有流露出来，他按捺住内心的喜悦，低声和研究员说："看来我们的传统式综合治疗已经有一定的成果了，你们继续跟进。"说完，上官院长走出了实验室。

夏茗已经昏睡了快一天了，夏晨枫拿出中医手环为他诊断。中医手环根据他的脉搏跳动为他分析病情，无线连接中医数据库显示：休息不良，一切正常。夏晨枫还不放心，又拿出家用智能彩超机检测夏茗身体内部有没有受到伤害，各项结果显示均为正常。

"爸，别担心了，我哥就是昨天晚上累的，不用又上手环又上B超的，他睡一觉就好啦！你也去休息一会儿吧，昨天晚上你也没睡觉。"子衿抱着疲惫的啦K，虽然她也很担心，但还是要安慰一下爸爸，坚持要他休息。

夜深了，他们都进入了梦乡。

月明星稀，一切都是那么的安静。

"这是……这是哪儿？"

躺在实验室床上的夏燔慢慢地睁开了眼睛，看着陌生的天花板、陌生的墙壁、陌生的房间，他心跳加速，无比恐惧，就像是做了一个很长很长的梦，又突然被惊醒，没有一丝安全感。

他看着手臂上装着液体的小盒子，小盒子里面有个泵，在向他身体里输送液体。他晃了晃，不知道这是什么东西。他拔下连接小盒子

[2049]

和手背上血管的软管,泵停止跳动了。

他拉开窗帘,看着这个陌生城市的夜景。他所在的实验室几乎在整座城市的最高层,俯瞰下去,城市灯火辉煌,高楼大厦高耸入云,大厦在流动、转动、舞蹈,大楼之间都是发光的"广告牌"。哦!那些发光的不是广告牌,而是艺术动画,有正在水中游动的鱼,有正在飘落的花瓣,有的是正在飞翔的一排排大雁,还有柳浪闻莺、三潭印月、晓风残月、林海雪原、巍峨高山……看得他眼花缭乱;远处的山像镶嵌了宝石一样,闪闪发光,和天上闪烁的星星相映成辉,夜如昼,夜未央。

夏燔就像做梦一样,不知身在何处,也不知道自己的名字,此时此刻,他不知道自己究竟是谁。

他站在窗前,极力回忆着往事,可是这座城市太陌生了,没有能勾起回忆的任何场景。他害怕极了,大脑一片空白,连一点记忆碎片都想不起来。他伸出双手,正面背面反复地看,看到手心中有浅浅的茧,手背有细细的疤。他借着夜色,在窗户玻璃上看到了自己的轮廓,用手摸了摸自己的脸、自己的身躯,愣愣地发呆。他在实验室里走来走去,可能是沉睡了太久,他一夜未合眼,孤独、无助,仿佛世界只剩下一条钢丝线,他孤零零地站在上面,头顶是漆黑的、如无底洞一般的夜空,脚下是万丈深渊,而窗外霓虹闪烁的城市又是见所未见的世外桃源,他进退两难,不知该这样仰望天空、苦思冥想地回忆过去,还是该纵身一跃,跳向这个崭新的世界。

第二天清晨,夏茗也慢慢睁开了双眼。

"哥!你醒啦?吓死我们啦!"

[2049]

"爷爷……爷爷醒了吗?"夏茗用虚弱的语气说道。

"你能醒过来就是天大的好事儿了!"熙妍一边说着,一边给夏茗端来一杯水。

"我要去研究院,去看看爷爷!"

"你疯了吗?自己的身体还没好呢!休息两天再去吧!"熙妍责备道。

"我昨晚梦见爷爷醒了,我得去看看!啦K,快帮我叫辆车!"夏茗急急忙忙穿上衣服,鞋都来不及提就一溜烟儿地飞奔出去了。

他匆忙地跑到了丁逸飞的办公室,"丁部长……我可不可以看看爷爷?"夏茗飞跑得上气不接下气。

"夏老前辈昨天状态还不错,现在时间还早,我们还没有开始治疗,你今天怎么急急忙忙的?先休息一下,喘口气再说。"丁逸飞对夏茗的语气和表情很好奇,虽然夏燔是夏茗的爷爷,可是这一段时间以来,夏茗对夏燔的治疗一直持消极态度,基本不闻也不问。大家都以为,他们虽然有血缘关系,可是因为没有过交流和相处,夏茗一家照顾爷爷的情绪也很消极,难免让人感觉这一家人对爷爷感情不深。

"哦,我昨晚做了个梦,梦见爷爷醒了。哈哈!"夏茗突然觉得自己的表现太莽撞了,容易让人起疑心,看出破绽,连忙装傻地解释道。

"哦,哈哈,"丁逸飞笑道,"你怎么跟个没长大的孩子一样?做梦这东西还能信?哈哈哈……你呀、你呀!"丁逸飞一听,便消除了疑心。

"嗯,哈哈哈!"夏茗附和着,尴尬地跟着笑了起来。

13 苏 醒

"好吧,那就让我们看看你的做的梦到底准不准!"丁逸飞请示了上官院长,上官院长远程授权丁逸飞进入实验室。

实验室的门缓缓拉开了,第一道,第二道……夏茗的心跳越来越快,他既兴奋又害怕,兴奋的是这次大胆的冒险成败如何即将揭晓答案,害怕看到的是一个失败的结果。当丁逸飞慢慢推开实验室的最后一道门的时候,夏茗退却了,"等等……"丁逸飞转过头来看着他,"怎么了?""您说,做梦……能准吗?"夏茗的心情就像考试后害怕看到成绩单一样,不断地肯定又否定自己,纠结得很。"哈哈哈!你太逗了!准不准一看便知!"丁逸飞哪里知道发生了什么,他还嫌自动门开得太慢呢,他玩笑似的一把将夏茗推进了实验室,"快看看吧!"

"啊!"丁逸飞倒吸一口凉气,吓得跳了起来!病床上空荡荡的,根本没有人!

"糟了糟了,出大事儿了,夏老前辈哪儿去了?"丁逸飞吓得慌了神,两只眼睛胡乱地转,已经紧张得什么都看不清了。

"爷爷!爷爷您醒啦?您真的醒过来啦?"夏茗看到了倚靠在柜子上的夏燔,赶紧跑过去。

夏燔的一双眼睛虽然迷离茫然,但却深邃有神,似乎能装得下整个宇宙。

丁逸飞此时慌忙向上官院长报告,告诉他这个惊天动地的消息。

"你们是谁?我为什么会在这里?"夏燔比比画画地说道,"或者,你们告诉我,我,是谁?"

"您是夏燔!"夏茗此时有一肚子想说的话,可是到嘴边只冒出这么几句,"哦,您是我爷爷!"

"下凡?哼,我是什么'下凡'啊?"

"您不是什么'下凡',您的名字叫夏燔!夏天的夏!"

"这个名字……不好!"夏燔思索片刻说道,"你刚刚说,我是你的什么来着?爷爷?哈哈哈,真是搞笑,我啥时候有了个孙子?"

"对,我是您孙子夏茗,您还有个儿子叫夏晨枫,还有个孙女叫夏子衿……"夏茗有些语无伦次了。

"哎!停停停,打住打住……这个信息量太大了,我?哈哈,我有儿子、孙子,还有孙女?哈哈!我怎么都不知道啊?"夏燔一脸尴尬地笑,真心感觉自己被忽悠了,这次遇到的还是个大忽悠!

"您当然不知道了,您都在病床上躺了四十多年了,知道这些事才怪呢!"夏茗云淡风轻的一句话,却像奔雷加上闪电重重地袭击了夏燔的心,夏燔再也笑不出来了。

"你说什么?今年是二零……多少年来着?我记不清了……"夏燔闭上眼睛,拼命回忆。

"今年是2049年!"

夏燔的头顶仿佛"轰"地打了个闷雷,吓得瘫在了地上,快要窒息了。

14
重新认识世界

夏茗扶着他站起来,他透过窗户,看到昨天晚上梦幻一样的灯景都不见了,高楼大厦形态各异,美感十足;街上的车寥寥无几,井然有序;夜里远方山上的"宝石",原来是家家户户的灯火……

"天哪!我穿越啦!我竟然穿越到了……未来!我不会是在做梦吧!"夏燔使劲儿地捏自己的胳膊,打自己的头,想把自己打"醒"。

"还做梦呢?您都做了四十多年梦了,还没做够?"夏茗说道。

夏燔就像失了魂一般,被搀扶着慢慢走出实验室,他看到来往穿梭的不是人,而是机器人!几乎所有的设备都是无线的,每个人面前的屏幕都是透明发光的,人们隔着空气用手指对这些屏幕进行操控,屏幕大小不一、形状不一,有圆形的,有矩形的,还有其他多边形的,都是根据所要看的内容随时变换形状。他看傻了,这些就像是他看过的科幻电影一样,这一幕幕竟然就在他的面前,看得他一愣一愣的。他不断地捏着自己的胳膊,希望自己赶紧从梦里醒来。

"夏老前辈!"丁逸飞说,"请您到院长办公室去吧!"

"你又是谁呢?"

"我姓丁,横竖勾,哈哈。现在跟您解释太多,您一时半会儿也接受不了,先这边请吧,咱们细聊。"

夏燔随丁逸飞来到院长办公室,医学部已通知相关人员召开紧急会议,付泽副院长也来了。

夏燔进入院长办公室后,发现竟然还有半透明的"人",他走过去用手摸了一下,竟然能够穿过这"人"的身体,"哇,原来这些人都是光做成的啊!"夏燔对这里的一切充满了好奇。

"啊,这可不是简单的光做成的……这是研究院早些年研究出的设备了,会议室的每一个座位上都安装了全息虚拟声音影像系统,可以将不能出席会议的成员的声音和影像'传递'过来,确保每一次会议都能全员参加讨论和决策!"丁逸飞解释道。

"我们目前正在研究更高级的设备,希望能够制作成与真人的声音、动作完全同步的机器人,这样就更逼真了!"上官院长补充。

夏燔听得目瞪口呆,"难道还有这种操作?"

他们的每一句话、每一个字都像子弹一样击中夏燔的心,他听得云里雾里,感觉像是在开玩笑,又像是在做梦,脊背一阵阵发凉。

"这是付泽副院长!"上官介绍道。

"夏前辈您好,我姓付,是副院长。"付泽说道。

"付院长是副院长!嗯,有意思!"夏燔开玩笑道。

"好了，我们进入正题吧！"上官院长看着愣神的丁部长说道，"老丁，你缓过神儿没有，缓过来的话，给夏老前辈介绍一下他的基本情况。"

丁逸飞虽然还没有完全回过神来，但看到夏燸正好端端地坐在他对面，能说话也能活动，面色红润，已经是"正常人"的模样，心情平复了许多。"夏前辈，您现在能否记得以前的一些人和事？"

"嗯……不太记得了，我一直都在回忆，只大概记得以前生活的一些环境，脑子里也出现过一些人的面孔，但是很模糊……啊，不太记得了，想多了头痛！"夏燸一夜未睡，怎么也想不起来清晰一些的回忆，哪怕是一个人，一件事。

"好吧，那我来告诉您。对于目前的您来说，信息量可能有点大，您慢慢听……"

"对于我来说信息量大？对你来说信息量不大吗？我这一觉醒来，怎么到这了？这，这到底是什么地方啊！"夏燸百思不得其解。

"嗯……这个……您还真别说，目前啊，我们的大脑和您的还真不一样！"

"过了四十多年，难道人更聪明了？"到目前为止，夏燸觉得自己和他们的每一句话都难以理解，无法正常交流。

"怎么跟您解释呢，简单地说,我们的大脑已经有了一定程度的升级，能装得下更多的信息，所以，这些信息量，对于我们来说，不算什么……"

"好啦，不要再说了，我更听不懂啦。继续说我的故事吧，也许我目前能听懂的，也只有以前的故事了！"

[2049]

"好的,根据我们收集到的资料,也只能知道关于您的一小部分信息。您出生在1980年,从小喜欢发明创造,智商超群,经常跳级读书,参加过很多国家级的科技和创新竞赛并拿到了大奖,1994年被全国最好的大学录取,最终拿到了博士学位。2003年参加工作,一直从事研究工作,是一位人工智能领域的科学家……在您28岁的时候,也就是2008年,发生了车祸,头部遭到重击,昏迷不醒。奇怪的是,您的面容一直保持不变,有些器官甚至出现"逆生长"状态,也就是越来越年轻了,但是一直无法恢复意识,一躺就是41年……研究院医学部成立以后,一直想办法对您进行治疗,直到您醒过来……对了,这是你的孙子——夏茗。"

夏茗不知是什么心情,他和夏燔之间的陌生感太强烈了,他现在想的是:我们家终于解脱啦!熬了四十多年,太不容易了。想到这儿,他的眼眶湿润了。

"这个故事讲得不错!有照片没?空口无凭,无图无真相!"从睁开双眼开始,夏燔就对这个世界、对这个世界里的人充满了抵触情绪,此时此刻,他真的只想知道自己是谁。

一提到照片,大家哑口无言。

"看看吧,没照片。不能你们说什么就是什么啊,拍电视剧呢吗?没有照片,我怎么能相信呢?"夏燔虽然脑袋还晕着,但语气强硬,听得有些不耐烦了。

"这些年来,我们也在找关于您的照片,这就是更奇怪的地方了,就在2033年的一天,有黑客侵入,可能是通过面部识别程序找到了您的所有电子照片并进行了删除,所以,您的电子照片无论是从您家人的手机还是电脑等系统中都没有找到！纸质版的照片呢，可能由于年代久远，您的后代又搬过几次家，目前一张都找不到了……"

"得嘞！说了半天，我还是不知道我是谁！我说你们研究院现在这么厉害，怎么不想着用什么高科技给我恢复一下记忆啊！"

"对，这就是我们今天找您来谈的原因，希望您能配合我们的治疗。"

"我能回家吗？那个，我……有家吗……"夏燔不相信这里的一切，他感到太累了，又想好好地睡上一觉了。

"有，有！爷爷，您有家！"夏茗的内心像有一块大石头压着，他和夏燔之间的血缘关系实在太远了，这么多年，他们一家一直想摆脱夏燔，他美其名曰"希望将爷爷治好"，实际上也是为了获得一项自己的研究成果。家里倒是不缺地方住，就是谁都懒得照顾老人。

夏燔在这个世界上没有一个认识的人。

"夏老前辈，您要相信我们，他真是您的孙子，不信我们现场可以做一个DNA对比。"研究员小张说道。

"哎！不用了，我累了，我也没有别的地方可去，我就和这位小夏走了。"夏燔对这些人说的话，连一个标点符号都不相信。

"好吧，先让夏前辈回去休息一下，我们改天再继续做研究！医学部要做好总结！对了，夏茗，先给前辈安装一个人体芯片。"上官院长安排道。

"好的院长，已经准备好了。"一名研究员说道。

"啥？人体芯片？"夏燔说，"装在哪儿？"

"伸出食指！"一名研究员说道。

"装这个干吗呢?"夏燔怕极了。

"每个人都要安装人体芯片的,这是代替身份证的!您之前的芯片旧了,换上刚刚升级过的,功能更多,让您的出行更方便!"丁部长说道。

"往身体里装这个……疼吗?我怕疼!"夏燔吓得像个怕打针的小孩子一样。

"不疼,就像被蚊子叮一下!"研究员一边说着一边用沾了酒精的棉签擦拭夏燔的手指。只听"嗖"的一声,"好了!收起来吧!"研究员轻松地说道。

"咦?还真不疼!"夏燔觉得这一切都太神奇了。"我可以走了吧?"

"各位领导,人体芯片已安装,中医手环已佩戴,夏前辈身体状况数据显示一切正常!"研究员报告道。

"太好了,爷爷终于可以回家了!"现在,夏茗内心像开了花一样,他的研究成果成功了,这回不知道又能斩获多少奖项呢!

"不行!"一个反对声音从大家的兴奋情绪中冒了出来。这正是付泽的声音。"昨天还是植质状态,今天刚刚被治疗好,就让走吗?得再观察一段时间才行!"

"付院长,病人已经住院这么久了,现在治疗结束,各项指标已经正常,难道不应该出院吗?"夏茗说道。

"他是怎么好的,谁知道?"付泽一脸怒气说道。"夏茗,是不是你干的?"

"你猜?"夏茗故意气付泽。

"当然不是了，付院长，您不要多想了。"丁部长连忙帮着夏茗打圆场。

"上官院长让我们医学部回去做总结呢！这些天爷爷还会来配合检查的，为什么偏要住在研究院？"夏茗反驳。

"付院长，任何人都拥有自由的权利，夏前辈的身体现在已经痊愈了，可以先回家休息了，有问题的话，我们还会请前辈过来的。"丁部长说道。

"你们一个个都越来越能耐了！好，我不管了！出了事你们都撇不了责任！"付泽再一次夺门而去。

夏茗叫了无人驾驶车，他伸出手腕，在手机上点击"回家"，一辆出租车从最近的无线充电停车场开过来，1分钟就自动开到他们面前，车内语音立刻提示："导航规划成功，预计到家时间9:50分。"

"这……这是怎么回事？"夏燔看着缓缓驶来的出租车直了眼。

"没人吗？它是怎么知道我们在这里的？"

"爷爷，您看啊：手机上，先是进入叫车系统，然后点击叫车，咱们的位置，手机都有定位，很精确的。呼叫中心收到指令后，自动分析路线，并发送信号给最近的车辆。这辆车就自动开过来了。"

夏燔似懂非懂，傻傻地愣在那儿。

"上车吧！爷爷！"

车一启动，又把夏燔吓了一大跳，"哎哟，这是什么车？这车没有方向盘吗？离合器、刹车呢？"他左看看、右看看、上翻翻、下找找，车内只有两个座位，装有空调和一个带有控制板的显示屏。

"这是无人驾驶车啊，没有方向盘，因为咱们是两个人，所以叫

[2049]

到的车只有两个座位。"

"无人驾驶？路上车这么多，万一撞上别的车怎么办！太危险啦！"

"车？路上哪有那么多车？"

夏燔定睛一看，路上果然没有多少车，"那它不会撞到路边的建筑物？"

"这车上都有传感器的，到十字路口会自动分配和其他车辆的通行时间，前面有没有车、有没有障碍物，它比您清楚得多！"

"哎哎哎，闯红灯啦！这车怎么闯红灯啊，这扣了分算谁的？算你的吗？"

"闯什么灯，扣什么分啊？"

"当然是闯红灯扣驾照的分啊！我说你这个孩子怎么连这点常识都不懂啊！驾照怎么考的？"

"哈哈哈哈！"夏茗已经感觉到了和爷爷之间深深的"鸿沟"，哈哈大笑起来，不知道要是这样问下去，他要解释到什么时候。

"你笑什么啊？"

"爷爷，我们从来都没学过开车，哪来的驾照啊。再说了，车能够检测到方圆1公里内的行人和车辆，若检测到无人、无车辆，就可以直接通行的呀！而且交通信号灯只有红色的灯，过几天也要拆除了，它之前只是起到路口提示的作用，研究院交通部最近研究出新的传感器，行人可以不看红绿灯，随时随地穿马路都没有问题，如果需要避让来车，车在100米外就能检测到，会自动停下的，根本不需要红灯啊，它没有存在的价值啦！"

"哦哟，好厉害的样子！"

"爷爷，你看看！"夏茗指着车窗外，"这一片，还有，那一片，都是停车场。停车场分布在各个区域，数量是相对平衡的，哪个停车场车数量少了，其他区域停车场的车就要来补充。还有……空车都在停车场充电！"

"充电车，这个我知道，停车场有工作人员吗？谁给它们插电？"

"这是无人停车场，没有人的，再说也不需要插电充啊，无线充电！无线……充电……可以理解吧！"为了能让他理解，夏茗尽力地用手比划着。

不过，这一大堆说得夏燔更摸不着头脑了。

"这是什么东西？"

"手机啊！"

"手机？你确定……这不是护腕？"

"当然不是啦，可以拿下来，也组合成其他形状，您试试。"

夏茗从手腕上取下手机，夏燔拿在手上，曲屏的手机自动变成了一个平板手机。

"能听歌吗？"

"当然了，您想听什么？"

夏燔想了想，一首歌也想不起来。这时，一个旋律萦绕在耳边，"古巴比伦王颁布了汉谟拉比法典，刻在黑色的玄武岩距今已经三千七百多年……""这是什么歌来着？"他极力地回忆着，"我给你的爱写在西元前，深埋在美索不达米亚平原，用楔形文字刻下了永远，那已风化千年的誓言，一切又重演……"他突然想起来了，

"啊，就听《爱在西元前》！"

"哦，好古老的歌啊！"夏茗语音控制道，"小爱，播放《爱在西元前》！"这个平板手机又立刻变成了一个方形的"音箱"，开始播放《爱在西元前》。

"简直是天衣无缝啊！"夏燔不禁惊叹，若不是他眼睁睁地看着手机随意地变换形状，肉眼根本看不出来这屏幕之间的缝隙，"这个好，这个好……简直就是手机中的变形金刚！"

"这手机用的是组合式柔性屏，能随时随地在空气中投影，好久好久之前就有了！只是您那个年代……好像还没普及。"

"哎，我小时候超级喜欢这首歌，现在听起来，满满都是回忆……虽然我一件事也回忆不起来啊……"夏燔一阵感叹，欲哭无泪。

"是啊，经典就是可以经久不衰！"夏茗一边哼着歌，一边用手敲打着节奏说道，"对了，现在我们研究院还在给手机增加功能呢！它能作为B超扫描仪使用，把扫描得到的图像存储在云中心的个人健康数据库内，也能测出血液的各种数据，可以实时监测身体状况呢！跟中医手环的功能要合并了！"

夏燔全程石化，瞠目结舌。

"哎？这个墨镜不错！挺酷的！在我那个年代就有，哈哈，终于找到一样我见过的东西啦！"夏燔在智能汽车内的小箱子里找到了一个"墨镜"，顺手就带上了。"哎哟！我是在哪！哎哟！"夏燔戴上"墨镜"之后，分明看到了另一个"世界"，明明刚刚前面是路，路的两边只有树木，可是戴上"墨镜"之后，他的眼前变成了花团锦簇的花园，不远处还有一弯清澈的湖，湖的周围是悬崖峭壁，竟然还有大雁从眼前飞过，还有一些不知名的飞鸟，就像恐龙时代的始祖鸟。一泓瀑布从天上悬挂着飞流直下，拍打在宁静的湖中，泛起千层轻薄的雾气，在阳光的照射下形成一道弯弯的彩虹。

15
回"家"

只见夏燔左躲右闪,整个车都被他折腾得晃来晃去,上下震动。

"爷爷,快摘下来吧,这可不是遮阳的墨镜,这是虚拟眼镜,可以让人随时看电影、玩游戏用的。这种眼镜满大街都是,随处可见,是和手机连接在一起的,您看到的景色是我刚刚玩游戏的场景!"

"可吓死我啦!景色实在太逼真!刚刚有一只鸟追着我,在向我喷火嘞!"夏燔摘下了"墨镜"。

"到了,爷爷,下车吧!"他们一会儿就到了家。

夏燔下车之后,两只脚踏踏实实地站在地面上,他抬起头看看天空,眯着眼睛看了看太阳……一切都是这么真实,又像是梦境,不禁感叹:"这到底是一个什么样的世界啊!"

夏茗的家在一幢高耸入云的大厦里,住在最高层,能俯瞰整座城市——86层。他跟随夏茗来到家里,夏茗早就通知熙妍、子矜、

15 回"家"

小雨、胡扬来到他的家中,迎接夏燔的到来。他们四个还有啦K早已收拾好心情,准备迎接这神圣的一刻!虽然他们知道这一刻早晚会到来,但内心还是充满了激动与兴奋。

"爷爷!回来啦!"子衿早早地跑到了门口等着,啦K在一旁跳得欢快活泼,大家都挤在门口抻着脑袋看。"欢迎欢迎,热烈欢迎……"这几个"大孩子"手舞足蹈地迎接"爷爷"回家。

"嗨,我们回来啦!看看这是谁?"

"啊!这是爷爷!和我爸爸一样年轻!是吧?爷爷!"

"爷爷躺在病床上的时候,就一直是这个模样!"夏茗说道。

"哎?小叶今天也来了?"夏茗一眼看到了躲在大家身后的小叶。

"是啊,正好今天上午子衿教我打乒乓球,说爷爷醒了,我也跟着高兴,就一起过来了。"小叶腼腆地笑道。

"爷爷,您……醒啦?感觉怎么样?身体有没有……不舒服?"小叶一直目不转睛地看着夏燔,心跳得很快,呼吸也变得困难,红着脸抢先和夏燔搭话,好像心情比谁都激动。

"爷爷,您住院这些年,一直都是小叶在照顾您,所以您能醒来呀,要好好感谢小叶才对!"子衿晃着脑袋说道。

夏燔和小叶对视了一秒钟,这短短的一秒钟,对小叶来说,却似乎有数十年之长,她等这一刻,等了太久了。

"嗨,你这个小姑娘怪自来熟的,我现在人都认不全呢!我躺下的时候,这里的人我可一个都没见过!你们真的是我的家人?"夏燔挨个儿地、仔细地看着他们的脸庞,看他们跟他长得像不像,他倔强的性格总是想让人拿出铁一般的证据和他理论。

[2049]

"哦，还不信啊，我们照顾您41年啦！我给您看几张照片。"夏茗拿出手机，打开观看照片模式，一个高清晰度的虚拟屏幕立刻呈现在大家眼前。

"爷爷，您看！"子衿迫不及待的要解释了，"这一张，就是我哥哥——夏茗，照顾您的场景，那时候他才10岁，刚刚放学就去医院看您；这一张，是我的爸爸——夏晨枫照顾您的场景；这一张，是我——夏子衿，和小叶一起照顾您的场景。我们要不是您的后代，照顾您干吗？不但每天都要去，您住院我们还花了不少钱呢！"子衿一副稚气未脱的样子，丝毫没有对前辈敬畏的感觉。

"子衿！好好和爷爷说话！"夏晨枫批评道。

"哼！爷爷怀疑我们的身份！"子衿撅嘴扭过头。

"你爷爷没有见过我们，怀疑我们身份是正常的……"还没等熙妍说完，站在照片前面的夏燔仔细地端详着照片里的每个人，"这都是真的？我真的躺了这么多年？"

夏燔一边翻着照片，一边撇着嘴，摇着头说道："这些，都是我'倒下'以后的照片，那我'倒下'以前呢？你们说我是你们的家人，那我老婆呢？她怎么没在照片里？她是谁？现在还活着吗？"他瞪着每个人的眼睛，一连串问了好多问题。

"这些问题也一直困扰着我们。"熙妍说，"您躺下之前的所有资料，包括影像资料，全部都消失了，就像蒸发掉一样！我们也去公安机关查过，他们也束手无策呢！您的老婆，我们也都没见过……晨枫，从小就跟孤儿一样……"

"呵呵，说来说去，我还是不知道自己是谁！"夏燔的眉毛拧了拧，眼睛眨了眨说道，"可是我这个人呢，心态特别好！"他突然压低了声音，"虽然我不知道以前我是怎样的，"他又换了口气，"但是既来之，则安之。换句话说就是……这里有我住的地方没有？"

"有的有的！爷爷，您的房间我们已经准备好了，就等您住进来了！"夏子衿说道。

虽然表面上装作不以为意，但夏燔深深地感觉他被这个陌生的世界抛弃了，他失去了至亲至爱的人，失去了朋友，失去了过去的时光，甚至失去了自己。

"爷爷，我们会帮您治疗的！我们会用最好的办法帮您重拾以前的记忆！"夏茗郑重地承诺道。

大家都皱着眉，似乎为夏燔失去了所有的记忆而悲伤，可眼神都是空洞的，不痛不痒，内心都有了解脱：终于不用再照顾他了！只有小叶，她强忍住泪水，内心却如决堤的洪水，将她小心翼翼筑好的"城墙"冲破，所有的忍耐顷刻崩塌。这一刻她心中的那一抹残梦又重新被点燃，她做了一个决定：去研究院！

16
应 聘

小叶自从失业后,一直跟着子衿学打球,她进步极快,就像小时候有很深厚的功底一样,似乎无意地学一学、练一练就会了。这让子衿很吃惊,小叶成了她最得意的学生,才学了几个月,就已经可以当她的助教了。

"小叶,你的进步太快啦!按照你这样的进步速度,过不了多久就要赶超我了呀!"子衿既替她的进步感到高兴,心里又有点发堵,毕竟这么快就被自己的"学生"打败,心里也会很不舒服。

"不会的!主要是教练教得好!我怎么可能打败你呢?你可是国家级的高手呀,我达到锻炼身体的目的就够啦!"小叶谦虚地说道。

"你一定会打败我的!"子衿用双手抱着头,用哭腔沮丧地说道。

"不会的,哈哈,你怎么跟个小孩子一样!"小叶用手拍拍子衿的后背。

16 应聘

"嗯，那个……子衿，我想跟你说一件事……"小叶怯怯地说。

"什么事？"

"我想……去研究院工作。"

"啥？干吗去那儿啊，多累！跟我一起打球多好！"子衿很吃惊。"我就从来不想去什么研究院这些地方，还是过好自己的生活有意思！"

"哎……生活除了运动就是睡觉，未免太无聊了。我还是不想放弃对事业的爱好和追求，趁着自己还有生物医学方面的底子，想再试试，还年轻嘛！我已经在准备考试了。"

又是新的一天。夏燔重获健康后，不再惧怕死亡。他常常一个人走在无人的大街上，看着社会万象：碧空如洗，每天都是湛蓝色，再也没有雾霾、不需要戴口罩，连空气都是香甜的味道。街道两旁郁郁葱葱的大树，百花幽香、芳菲争妍，小动物总是在意想不到的角落出现，给人惊喜；公共机构几乎没有了，最醒目的只有学校和社区小医院；饮食娱乐场所倒是随处可见，各有特色、排布整齐的餐馆酒店遍布在各种风格的大街小巷，与其说这里是餐馆，不如说这里是提供给人休闲聚会的场所，餐馆内的服务生都是机器人，酒店呢，只要人进入大门，就会自动记录他的房间号码并加密隐私，若想知道酒店有没有"人满为患"，也不用打客服电话询问，在手机上随便一查，就知道还有几间空房了；体育馆建在山水间，建在青青草地上，建在湖中央，让人在运动的时候呼吸到最新鲜的空气，畅享最美的景色！

他的"儿子"夏晨枫的生活看起来清闲得很，只管打打牌、下下棋、逗逗鸟儿，这让他有些看不惯，简直就是无所事事、虚度光阴！

他的"孙子"夏茗呢,每天奔波在研究院,竟然不计回报,一心为工作,不为了拿到工资而工作,却为了拿奖评职称不顾牺牲一切,虚荣心太强,绝对是个职称控、工作狂!孙女夏子衿和那个小叶天天打球、练瑜伽,真是不务正业、百无聊赖……他的三观和这个世界格格不入。

"唉!在这个社会里,我已经是一位'客人'啦!"他反复地感叹。

医疗技术让他身体保持长久健康,孤单却在一口一口地吞噬着他,既然他已经纵身一跃,落入这如世外桃源一般的"万丈深渊",为何不好好地和以前的自己相认相识呢?这些所见所闻所想都燃起了他想了解自己身世的欲望,他终于做出了一个决定:求助研究院医疗部帮助重拾记忆。

17
又一波新技术面世

"第105次试验……预备……"一副大大的眼镜贴在镜头上，夏茗一边做着电极式导入的试验，一边为自己录像。电极一端连接电脑，在电脑语料库中随机抽取一段他之前没有背诵过的文字，另一端的电极贴片贴在自己的大脑上，几乎满头都是，加上他平时不怎么修剪的爆炸式发型，像一个戴着头套的小丑，更像一团乱糟糟的鸟窝。他这次研究的东西可非同一般。

"三，二，一，开始！"夏茗按下了"开始"按钮，电脑中的语料开始往他的大脑中输入，他闭上眼睛，屏气凝神，眉头微微皱起，仔细感受电流传送给他的信息。不一会儿，他口中默念："……《诗》总六义，风冠其首，斯乃化感之本源，志气之符契也。是以怊怅述情，必始乎风；沈吟铺辞，莫先于骨……思不环周，牵课乏气，则无风之验也。昔潘勖锡魏，思摹经典，群才韬笔，乃其骨髓峻也；

相如赋仙,气号凌云,蔚为辞宗,乃其风力遒也。能鉴斯要,可以定文,兹术或违,无务繁采……"

夏茗慢慢睁开了双眼,渐渐回过神来,"这是什么?这是哪里的话?我……怎么一点印象也没有?"一阵迷惑未过,又一阵兴奋和喜悦袭来,他连滚带爬地跪在电脑前,电脑屏幕上赫然显示出"《文心雕龙·风骨篇》节选","我会背《文心雕龙》啦,我会背啦!哈哈哈!"成功的喜悦如浪花般不断地拍打他的大脑,他又迅速地跑到录像机前,被脚下的罐子绊了好几个跟头,他躺在了地上,完全顾不上摔倒的疼痛,对着屏幕说:"我很久之前就说过,嘴是人类最没用的器官!用它做什么呢?吃饭?现在也不用了,注射就行了!说话?哼!说话更是最最没用的功能!以后再也不用说话啦!哈哈哈……"

研究院有一个规矩,只要注册在案的试验一旦成功,系统就会自动整理出报告材料,进行分类,向主管高层领导汇报。这样就避免了一些研究员秘密做实验,独吞或窃取成果情况的发生。

研究院根据实际情况会在每一阶段召开成果报告会,内容就是研究设计方案,将每一项成果投入使用。收集了阶段性的成果之后,研究院决定再次召开会议。常若宁踩着极细的高跟鞋"当当当"地走过来,她的脚快成跳芭蕾舞的样子了——因为她的鞋跟实在太高了,走路的时候两只手臂还微微端起使劲摇摆着。

熙妍从远处听见常若宁"当当当"的高跟鞋声,还有她谄媚的笑声,说道:"哎,我发现,其实她走路的时候不仅手臂在摇摆,从头,到脖子,到肩,到腰,再到臀,都在扭啊扭、摇啊摇的!"熙妍转过头来跟管乐说,"嘿!你们男人是不是都喜欢这样的呀?"

"不不不,我可不喜欢这样的!"管乐赶紧否定道。

"呸!口是心非!"熙妍说道,"她总是欺负你,我们几个都为你打抱不平,要是阿峰还在,做什么都没你的份儿!你们说说,是不是?"

"无利不起早,像她这么自私的人,肯定收到什么好处了,才对阿峰这么好的!"

熙妍赶紧偷拍了一段视频发到她们几个的闺蜜群里:"大家看看,常若宁式走路法!多么经典!"

子衿第一个回复:(翻白眼表情)浮夸!炫耀!

熙妍回复:(捂鼻表情)可她刺鼻的香水味却能让人在数百米外闻到!

子衿回复:(偷笑表情)还好我没有每天跟这种人在一起!

小雨、小叶也被子衿拉到这个群里,她们跟研究院的这些人还不熟,只能发一些偷笑的表情包。

管乐还是一言不发。

常若宁终于扭到了会议室,用高傲的眼神扫视了一下会议桌边的出席人员,虽然她的眼睛不大,可内容丰富得很,瞪人白眼的功夫了得,参会的人都不敢和她进行目光交流。她又用手推了推她刚烫的亚麻色齐耳短发。

上官院长说道:"大家都到齐了,我们现在开始开会。这段时间以来,研究院成果颇丰,请综合处先给大家介绍一下研究院近期成果。"

[2049]

"哎,好的院长!"常若宁把声音勒得细细的,殷勤地回答道,瞬间改变了刚刚高冷的风格,变成一个温柔的小姑娘。

"各位领导、同事,大家上午好!这段时间研究院共有5项研究成果,涵盖医疗生物、电子系统、物理电流等各个领域,下面我来为大家一一展示:第一个成果是家庭B超机,可以实现个人在家进行身体内部检测,这个可以让社区医院减少很多负担,目前部分功能正与手机功能相结合;第二个成果是自助手术台,以后每个社区医院都配上十台左右,可以保证社区的居民自助进行常规手术,若系统分析为复杂手术,进行常规消毒后,可由医生远程操控进行手术;第三个成果是人体芯片i9升级系统,修复了黑客入侵可改变芯片信息的系统漏洞。此外,新升级的芯片带有健康监测系统,能够实时监控身体状况,并经随身或家庭通信设备与保健机构进行实时和定时的数据交换,在需要治疗时系统会自动提醒和安排就诊,健康状况就诊设备可提前知晓,一目了然,患者只需自述病情,若是伤风感冒等小病,可直接接收到处方;第四个成果是国家军事防御系统升级,虚拟装备再次改良,机器人武装战斗力再次升级;第五个成果是人脑、电脑间信息传输系统……"

"第五个成果是人类社会的又一次变革!"付泽副院长按捺不住内心的激动情绪,小声对身边的上官院长说。

常若宁敏锐地听见了,"是的!正如付院长所说,物理部研究出的新系统可实现电脑和人脑之间的信息传输,之前的传输都是单向的,是人脑可以通过语音、打字等将信息传向电脑,而现在,电脑可以将信息传送给人脑,也就是说……"常若宁的眼睛一直盯着对面的

17 又一波新技术面世

几位领导,想从他们的眼神和表情中揣度出领导的心思,再决定下面该说什么、不该说什么。

"也就是说,如果技术成熟,人—机信息传输器就可以规模化生产,以后教育要翻页了,学校也可以拆除了!"上官院长笑着说道。

"对对对!院长说得太对了!我们常说用知识灌溉我们的头脑,以前不知道怎么'灌溉',现在终于知道了!这电脑中的知识,正如活水一般,可以源源不断地灌溉我们的头脑了!学校当然可以拆除了,哈哈……真是社会的又一大进步啊!"常若宁是个头脑灵活的人,眼疾嘴快,目光所及之处,头脑能够立刻做出应对判断,这语言就跟着组织出来了。

与会的很多人烦透了这个常若宁,但也知道她可能有着一些根深蒂固的背景,不得不跟她搞好关系,让她在领导面前多美言几句,此时便阳奉阴违地纷纷拍手叫好:"是啊,说得好!""太好了,以后孩子就可以不用上学了!""父母是孩子最好的老师,看来以后孩子的老师就是父母了!""教师这个职业啊,也要变成历史啦!"……

上官院长说道:"好啦,我来总结一下!这五个成果都是具有巨大影响力的,马上做网络新闻发布会,综合部牵头组织解决群众关心的问题,结束之后立刻投入升级和生产,以最快速度投入市场使用!大家还有没有其他问题?没有的话,散会!"

"院长,在您的带领下,研究院真是越来越好啊!哈哈……"常若宁紧紧地跟在上官院长后面,谄媚地说道。

"你看她那个样!看着就心烦!""声音也是!笑就笑呗,还使劲往回抽气,跟什么似的!"几个女生在远处指指点点、窃窃私语。

"小雨,你进研究院的事办的怎么样了?"下班后,熙妍问道。

"还别说,一切挺顺利,嘿嘿,没有我想象得那么难!估计差不多跟小叶一起办入职手续!"小雨真是"一战成名",被夏茗推荐到了自动化部。

"可能我没有你快呢!"小叶害羞地说道。

"怎么会?以前我一直以为你只是个护士,没想到你在生物医疗领域的专业能力这么强,要知道,研究院可不是一般人能进来的哟!"熙妍对小叶的能力大为赞赏。"你一直研究这个专业吗?"

"没有啦,都是感兴趣,自学的!"小叶看大家都在关注她,赶紧转移话题,"哎,你们有没有发现,子衿的哥哥长得有点像《死亡笔记》里面的L?"

"啥《死亡笔记》?"大家一脸懵。

"就是日本那部电影啊!"

"哪年的电影啊?"

"大概……2006年左右?我也记不清了!"

"哎呀,太古老了,40多年前的老古董电影,小叶,你怎么看这么古老的电影啊!"

"我给你们查查,他真的很像!"小叶取下手机,L的照片就在他们面前了,"对对!就是他,松山健一!怎么样,像不像?"

"还别说,真挺像的!"熙妍说道,"咱们哪天该补一补这个老片子了!"

"值得一看,特别精彩!"

18 小叶、小雨进入研究院

过了一个月，小叶和小雨真的如愿以偿，同时办理了研究院的入职手续。小叶披散着及腰长发，脱下白大褂，穿上职业装的她更显身姿曼妙，穿上高跟鞋还是娇小可爱。

"嘿嘿，我也有个人名片啦！"小叶开心地说，"熙妍姐，快让我扫一扫你的名片！"

小叶拿着手机扫了一下熙妍的电子名片：秦熙妍，女，身高170cm，体重55公斤。爱好吃辣、重口味食物……

"熙妍姐，你这名片上的公开信息也太奇葩了吧！竟然公开自己的身高体重和饮食习惯耶……"小雨在旁边说道。

"呵呵，姐这是自信！"

"你有这又细又长的美腿，还怕别人不知道你的身高体重吗？"

小雨撇嘴说道。

"对了,我还应该加上一条:胆子大!什么也不怕!"熙妍说道。

"没错,好像真没有什么能让她怕的事。"管乐补充道。

"那你怕我吧?"熙妍用威胁的眼光问道。

"不怎么怕!呵呵……"管乐没底气地笑道,"哎哟!"熙妍使劲儿掐了一下管乐的胳膊,"怕了怕了!轻点儿、轻点儿!"

"哼,知道怕就好,以后不要总挑衅我!真是浑身散发着欠虐气质!武力值低还总挑衅!"熙妍一边梳着刘海,一边对着镜子左照照、右照照。"今天下班后大家打算干吗呀?"

"嗯……我目前还没什么打算,最近研究的细胞复制,也没什么进展,好像进入瓶颈期了,想好好调整一下。"小叶说道。

"唉,进入瓶颈期很正常,也许在休息的时候灵感会突然之间关照你,一下子就想出来了呢!是不是?"

"希望如此吧!"

"今天晚上咱们看电影吧!"

"看什么?别说恐怖片啊,大……大晚上的我可不想去!"小雨一着急,吓得结巴起来。

"哎,就看小叶说的那个《死亡笔记》吧,老片子了,特效肯定超级水的,估计不会恐怖。再说就算是恐怖片怎么啦,都是假的,一点儿也不吓人!我跟你说,恐怖片我都快看烂了,剧情都一样!一般的恐怖片可吓不倒我!对,叫上子衿,她胆子也大!"

手机一呼,子衿瞬间回复:"好啊,正好我妈我爸去欧洲旅游了,迫不及待去你家happy!"

"要不要叫男闺蜜陪我们一起看啊,他胆子也挺大。"小雨说道。

"小乐乐是男人,今晚是女闺蜜之夜,不带他!"熙妍说道,"那就这样吧!今天晚上6点在我家,咱们就乐翻天!"

19
闺蜜之夜

晚上6点，子衿、小叶、小雨齐聚在熙妍的家，"唔！闺蜜party开始！"

她们把镶嵌在各个房间墙壁的环绕立体音响全部打开，播放着当前最流行的YOYO、TOO漾乐队的劲爆歌曲，一键开启家庭"狂欢"模式，棚顶的灯变成了闪烁的精灵、墙壁变成了反射光的宝石、实木地板变成了玻璃湖面，她们在床上、沙发上又唱又跳，房间里能自动识别歌声，无需麦克风就可以直接K歌。熙妍家的机器人"麦可"早就为她们准备好了丰盛的晚餐，她们举着酒杯在桌上碰了一次又一次，兴致越来越高。

"不行……不行了，你们喝吧，我有点晕了……"小雨用手托着微微泛红的脸，眼神迷离地说道。

"才喝了多少啊？你这个酒量太差了！不行啊！"子衿就是个女

汉子，酒量特别好。

"谁有你能喝啊，你喝个一晚上也不会醉的，我认怂了，麦可，给我拿点饮料过来吧！"小雨实在是不能喝酒，她已经感到手脚麻木、天旋地转了。

"CO CO！"熙妍家的麦可卖了个萌，发出"抠抠"的声音，屏幕上写着："可选择合成西瓜汁、水蜜桃汁、猕猴桃汁、哈密瓜汁……"

"我要西瓜汁，谢谢啦！"

"哎？子衿，你和那个红衣帅哥怎么样了？"熙妍挑起了这个话题。

"哪有什么红衣帅哥啊，不怎么样！自己玩儿多好啊，我才不想这么早就被人拴住呢！"

"小叶都和我们透露了，在你旁边的球台有个教练，总是在偷偷看你呢！"

"小叶，叫你瞎说！"子衿顺手拍了一下小叶的屁股。

"给你们看样好东西，我最近都在研究这套程序，让你们先睹为快，试试这个软件如何？"熙妍神秘兮兮地说道。

"这是什么软件啊？"林潇雨一边喝着西瓜汁，一边紧盯着这个软件瞅，这些人里貌似就她最感兴趣。

"急什么？难道你有喜欢的人了？"熙妍是个直脾气，她得好好逗一逗小雨。

"没……没什么，我不问了……"小雨抿嘴一笑，脸羞得更红了。

[2049]

"这个是一款软件,我给它起名叫玲珑骰子,只要你刷一下脸,它就会了解你所有的信息并加以保护。这个软件最强大的功能就是能够自动分析你的相貌、性格、爱好等,并将这些信息和异性自动配对,看看你们成功的几率如何,打一个分数,就是看看以后能不能过到一起去吧!怎么样,心动了吗?"熙妍笑眯眯地用眼神扫射着面前听得入迷的三个人,想鼓动她们尝试一下。

"小雨,你这么感兴趣不如你先试试吧!"子衿说道。一来呢,她想借着小雨试试这个玩意儿到底好不好用,二来呢,她也好给自己找个台阶下。

"我不试我不试,我还没有心仪的对象……"

"那就更要试试了,你快过来,帮我们黑一下附近异性的ID,我们来匹配一下试试,不然呢,我这个系统刚刚试运行,也没有太多数据啊!"

"那……好吧,我来试试。"于是,小雨将附近刷脸系统的所有异性信息数据都导入了玲珑骰子系统,打算尝试一下。

"我先来!但有一点,我抛砖引玉哦,我试完了大家都要来试!"熙妍也没有什么心上人,正好趁此机会来看看附近有没有合适的另一半。

她打开软件,用手机的前置摄像头刷了一下她的脸,她ID相关的所有信息都导入系统中。系统提示道:"正在分析信息,请稍后……"过了15秒钟,系统界面"刷刷刷"地出现了10位男士的模样,匹配分由高到低。

"哈哈哈,10个男人!你要挨个和他们接触吗?"小叶笑道。

19 闺蜜之夜

"从头像来看，都是帅哥！"子衿是个颜控。

"当然不会跟每个人接触咯，我要求很高的，肯定要先看得分最高的这个咯！我为什么要制作成刷脸系统呢，就是为了得到未经PS的照片！我得点进去放大好好看一看这个家伙到底长得什么样！"熙妍点进这个叫做"墨阳"的头像，进入信息页面，页面上赫然显示："墨阳，男，23岁，爱好：看电影、打篮球、健身，身高185cm，体重75kg……"

"哎，还行吧！没有想象中的帅！"熙妍翻了个白眼，一副清高的样子。

"哇，这正是我喜欢的类型，还是个肌肉男！"子衿兴奋地举起双手，看得入迷，点击进入了墨阳的个人社交网站链接，看到了他健身时的照片，口水都要流出来了。

"女孩要矜持一点。"小叶拍了拍子衿，示意让她先清醒一下。

"对对，我要矜持，我也要去健身！小雨，快帮我查查他在哪个健身房？"

"在怡居健身房，就在你们家附近。"

"怡居！我每天都要经过，我明天晚上就去健身！"子衿已经兴奋地手舞足蹈了。"小哥哥又帅身材又好，这个软件太好啦，不愧是熙妍姐姐研究出来的！哈哈哈哈……"

"这是以前在心理部研究出来的产品……没啥……你，一边儿去！刚刚不还说你不感兴趣的吗？不要跟我抢哈，你也来试试，看看你的最佳匹配！"熙妍狠狠地瞪了子衿一眼，她可知道，子衿就是一个花痴。

[2049]

"我没有你长得好看,这个破软件一定给我匹配一个不帅的,我不甘心!"子衿撅起了小嘴,哭丧着脸。她知道,论长相,熙妍是她们四个中长得最好看的。

"不试试怎么知道,快来刷一下。""我不刷。""刷一个!""哎呀我不刷!"熙妍拿着手机在子衿面前晃来晃去,子衿躲了又躲,终也没躲开。虽然系统刷到了她撅嘴挡脸的面貌,但依然可以精准地分析到她的面部特征,并为她分析匹配。15秒后,子衿另一半的信息也分析好了。得分从高到低共有5人,不出子衿所料,这五个人的相貌果然不怎么样。

"怎么样,子衿,喜欢吗?"小雨不嫌事儿大,眼光再差的人也能看出,这两批人简直不在一个档次上。

"呸!不喜欢!我就喜欢墨阳小哥哥!"子衿转向熙妍撒娇道,"熙妍姐姐,你长得那么美,一定还有很多帅哥追求你的,你让我和你一起去怡居看看小哥哥吧!"

"小夏同志!你醒一醒好吗?长相只是一个方面,两个人在一起主要还是看性格和爱好,再说了这个墨阳很一般啊,有什么好看的,你看看他的社交网络照片,总发自拍,你说哪有一个正常的男生总爱发自拍啊!他一定很不正常,不要被这几块肌肉迷惑了!我还真没怎么相中他,你这么喜欢,我就带你去看看,得让你死了这条心!"熙妍是这四个人中的"大姐大",年龄也大她们几岁,经常教育身边的这几个"小朋友"。

"我看啊,子衿又犯花痴了,哈哈!"小雨在一旁偷乐。

"哪有,你说的旁边打球的那个什么红衣帅哥,我都没看上,我的眼光很高的,他比墨阳哥哥差远了!"虽未见面,子衿对墨阳简直"一见钟情"。

"真服了,你可能眼神儿不太好,脑子也有问题,我明天带你去啊!非让你死了这条心!"熙妍说道,"小雨,你也来试试吧!"

"啊?我?算了吧!"

"你们一个个都害羞什么!跟你说啊,这个系统还有一个特点,叫"心灵感应",自人体芯片升级之后,连心理活动都能够输入进去,你平时想谁最多,都骗不了它!像我和子衿吧,平时谁也不想,肯定匹配一些陌生人,你啊,可能就不一样了!"熙妍解释道。

"那……那万一,他没有想我,是我一厢情愿怎么办?太尴尬了,我可不想冒这样的风险。"小雨心里有着太多的不确定,不敢尝试。

"不试试怎么知道,万一人家也想着你呢?这样,我们先不看,你去旁边自己试试。"小叶替她解围。

"我明天晚上自己回家试吧,暂时不告诉你们了!哈哈!"

"哎,真没劲!还挺能装的啊!""就是、就是!"熙妍和子衿给小雨挠痒痒,几个人打闹了起来。

"小叶,你也来试试吧!"

"好吧!"小叶本不想试,她有些害怕,但也想看看这个系统究竟怎么样,她心里知道,她的故事,目前还没有人知道,系统也一定不知道,就刷了脸。过了15秒,令人惊奇的事情发生了:竟然没有任何人能与她匹配!页面竟然是空的,系统显示"0人与你匹配……"

"唉,我注定是要孤独终老的!"小叶装模作样地感叹,心里却暗暗地佩服熙妍研究出的这套系统,真的是太准确了!

"怎么会呢?不会的啊!系统肯定出错了,我回头得再研究研究!"这个结果让一向争强好胜、追求完美的熙妍感到很丢脸。

"哈哈!熙妍姐的系统出bug了,该升级了!多更新更新,多获取点儿信息!不过还有一种可能!"小雨坏笑道。

"你别又有什么歪想法了!"小叶说。

"可能是你太厉害了,一般的男人都驾驭不了你!还有一种可能……"小雨还没说完,小叶就开始抢起手边的毛绒玩具轻轻地打小雨的头:"还有什么有,就你的想法多,叫你再说!""还有一种……还有一种可能是……你,你喜欢女人!我,我太害怕你啦!"小雨笑得开始结巴了。

"哈哈哈哈哈哈……"四个人笑得前仰后合。

玩完玲珑骰子软件后,四个人也困了,准备睡觉。熙妍用遥控器将伸缩床展开,足够四个人"大被同眠"。

她们静静躺在床上,头发如海藻一样纷纷散开,看着迷人的月色,皎洁的银白色倾洒在她们淡粉色的被子上和白皙的脸上,她们像四朵含苞待放的睡莲,纯洁美丽。

"哎,子衿,你爷爷真的要来研究院做恢复记忆治疗吗?也不知道以现在的技术能不能行!"熙妍突然想起了这一茬。

小叶猛地转过头看了一眼熙妍,心里怦怦乱跳,又慢慢地回过头去。

"是啊,爷爷那天记起我们了,这些天在家也不把我们当外人啦!说真的,他没有从小带过我,自打我出生以来,他就一直躺在床上，我们家和他没有什么太深厚的感情。但毕竟是亲人，只要他一直健健康康的就好……"子衿长叹一口气，她和闺蜜们说的是真心话。

"你爷爷能够醒过来，可真是研究院的超级重磅新闻！这都多长时间了，话题热度一直不减。"小叶突然之间压低了声音，半侧着身体，悄悄地说，"听说这次爷爷能醒过来，不是研究院干的，而是另有他人！"

"另有他人？！"熙妍、子衿和小雨装模作样地对视了一下。夏爷爷醒来的事她们是有参与的，这个秘密小叶却不知道。

"不可能吧！研究院戒备森严，防御等级这么高，每年系统都有升级，连个苍蝇都飞不进去，更别说活生生的人了！"子衿的演技很好，云淡风轻地闭着眼说道。

"就，就是啊，那得是多强的高手啊！啊，我困了，睡觉睡觉！"小雨顺势打了个哈欠。

"我只是听说夏前辈醒来前一天晚上的电子监控有问题！而且，还有人说，实验室的第三层门的开启程序也被人篡改了，不过却没有确凿的证据，你别多想了。"

"这么大的事竟然没人站出来质疑，也没人追究吗？"小叶问道。

"质疑是肯定有人质疑，但我怀疑啊，可能是哪位领导把这事儿给压下来了！"熙妍赶快打起圆场，生怕漏了陷，"别忘了，我以前在综合部门干过的，这里的门道儿我略知一二！"

"是不是那个常若宁给压下来了？"小叶顺势问道。

"就她？借她一百个胆儿她也不敢啊！常若宁啊常若宁，一天也不安宁，这种事情她可能不汇报吗？出了事她能担责？肯定是背后有人支持啊！"熙妍分析起了其中的关窍。

"哎，我还听说啊，她的老公在国外进修，马上就要调到咱们研究院当领导了！"

"这种事……你怎么会知道？"小叶问道。

"当然……是她自己说的啊！我哥说，她自己说出来的，研究院好多人都知道。她那个嘴啊，狠起来连自己都说！呵呵！"子衿一边说，一边嘲笑道。

"原来，她不光总是倒腾别人的坏话，连她自己的事情也往外说啊！"小雨忍不住乐了，"她特别爱打听事儿，那天还问我为什么来研究院，子衿不来；夏前辈醒来和子衿一家有没有关系；子衿的家族史；熙妍有没有男朋友等一大串问题呢！"

"那你怎么说的？"

"我跟她说——子衿的家族十分庞大，她的血液里流着努尔哈赤的血统，她的爷爷曾经在外星生存了一段时间所以现在重回地球后才昏迷不醒却能保持容貌……"还没等小雨说完，大家都捧腹大笑，笑得开了花，小雨摊开手继续说着，"我还跟她说啊，熙妍这么美，一大堆男生排着队追她呢，用不着操心啦！"

熙妍笑得直拍小雨的屁股："你真是太能瞎侃啦！"小雨向来不喜欢背后褒贬别人，可这位常若宁实在是经常搬弄是非、无中生有，把研究院搞得很不清静。

"哈哈哈哈，还以为她是什么聪明人，原来也需要被关爱啊！"小叶笑道。

19 闺蜜之夜

"要不是她那个老公，上官院长不会给她好脸色的，都是看着她老公的面子！"熙妍又开始分析了，"所以，这件事她一定会第一时间上报给领导的！你们说她会报给谁？"

"这还用问，当然是上官院长了，她向来只和上官院长走得近！在我的印象中，她几乎没怎么和付院长说过话！"小雨说道。"你们院也挺有意思的哈，这种人喜欢泄密的人也能坐这种位置。"

"可不是嘛，听说上次她泄露机密，导致资料被窃取，犯了大错误也没被处分呢！"熙妍说道。

"我觉得也是，莫非……这些事和上官院长有关？上官院长为什么要压这件事呢？"小叶问道。

"哎，我们不是领导，永远猜不到他们的想法，不想啦，咱们睡觉咯！"熙妍一声令下，姐妹们都闭上眼睛，进入了梦乡。

她们每个人的心里都藏着一个甜甜的梦，熙妍是个事业型女强人，她希望玲珑骰子软件能够顺利上线，替代传统的相亲恋爱模式；子衿以往对身边的异性总是心不在焉的，但今晚她有了"新梦"，那就是心心念念的墨阳哥哥，她微笑着幻想他们初次见面的场景；小雨有一个模糊的梦，她只是一边回忆着胡扬对她说过的话，看着她的眼神，一边微笑着；只有小叶，她似乎承受着这个年龄不该承受的痛苦和压力，她的梦是一个谜，一个永远都不能说的秘密。

20
重拾记忆

夏茗带着夏燔来到研究院接受记忆康复治疗。

"您来的真是时候!就在上周,我们刚刚研发了新的技术,应该可以帮助您在最快的时间内恢复记忆!"丁逸飞向来对自己的研究很自信,他组织医学部将夏茗研制出的电极输入大脑技术和记忆传输技术结合了起来,相信一定可以帮助夏燔。

夏燔再次走进了实验室,研究员将电极片贴在他的头上先进行记忆检查。

研究员小贾的眼睛在屏幕上快速移动,查找着夏燔记忆受损的蛛丝马迹,突然,他看出一些问题。"丁部长,你看这里——"他指着夏燔大脑内的一大片区域说,"记忆严重受损,好像被人强制抹去了。"接着,他们将图片的信息进行代码化转化,发现他躺下之前的数据几乎都是"0"!

"他躺下之前，几乎没有人认得他，躺下之后的记忆呢，即便记起来，又有什么用！几乎日复一日，年复一年。"医学部最初是想帮他修复受损的记忆，并通过照料过他的人记忆信息传送，帮他恢复大部分的记忆。可现在呢？夏燔记忆的受损面积太大，而且还是人为抹去的，想要通过修复治疗几乎不可能。

"丁部长，现在怎么办？"小贾似乎失去了信心。

"先一点一点来吧！把夏燔找来，为他进行他躺下之后这段时间的记忆恢复治疗，之前的事嘛，容我再考虑考虑，会有办法的！"丁逸飞觉得这件事越来越蹊跷了，夏燔这个人的身份越来越扑朔迷离，有人要抹去他的记忆，原因无非有两个：他知道得太多，或者，是为了保护他。他到底是谁呢？他为什么躺了四十余年还能够保持容颜不变，大脑内部几乎不受损呢？他躺下之后究竟有没有意识呢？这一串的问题都涌上丁逸飞的心头，越发地刺激他要好好地研究研究这个生活在四十年前那个社会的人。

丁逸飞觉得，必须要找夏茗来谈一谈这个问题了。"夏茗啊，由于你是他的家属，所以很多事情害怕你带有个人情绪没让你直接参与。你爷爷的病情有点特殊，很多事情我也不方便跟你说，希望你理解。我现在只能告诉你，他躺下之前的记忆很难再恢复，但是躺下之后的记忆需要你和你的家人帮忙……"

"我理解，理解。作为一名研究员，我知道这里的规矩，我非常理解。虽然我们一家人都很希望爷爷记起来，这样我们也能了解自己的身世，但很多事情也不能太着急，需要慢慢来……其实……爷爷能醒过来我们已经很满足了。下一步，我们需要做些什么呢？"自从夏

[2049]

燔醒来之后,夏茗的内心一直很平静,他既证明了自己研究的脑电波传送技术的成功,也完成了一家人乃至医学部的一个心愿,虽然这个技术目前来说还不能公开,但总有一天还会派上用场,其他的事,他并不十分感兴趣,能做多少就做多少吧。

于是,夏茗带着爸爸、子衿以及一直照顾夏燔的护士小叶一起来到实验室为夏燔做电极传送记忆治疗。他们只要回忆照顾夏燔的点点滴滴,或者一些不完整的片段,这些信息都会直接传送到夏燔的大脑中,刺激他的记忆修复。

治疗开始了。

夏茗、子衿、夏晨枫、小叶围成一圈,头上贴上了电极片,一起回忆过去,为夏燔输送记忆。在输送的过程中,电脑先对这些信息进行存储,识别他们的记忆信息,并自动进行信息整合,再为夏燔输送相对完整的回忆。

小叶是第一次踏进医学部的实验室,她满眼的新奇,满眼的期待,也有一丝忧虑,不,应该是有很多的忧虑。

"茗哥、子衿,我有点紧张。"贴上电极片的小叶更加焦虑了,心脏怦怦地跳,似乎要从嘴里跳出来,好像她从来都没有这么紧张过。

"有什么好紧张的,我哥部门研究出来的东西你百分百放心好了,绝对不会有问题的!再说了……"子衿心里从来藏不住事,尤其是看到小叶紧张兮兮的样子,她更想安慰一下,"偷偷告诉你,这次医学部本来也没打算让爷爷想起躺下以前的事,因为他的记忆数据几乎全部受损,都是零……"子衿睁一只眼、闭一只眼,撇着嘴,用纤细的小手蜷成一个"零"的形状，睁着的那只眼睛透过用手蜷成的"零"，看看都要紧张哭了的小叶。小叶红着眼睛，看着子衿搞笑的样子，嘴角微微上扬起来。

"别怕，我们尽力而为，治不好跟你也没什么关系，但是安全问题大可放心，我们医学部研究出来的每一项成果、每一项设备，都是经过反复试验的，从来没出过问题！别害怕，放轻松，好不好？"夏茗即便想压低声音，但是他洪亮的嗓门怎么也压不住，也让所有的人都听见了。熙妍还有其他的研究员都听见了，都纷纷看着脸红的小叶，这让小叶更加害羞了，好像自己胆小怕事，怕承担责任一样，不由有些委屈。"没事的，别怕！""很快就结束了！"夏晨枫和熙妍也纷纷安慰小叶。

"大家都准备好了吗？下面我先和大家说几句！"丁逸飞的心情很紧张，很激动，也很期待。

"首先要和大家说一下注意事项：第一，电极片我们工作人员已经给大家贴好了，每一个电极片都有固定的位置，希望大家在输送的时候不要乱动，头也尽量不要乱晃；第二，一会儿开始治疗的时候请大家放松心情，尽量回忆一些和夏前辈在一起的细节，注意力要集中，不要做无关紧要的回忆。第三，我们大家都希望能够帮助夏前辈恢复记忆，但能恢复成什么样，我们也控制不了，只能去尽力一试，所有人都不需要承担什么责任。听见了吗小叶？别紧张！"丁逸飞双手平行举在胸前，向下摆动，示意小叶要放松，做个深呼吸。

"当然，我们的设备也做过调试，会激发大家的回忆，最大限度地唤起你们记忆中关于夏前辈的所有事。所以请大家放心好吗？"丁

[2049]

逸飞最后一句的补充，让小叶的心"咯噔"跳了一下，一时间所有的血液都充进大脑，她的脑袋"嗡"地一下变成了一片空白，她觉得藏在心里的秘密可能再也瞒不住了。

"好了，现在开始吧！"

时间从不给任何人喘息的机会，即便你以为已经做好了充足的准备，但意外总是来得让人猝不及防。或许，即便是沧海桑田、时过境迁，可一颗被尘封、珍藏在岁月中不变的心，总会被一缕温柔的风吹裂岩石、拨开层层泥沙，最终在一抹爱的阳光下闪闪发光。

传输开始了。

夏晨枫很小就是一个人，没见过妈妈，只是被人告知有一个躺在病床上的爸爸，夏燔是他唯一的亲人。他在孤儿院长大，6岁开始照顾爸爸，不离不弃，夏燔是他唯一的心灵寄托。上学后，夏晨枫经常被班里的同学欺负，他总是在爸爸的病床前大哭。回忆里，他想起小学的时候，班里的小亮偷了别人的彩色铅笔，老师知道后说要检查每个人的书包，小亮害怕被人发现，就偷偷地把彩色铅笔放在了夏晨枫的书包里，还在全班同学的面前揭发了夏晨枫。

记得那个夏日的闷热午后，知了在枝头叫得人心慌慌。教室屋顶的电风扇慢悠悠地转了一圈又一圈，时刻要担心它会不会掉下来。老师的粉笔咯吱咯吱地在黑板上写着"诚实"二字，写着写着猛然停顿，就像正在弹着的吉他突然断了弦，整个班级安静得只剩下呼吸的声音。

"同学们，我说过很多次，做人要诚实。红红的彩色铅笔是谁拿的？快还给她吧！"

小亮心跳加速,紧张得脸都红了,豆大的汗珠从额头一滴一滴落下来,生怕自己干的坏事被别人发现。

"没有人主动站起来承认是吧?拿了别人的东西就要还!拿了不还是什么,那就是偷!"老师推了推眼镜,生气地环视着班级,看着每一个小脸蛋儿上的表情变化,想看看究竟是谁成了班级里的"小偷"。很快地,老师看出了小亮的脸色不大对劲儿,凭借他多年的教学经验,猜到必定是小亮无疑。

"刘亮!站起来!"小亮战战兢兢地站起来,两腿发软,眼睛红红的,哇地一下哭了出来。"老师,我承认……我承认,我看到了!就是夏晨枫偷的!我都看到了!就是他偷了小红的彩色铅笔,还放进了自己书包里的!"

老师很吃惊,夏晨枫在班级里一向很老实,又是"孤儿",老师一直对他很爱护,怕他受到同学的欺负,但是他这种做法让老师非常失望。

"不是我,我没有偷!我没有偷小红的彩色铅笔!"夏晨枫也急得涨红了脸。

"老师,您看!"小亮走到夏晨枫的书包前,想要将他之前放进夏晨枫书包里的彩色铅笔拿出来。夏晨枫一把夺过了自己的书包,"你要干吗?不要碰我的书包!我没有拿别人的东西!"

"夏晨枫,你要是没拿别人的东西,就让大家看看吧!"老师从他手中接过书包,夏晨枫慢慢地松开了手。老师慢慢地拉开书包的拉链,默默地把彩色铅笔拿在了手里,没有多讲一句话,他背着手踱向讲台,把彩色铅笔还给了也哭红了双眼的小红。

老师背手踱步而去的背影,成为夏晨枫童年的阴影。面对"铁证如山",夏晨枫百口莫辩,眼睛里委屈的泪水,成了一滴滴承认错误的眼泪,不会再有人向他投来同情的目光。此后,夏晨枫的耳朵里经常能听见这样的一些话:"唉,没爹没妈的孩子就是可怜啊,连个彩色铅笔都要偷!""没父母的人就是没有教养啊!""他就是小偷!""把新买的文具都放好啦,别让小偷拿了去!"……

六一儿童节的运动会到了,放学后,同学们都拉着妈妈爸爸的手到超市买好吃的,夏晨枫独自路过超市的橱窗,看着他从来都没有吃过的零食,还有他只能在书里才能看到的玩具,看着同学们拉着父母的手一蹦一跳地挑选货架上的东西,不时还晃着手撒娇,"妈妈,我要买这个……爸爸,把那个拿给我……呵呵呵……哈哈哈……"他听着这样的声音,心如刀绞。天空乌云密布,淅淅沥沥的雨终于转成大雨,别人的妈妈爸爸都为自己的孩子撑起了伞,生怕他们淋到一滴雨。夏晨枫提着破旧漏雨的伞,无心撑开,他在雨中跑啊跑,跑到了空旷无人的树林里,撕心裂肺地狂喊:"妈妈!你在哪里?你不要我了吗?妈妈!我不要彩色铅笔,我不要变形金刚,我也不要好吃的零食,我只要你们陪着我!你到底在哪里呀?你看看我好吗?爸爸看不见我,你也看不见我……我好像是多余的、多余的……"他跪在地上,望着天空,他湿透了全身,不知是雨还是泪。

每次哭后,他都会去爸爸的病床边故作坚强,把自己男子汉的一面展现给爸爸。"爸爸,今天我们运动会,我在百米比赛中跑了第一名!你看,这是我得的小本子。还有,这个是跳远得的,小盘子,这个是接力赛得的,是小杯子……"夏晨枫把他得过的奖品都摆在爸爸的床头上,夏燔的床边摆满了奖状、奖牌还有奖品。医院的护士们看到这些场景不觉掩面而泣。

夏晨枫照顾爸爸的心情随着时间的推移越来越淡,直到他也生儿育女,他越来越不耐烦了,希望赶紧"解脱"。

夏茗从小立志学医,和爷爷也有一定的关系。"夏茗啊,长大一定好好学医,把你爷爷治好,好不好啊?"夏晨枫总是这样对夏茗说。

"嗯嗯,好!我一定好好学习,长大把爷爷治好!"夏茗从小就很乖,也很聪明,接受的教育质量也非常高,是班级学习成绩的佼佼者,他的志向就是"治好爷爷"。长大以后,夏茗的记忆都是为了治好爷爷每天做科研的画面,有苦有甜,无数次的实验有成功也有失败,直到研究出脑电波传感器,和他的团队一起"唤醒"了夏燔。

夏子衿今年刚刚18岁,她对爷爷的记忆就更少了,自她懂事后,就一直跟着爸爸和哥哥照顾爷爷,延续为爷爷"话疗"的传统,子衿一直在回忆她对爷爷说过的话。她常常依偎在爷爷的病床边,轻轻地和他说:"爷爷,我来看您啦,今天在乒乓球比赛中得了冠军!""爷爷,我来看您,今天我在羽毛球比赛中输给一个特别不该输的人,羽毛球怎么这么难呀?""爷爷,我来看您啦,我现在开始学习网球了,教练说我的动作特别标准,我做给您看!""爷爷,我又来看您了……"在子衿的印象中,夏燔永远都是这样,双眼紧闭,不会动也不会说话,她对着他说话的时候会有陌生的感觉,但由于爸爸和哥哥的原因,她又不得不这样对着他说话。

[2049]

　　小叶的记忆和所有人的都不一样。她怎么也想不到，会有这么一天，社会会发展到能够为他"记忆输送"，若早知道能这样，她绝不会将自己的记忆留存到今天。既然已经这样了，就让他知道这一切吧，让他知道，她一直都在。她的回忆开始了。

21
小叶的记忆

那一年,她硕士毕业后留校工作,而他是带她的前辈。

校园内飘满了彩色的气球和红色的标语,"欢迎新同学"的标语随处可见,每一个学院都在校园内的道路上摆上展台,介绍学院的悠久历史。校园的喷泉不会轻易开放,但一旦开放,却那么令人震撼,在阳光的照耀下水雾纷飞,形成一道绚丽的彩虹,微风吹过,轻抚脸庞,给人抹上一缕清凉。

一双白色的运动鞋轻盈地踏来,配上白色的T恤、白色的短裙,她就像一只小白兔在丛林里穿梭眺望,高高的马尾辫随着她的步伐有节奏地左右摇摆。"生命科学院,就是这里啦!"她自言自语道。

"各位老师好,我是新同事,来报道。"

"你好,请问你叫什么名字?"

"我叫夏紫陌。"

[2049]

"唔,你的名字真好听!我在看名单的时候就觉得这个名字好听,结果人和名字一样美啊!"生命科学院的老师夸道。

"谢谢!"她低头害羞地一笑,眼睛弯成了一道月牙,露出了浅浅的酒窝和洁白的牙齿。

"紫陌,叶博士应该已经到了,你现在是叶博士的助理,跟着他多学学!相信你能做得很好!"

紫陌满怀着信心和希望,又有点胆怯地点点头。她还真不知道从学生走向老师,应该是一个怎样的转变。

"同学们,欢迎来到江源大学生命科学院,我叫叶宸,叶是树叶的叶,这个宸字不太常见,宝字头下面一个'良辰'的辰,是'屋檐'的意思,希望今后的四年像屋檐一样罩着大家,陪伴大家一起成长、一起收获!"叶宸是生物系的教授,他看起来不善言谈,但字字精炼、言简意赅。

这是他们第一次见面。夏紫陌瞪着清澈的大眼睛,长长的睫毛剪辑着叶宸风度翩翩的动作和神情。

……

小叶极力地控制自己的回忆,在自己的心里筑起高高的堤坝,不让记忆的洪水击垮它。时空交错,堤坝让所有的回忆欲言又止,记忆就像卡了碟,一段一段地毫无关联地"播放"。

时光辗转,办公室里只有夏紫陌看着叶宸在忙碌地收拾东西。

"叶老师,你要去哪儿?"

"我要去搞研究了,大学这片土地我诚然喜爱,但我要为了自己的追求做一些更有意义的事。"

"那我和您一起去做研究!"

"你还是在这里好好工作,然后找个好人家结婚生子吧!"

"是我的能力不行?"

"我可没这样说,听说你还是学生的时候,成绩就特别突出,现在你的能力绝对是咱们学院最棒的!"

"让我和您一起做研究吧!这些年我跟您学了不少呢!"

"跟我一起做研究可没饭吃!万一我的研究失败了,就彻底破产啦!"

"那我就不吃饭!"

……

小叶控制不住回忆,快乐的、悲伤的全部袭来。

清晨的风吹醒林中的小鸟,阳光温柔地洒在他们的脸上,下班后的黄昏时分,路边蜿蜒小溪的波光映在他们的身上。夏紫陌的脸上无需粉黛,阳光、月光、星光都是她的化妆品。那一天,夏紫陌穿了一件粉、紫渐变色的纱裙,裙子上面有闪闪发光的小亮片,既有复古的美,又不乏时尚,特别是那些小小的亮片,就像将夜里的银河穿在了身上,照得她的脸更加光亮美艳了。

"紫陌,今天怎么穿得这么漂亮?"叶宸看得入迷。

"是吗?"紫陌标志性的低头抿嘴一笑,就像一朵水莲花含苞待放。

"是啊!就像仙女下凡一样!今天晚上正好打球的活动取消了,咱们一起去吃个饭吧!"

"仙女下凡?"紫陌第一次听到别人这样夸自己,她抬起眉毛,被"仙女下凡"这个俗套的词汇逗得咯咯笑,又连忙答应道,"好啊!"

"你想吃什么?"

"什么都行!嗯……清淡一点就好!"

叶宸带着紫陌来到了"绿光茶室"。绿光茶室是古香古色的建筑风格,环境非常静谧浪漫。

他们随便点了几个菜,又点了一小壶梅子酒。随意交谈几句,饮酒已过半。微醺的叶宸看着紫陌越发迷人,紫陌无意中看到有一个古筝摆在大堂。

"叶老师,我为你弹一曲吧。"

"你会弹这个?"叶宸瞪大了双眼问道。

"嗯。"紫陌一边点头,一边迈着轻轻的步伐走到了古筝旁边。她挽了挽头发,轻轻抚琴。月光照在她的脸上,她的纤纤薄指上,她闪闪发光的裙子上,和悠扬的旋律一起有节奏地流动,让人不知身在何处……

叶宸真的不知道,夏紫陌究竟还会给他带来多少惊喜。

……

回忆着,小叶微笑着,转而又眉头一皱,想起了伤心之事。

那一天,叶宸在为青少年朋友们做科学普及的直播。

"朋友们,我们正在电解饱和食盐水制取$NaOH$……"紫陌作为助理在帮忙。谁知那天她神情恍惚,满脑子胡思乱想,不小心碰掉了氯气瓶的塞子。"干吗呢!"叶宸一把推开紫陌,导致他吸了几口氯气。直播间里蔓延着黄绿色的气体,紫陌吓得迅速拉着叶宸撤离,关上了直播间的门,去了医院。

正是因为她的失误,实验失败了,一夜间,叶宸受到了无数网友的谴责。

"晓光,夏紫陌是你的组员,她犯下了这么大的错误,你去好好批评批评她吧!"叶宸在医院对一组组长说。

"是的,叶总!她怎么能犯这么低级的错误!"晓光组长自然狠狠地批评了夏紫陌。那一夜,紫陌哭得很伤心……她只想做好叶宸的助理,帮他分忧解难,不给他添麻烦,可是偏偏又犯了严重的错误,错到叶宸都不想当面批评她,这样的感觉,实在是糟透了。

紫陌不知道上一次这种心情是什么时候。什么心情呢,就是有一个人握住她的心,然后狠狠地拧了一把、又一把……无法挣扎、无法逃脱、不能反抗,只能随着它痛,随着它忧郁,悲伤……

她在直播间内收拾"残局",恰好叶宸经过,随口说了一句:"上次做硝酸铵溶解放热的实验,你,加水溶解时,误加成了浓氢氧化钠,我都没有批评你!看来平时对你的要求太不严格了!"说完气愤地转身离去。

紫陌的世界顷刻之间黑云压城、倾盆大雨、电闪雷鸣。她不知道那天是什么遮住了她的双眼,也不知道是什么蒙蔽了心,为什么就单单在那一天没有注意到复查一遍?内心的拷问、内心的自责,即便没有人指责,她也会无颜以对,将自己惩罚得遍体鳞伤,这样的批评让紫陌的内心雪上加霜。

她对叶宸的幻想,充满了她所有的闲暇时光,她跟着幻想的情节、环境、人设,哭着笑着。然而这一切,都在那一瞬间,顷刻崩塌瓦解。

他们之间的距离，有时很近，有时很远。近的时候好像可以无话不谈，远的时候似乎一阵风就能轻易将他们吹散。害怕的时候想想他，感觉有了力量，什么也不怕了；可有时，害怕失去他的恐惧会掩盖过一切情绪，这种恐惧不断地摧残着紫陌，让她变得不认识自己。

那夜，无眠。月光和泪光静静流淌在她的脸上。

……

回忆至此，小叶的呼吸有些短促，她眉头紧锁，不停地摇头，汗水也滴答滴答地流了下来，浸湿了她的衣衫，这一定是一段刻骨铭心的痛苦回忆。

"培育基！"小叶想到了培育基，一段回忆瞬间袭来。

22
黑色学校

那天,一辆黑色的轿车从远处疾驰而来,在这饭店外等候。

时间一点一滴的过去了,车里的人开始躁动不安,不停地盯着时间,互相对视,不时地叹气。

那一晚,叶宸和紫陌正在一起吃饭,聊得开心,忘记了时间。

"哎呀,九点多了,和你在一起时间过得太快了!"紫陌看着手机说道。

"是啊,不知不觉就这么晚了,咱们回家吧……我还知道有一个餐馆环境不错,菜也好吃,而且离游泳馆特别近!有空一起去……"

"你会游泳?"紫陌问道。

"何止是会啊,我还是游泳救生员呢!我的憋气最厉害哦……你会游泳吗?"

"我……带着游泳圈会游!我憋气不行,肺活量比较小……"

"我教你！跟我学啊，一学就会！"叶宸信誓旦旦地说道。走出饭店，他摸了摸脑袋，"对了，车停哪了？"

"我记得是后面那条街，挺远的，来的时候没车位了。"

"哦，对！还是你的记性好啊！"

他们走向空无一人的后街。

车里的人互相使了个眼色，立即下车准备"捕猎"。

叶宸正要为夏紫陌打开车门，一只粗糙的、青筋暴出的手"啪"地一下将车门按住了。

"叶宸是吧？"一个地痞无赖的声音传来。

叶宸一抬头，只见三四个身穿"警服"，戴着"警帽"，"警帽"还有些不正的人站在他的面前，他眉头一皱，感觉不对，真的警察一定不会这样衣冠不整的。

"你们有什么事？"叶宸说着，连忙退后了几步，想与对方保持安全距离，并将他身边的紫陌护在了背后。

"把你们的证件给我们看看！"还没等对方回复，紫陌躲在叶宸身后抢着说到。

叶宸连忙拍拍紫陌，示意她不要多说话，他的手顺势将紫陌的手拉了起来。

"呵呵！看看！"其中的一个人晃了一下证件，"你们涉嫌……"还没等对方说完，叶宸拉着紫陌转头就跑，没跑几步，从他们背后又来了几个"便衣"拦住了他们的路。还没来得及大喊呼救，他们已经被含有迷药的湿毛巾捂住口鼻，拖进车里了。

夏紫陌逐渐停止了挣扎，失去了意识。

叶宸也一动不动了。

见两个人都晕过去了,那些人将湿毛巾拿开。

"完活!又干了一大票!"

"谁说是一大票啊?绑了两个文弱书生有什么好高兴的!完全没用一点儿力气!"

"可别小瞧这俩人!现在文弱书生也精得很!刚刚差点给跑了!"

"哈哈哈哈!就凭他们两个!跑是肯定跑不了,哥儿几个绑人就没失过手!关键是这俩人有那么重要?"

"听说他们好像是研究什么古怪玩意儿,惹怒了老大吧!"

"嗨!管他那么多呢!一会儿到地儿交货,拿钱走人!"

叶宸是一名游泳健将,不单单因为有一身的运动细胞,更厉害的是他从小就是一个憋气高手,刚刚被捂住口鼻的一瞬间他就屏住了呼吸,车里几个人的对话都被叶宸听到了。他开始盘算着应对计划了。

过了一会儿,他们被换到了另一辆车上。车上没有人说话,车内的重金属摇滚音乐声音开得很大,根本听不到外界的任何声音,叶宸也不敢睁开眼睛,但从车的颠簸程度,以及车内空调外循环呼吸到的垃圾味儿、牲畜的粪便味儿可以判断,他们应该驶离了城市,进入了乡村。

过了几个小时,车缓缓停下了。

车门被打开,叶宸感觉到一个凉凉的"颈圈"紧紧地套在他的脖子上。接着,他的右脚上也被套上了一个东西。

"啪啪……"一双手使劲地拍打着他的脸。"醒醒咯!咱到地儿了！"叶宸仍假装一动不动。

"这俩人都不动了，药劲儿还挺足啊！"

"嗯……这是什么地方！"紫陌慢慢地睁开了眼睛，想起了晕倒前发生的事情，脑袋嗡地一下，倒吸了一口凉气，"啊！这是哪儿？你们是谁？"紫陌吓得浑身发软，身体向后倒，碰到了叶宸的手臂，她意识到现在唯一能给她安慰的，能够让她立刻冷静下来的，只有叶宸了，因为不论马上要面对什么样的危险，他们都能够一起面对。

叶宸听到了紫陌的声音，也装作刚刚清醒的样子，"这是哪儿？"

"我们被绑架了……"紫陌用细细的声音说，她那么爱哭，现在却害怕得忘记了掉眼泪。

"都醒了吧？赶紧下车吧！"四个穿着制服的粗壮男人将他们推下车。

紫陌的头依然晕晕的，她虚弱地弯着腰，毒辣的阳光让她睁不开眼睛，她微微抬起头，逆光的方向一座破旧的"小楼"映入眼帘。

再仔细一看：这里好像是一所学校，小楼的下面是一个土操场，操场中靠近教学楼的方向有一根光秃秃的旗杆。正值夏季，地面还是湿的，应该刚刚下过雨，但一眼望去土地上没有丝毫绿色的生机，就连空气里都充斥着死气沉沉的味道。

"难道这是一座学校？"紫陌心里暗暗地想着，"即便是一座学校，也一定是一座废弃的学校。这么偏远的地方，我们怕是凶多吉少了。"她看了叶宸一眼，传递着内心的恐惧与疑惑。叶宸也看着她，紧闭双唇，摇了摇头，似乎示意她不要怕，也不要讲话。但就是这样简单的一个眼神给了紫陌太多的安慰，就像一束温柔的阳光照射进了黑暗的深渊,紫陌不再那样害怕了。

"这边走,上楼梯!"这几个人连拖带拽地把他们带到了二层的拐角处,"这边!快点走!"

整栋楼都静悄悄的,只有这几个人杂乱的"叮叮咚咚"的沉重的脚步声。

"就是这儿,进来吧!"

叶宸抬头一看,二层的拐角处有一间屋子,门口有一块木头牌子,上面赫然写着"教导处"三个字,心想,这定是一座废弃多年的学校无疑了,真是好久没有见过这么古老的建筑了。只是,我们的城市这么发达,这样一所废弃的学校,会坐落在这个城市的哪个角落呢?怎样才能发出求救信号呢?

"坐吧!"两个板凳早已经为他们准备好。"砰!"教导处办公室的门关上了。

"呵呵呵,叶老师,还有……这位女同学!你们好啊!"一个男人梳着油光锃亮的背头,挺直着腰板,笑眯眯地对着他们说道。他这一笑,显得他的油脸更亮更肥胖了。他身穿白色衬衫和西装长裤,外面套着一个灰色马甲,隐约能看到他的脖子上挂着一条红绳子,手腕上缠着一圈又一圈的珠子,皮带扣在阳光的照耀下十分晃眼。这一身装束,配上他的阴森笑容,只会让人联想到四个字:衣冠禽兽!

23
实验室

"教导处"大概有二十平方米,屋子里都是一排一排的监控屏幕,是监控"教室"里"学生"的学习情况的。

"你们心中一定会有很多疑问,有一些我会告诉你们,一些我不会说,我不说的东西你们不要问也不要猜,更不要去自己找答案,这样只会伤害到你们自己!我的丑话可先说在前面!"这男人说话语速极慢,听着让人犯困,但这几句话,背头男可是层层递进,语气越来越强硬,好像是要用这斩钉截铁的态度恐吓住他们,叫他们不要妄想越雷池一步。转而,他又"和蔼"了起来,"不过呢,也不用怕,我们找你们过来是要你们帮忙的!呵呵,叶老师……"他的眼神转向紫陌,"哦sorry,这位美女怎么称呼?"

紫陌惊魂未定,知道是遇到了坏蛋,她咬着牙,不想多看这个恶心的面孔一眼。

"她叫宋晴。"

"哦？宋晴。晴天的晴？"背头男指着窗外的万里晴空。

"对，晴天的晴。"

紫陌惊讶地看着叶宸，叶宸怕露了陷，眼神迅速转向了窗外。

"呵呵，好名字好名字！你看看，这里已经下了好几天雨了，你一来，这儿就晴了，真是给我们送"晴"啊！哈哈！好兆头，好兆头啊！吉利，吉利啊，哈哈哈！"

"说吧，找我们做什么？"叶宸问道。

"对了，言归正传，听说你们在研究原料制作机，对吧？"背头男拿起一把合着的折扇，慢慢走到叶宸身边，轻轻地点了点他的肩膀。

"呵呵，你们找错人了，这个项目遭到的反对太多，我们哪敢研究这个项目。况且，我们的能力也研究不出来这样高深的项目啊。还是快放了我们吧！"叶宸猜到了对方的意图，慌乱的心逐渐平静下来。

"哈哈，这是哪里的话，我们找人是不会找错的！而且，叶老师您在这个领域的能力绝对是国内数一数二的，您研究不出来，谁能研究出来！"

"我们失踪了，不久就会有人报警，警察会来抓你们的！"

"哈哈，这个叶老师大可放心！我们早就为你伪造了出国进修的申请和批准记录，你现在迫于国内的研究压力和资源不足，正在申请国外长期进修并已经通过批准，没人会管你的，要是操这份儿心啊，就免了吧！"

23 实验室

"只是这位宋小姐……您原本没在我们的名单之列啊,没想到拔出萝卜带了泥,把您也请来了,算是我们的意外之喜啊!一石二鸟,吉利,吉利啊!"说着,他开始拨弄他手腕上的转运珠,心想这真是转运珠给他带来的好运气。"哦,你们的关系是?"

"她只是我们单位的研究员而已。"叶宸抢着说道。

"强将手下无弱兵,好!相信你们一定可以强强联手,研究出成果的!哈哈哈……"背头男感觉今天的运气真是棒极了,心情大悦,"废话不多说了,既来之则安之,接下来的很长一段时间里,你们就要在这里搞研究了,你们先熟悉一下环境,也得教给你们一些规矩,免得一些自以为很聪明的人总想着要从这里逃出去!"洋洋得意的背头男背着手刚要踱出门去,忽然想起了什么,转过身说,"对了,忘记告诉你们了,你们的脚上,是GPS定位,这个环卸不下来,若想打它的主意,对它'动手动脚'的,它会立刻发出警报,你们都是聪明人,后果我不用多说……"背头男的手挠了挠脖子,"哦,还有你们脖子上的环,也不能乱动哦……嗯,先说到这儿,跟我来吧!哦,看我这记性,忘了介绍自己了,叫我大山就行了!"

叶宸和夏紫陌跟着大山走出了房间,紫陌无意地一回头,看见大山办公桌下面有一个柜子虚掩着,好像有一瓶酒。紫陌心想:"他一定是个酒鬼!"

叶宸跟紫陌只能用眼神交流。因为他们都知道,既然脚环是GPS,那颈环和脚环的功能肯定不能雷同,况且颈环离喉咙、头部那么近,一定是个危险的设备,在没有搞清楚之前,最好不要用语言交流。

[2049]

他们从二楼缓缓走下,有颈环和脚环的约束,大山丝毫不怕他们会突然逃跑——毕竟,来到这里的人,都是高智商的人,谁也不会做逃跑这样的傻事,至少,大山是这样想的。

一层是一排一排的教室,他们从走廊经过,能看见每个"教室"里都装满了机器和实验品,眼睛扫过去,能看到三五个穿着防尘服的"学生"在里面做实验。

二层除了拐角处的"教导处"以外,有八个教室,但教室里的人更多了一些,"课桌"一排一排整齐地摆着,有二三十人在里面做实验,似乎每个人都有自己的位置,他们都乖乖地坐在那里认真地工作。

刚走到三层,隐约能听到有人讲话,走近一看,竟然每个教室里都有"老师"在讲课!叶宸一皱眉:在这个把人捉来给他们打工做实验、研究项目的"监狱",竟然还有老师在讲课,真是让人匪夷所思!

"四层就不带你们参观了,四层几乎都是管理人员的休息室,除非有事叫你们,你们才可以上来。食堂和宿舍都在旁边的楼上,已经为你们准备好了床位,现在带你们过去。换工作服吧。"

细心的紫陌发现,不单单是二层的拐角处有"教导处",其实每一层的两个拐角都有这样单独的屋子,估计都是监控室。教学楼内到处都是摄像头,让人绝无藏身之处。"学生"们的穿着呢,除一层的防尘服外,其余所有的人都穿着统一的"校服",胸前都有代号和数字代码。紫陌心想:"这座20世纪80年代建筑风格的古老校园,是多么美好的回忆,能留存至今实属不易。但这已不再是校园,是阴森恐怖的监狱啊!"

23 实验室

到了宿舍，换好了"校服"，在胸前戴上写着自己名字的名牌，拿上有他们数字代码的"校园卡"，就去食堂了。

打扫宿舍的工作人员立即把他们原先穿的衣服打包收起来，放进垃圾袋里，统一烧掉了。

"好了，你们用餐自便，明天开始要和其他人一样，7点起床干活。中午12点可以用餐，也可以稍微休息一下，下午1:30再干活，晚上7点后可以吃晚餐。叶老师，你可是不可多得的天才，一定要尽快把任务完成！嗯，你还有什么问题吗？"

"没什么了……对了，在宿舍也可以搞研究吗？"

"哈哈哈，当然了，求之不得啊！"

"那笔和纸都有吧！"

"放心，这些都是研究必备之物，当然有啦！"

"呵呵，那就好！"

"再提醒你一句：来到这儿了，就别想要花样！"大山踱步而去。

食堂的饭菜虽油水不大，但也清淡能吃。紫陌没有了往日的胃口，看着菜迟迟不动筷子。"呵呵，又回到学校了。饭菜味道还不错，可见这个地方对科研人员还是蛮好的。"叶宸一边大口的吃菜吃饭，一边笑着说道。

"你还笑！我们这是被绑架啦，哪还有心情吃饭！"紫陌委屈地说道。

"既然来了，就好好地、静心地在这里做研究，不然饿死了也没人管你啊！好好搞研究还有口饭吃不是嘛？"叶宸一字一句地、不紧不慢地说道。

"叶老师你什么时候变成这样的人了?你知道你现在是为谁在工作?你不是经常教育我们,搞研究是为了国家的发展,为了人类更好地生存吗?你现在为了他们?……你这是怎么了?"紫陌的眼圈都红了,她对叶宸的反应感到诧异、反感。

叶宸嘴角上扬了一下,接着两个眉毛挑起来,眼睛瞪着她,抻着脖子向她凑了凑说道:"因为我怕死啊!"他清晰地说,"我现在被关在这里,失去了自由,搞研究至少不会让我失去生命。宋晴,希望你也想开一点儿,都到了这个时候了,还什么国家不国家、人类不人类的,活着最重要!"

紫陌被这话气得冲昏了头脑,她傻傻地看着叶宸,说不出一句话来,她感觉三观尽毁,竟然依靠了这样一个贪生怕死、丧失信仰、置国家利益于不顾的伪君子。叶宸依然大口大口地吃菜吃饭,"我劝你啊,就踏踏实实在这儿做研究吧。"

"叶宸,算我看错你了!"紫陌扔下筷子,抹着眼泪跑出去了。叶宸犹豫了片刻,连头也没有抬,继续吃饭。

"山哥,真让你给猜中了,又聪明、又怕死,这正是我们需要的人呐!看来这次项目能研究出来了!"一个工作人员带着耳麦,看着监控说道。

"啧啧,瞧瞧,小丫头就是小丫头,哭得还挺伤心!还是叶老板想得开啊!这学生没脑子,一点儿也不像他教出来的!"大山得意地说道。"就是就是,叶老板多聪明啊!哈哈哈……"几个人七嘴八舌地说道。

23 实验室

紫陌伤心透了，一晚上也没睡觉，她看着窗外的星星，星星也在看着她，她眼中的泪光一闪一闪的，星星的眼睛也一眨一眨的，好像在安慰她一样。可是星星哪能知道她此刻的孤独呢？她现在的唯一依靠就是叶宸，而叶宸只在短短的一天内就变成了她最讨厌的样子，她还能依靠什么呢？这种孤独，就像是在沙漠中和同伴走散，像是独自一人旅行遇到了极夜，像被全世界抛弃一样。

可能是为了让"学生们"有相对安静的环境休息，思考问题，也可能是为避免互相交流引起一些麻烦吧，宿舍是一个人一间房，虽孤单，但哭起来更方便一些，紫陌好好地哭了一痛。

第二天，太阳又躲在了一层厚厚的乌云里，这乌云压得整所学校喘不过气来。

紫陌从小喜欢山水，这学校坐落在四面环山的地方，能听到鸟兽叫声，却给她一种在牢笼里的感觉。

七点钟的闹铃准时响了，大家都准时起床，简单洗漱后，如行尸走肉般走向食堂，饭后去教学楼做实验。

根据紫陌宿舍书桌上放的"课程表"，她的第一节课是在三层——教学层。这倒也引起了她的兴趣，她也很想知道，这所谓的"教师"，在这个地方究竟能教一些什么东西。

经历了一个晚上的煎熬，她似乎想通一些了——既然到了这里，就一切随天意了，毕竟现在看来逃是逃不掉的。但是，她给自己定了两个原则，第一，不搞研究，绝对不为这所"学校"贡献一点点科研力量；第二，再也不理叶宸，不跟他讲话。

就这样，她整理好情绪，扎了一个清爽的马尾辫，就去"上课"了。

[2049]

她走到了"三年二班"这个教室。她绝对是一个"杰迷"。特别上学时候,正是因为她喜欢周杰伦的这首《三年二班》,还吵着要练乒乓球呢!上初中的时候,她就一直想去二班,因为这样到了初中三年级,她就可以称自己为"三年二班"的学生了,可无奈她的初中班级是九班;上了高中呢,因为学习成绩太好,她又考到了一班,总是和二班无缘,现在能上到二班,也算是对她这个"杰迷"的一个小小的安慰了。

想通了,放下了所有的思想负担,她知道来了这个地方,让所有的人都看见了这些"学校组织者"的真实面目,所有的人随时都可能会死——她不怕死,既然这样,就勇敢地面对一切苦难吧!

紫陌步伐轻盈地走进教室,马尾辫在她的身后俏皮地一甩一甩,"教室"里的很多人都已经坐在了自己的座位上,紫陌走进来,他们都在呆呆地看着她的到来,好像为这个教室带来了生机,带来了春风,带来了阳光,他们好久都没有见过这样青春有活力的女孩了。

紫陌在找她的座位,她的大眼睛在扫视着桌子上的名签。"宋晴……"紫陌轻盈地走到靠窗的位置,看到了这个名字,她差点忘了自己现在叫"宋晴"了。

她的一举一动,一颦一笑,牵动着教室里好多人的心。"你好,请让一下,让我进去。"紫陌和她的男同桌说道。"你叫宋晴吗?"男同桌问道。"嗯,是的。"紫陌指了指她胸前的名牌说道。

男同桌起身让她进去,心里却"小鹿乱撞"笑开了花,他无法掩饰心中的喜悦,向后桌的两个男生频频示意,笑个不停。男同桌戴着眼镜,又瘦又高,表面上看着斯斯文文的。"西西!别臭美了!"后桌的男生"啪"地一下用本子使劲儿打了下他的脑袋，惹得紫陌花容失色，扭过头向后看了看。

"美女，他看到你激动了，我帮你打他一下！习惯就好了，他经常挨打！"接着就是几个人咯咯咯偷笑起哄的声音。

紫陌斜眼一看，她斜后方的男生皮肤黝黑，衬托得牙齿很白，瘦得皮包骨，眼睛小小的，虽说"眼小聚光"，可是这人眼中无神，却滴溜溜的总是在转，一看便知，这人一定是班级中的活跃分子。这人叫做王嘉。

紫陌的后桌，也就是王嘉的同桌，叫程林，他一直在坏笑，但只是皮笑肉不笑，不出声音，有一种在藐视这些人的感觉。

叶宸坐在最后一排靠中间的位置，坐在他的位置，能看得见紫陌的一举一动。

教室很小，坐了十九个人。

上课铃响了。

"老师"准时从门口进来，走上了"讲台"。这个"老师"可不像是教书的，更像是一个健身教练，身高有一米八，手臂上粗壮的肱二头肌清晰可见。他皱着眉，抬着下巴扫视了一下班级的情况，拉长语调说："今天咱们实验室新来了两个人，一位是大名鼎鼎的叶宸，另一位是……叫什么来着？哦，对了，宋晴。以后大家在一起做实验，遇到困难要互相帮助啊！"说完，他就在班级里背着手来回巡视了。走到叶宸旁边时，他提高音调说道："我们要研究的是您二位最熟悉的项目：原料生产机。相信大山老师已经跟你们介绍过了，我不再多说，开始实验吧！"

24
原料生产机

原来,这位"健身教练"不是什么老师,是随时监督他们搞实验的,有这样的彪形大汉看着班级,谁敢造次?

每个人书桌上摆放的,就是制作原料生产机所需的材料,看来,这个神秘机构为了制造出原料生产机,已经向前迈出一步了。紫陌是不会帮助他们的,于是,她在座位上装模作样地"做实验"。

班里静悄悄的,没有人敢言语,只有做实验的声音和笔尖在草稿纸上写写算算的声音。紫陌不小心瞄了一眼西西草稿纸上写的东西,是一串串根本不成立的化学公式,他写完后,递给了后桌王嘉,王嘉回复了一些化学式,又传给了西西。紫陌心想:"这是什么意思?这些化学式跟原料生产机有什么关系?这样的外行,还能被留在这里搞研究?校方真是猪脑子!"

想到这,紫陌微微一笑,继续她的"实验"。

每次，紫陌进出自己的位置时，都需要西西站起来让出空位，西西都会很滑稽地抬起手来说："美女请进！""美女慢走！"他们在实验的时候，也有一些对问题的探索。紫陌总是装作不太懂，表现出对原料生产机只有一知半解的样子。

但纸总是包不住火的。西西和王嘉好像在"检验"她一样，故意问她好多很难很高深的问题。

"哎，宋晴，你看我的这个式子，做出来总是产生不了我想要的那个物质啊！"

"你笨啊！这里写错了！"紫陌一眼就看出了化学式的错误，用笔将错误之处圈出来，并写出了正确的公式——可能这是学霸潜意识里的习惯吧。这让王嘉和西西非常吃惊，觉得她没有他们想象的那么简单。

终于有一天，紫陌在和他们交谈中，无意间说了一个化学式——这个化学式是研究出原料生产机最核心的概念，更加引起了西西和王嘉的注意，他们对紫陌的态度转变了。

一段时间过去了，紫陌也发现周围一些人对她的态度产生了变化。"教师组"似乎越来越觉得紫陌是个天才，对她越来越好了，从之前板着脸变成了笑脸相迎；相反的，西西和王嘉对她的态度慢慢开始恶劣起来：从一开始的礼貌、恭敬，到开始欺负她、捉弄她，往她配置的药水里面偷偷添加能够产生烟的物质，惹来全班同学的嘲笑，这让紫陌感到非常奇怪也非常恼火。但她一直忍着，见招拆招，闷不做声。

叶宸在后排看得见紫陌和周围人的一举一动，也察觉出了很多问题，虽然有些心疼，但也无法帮助她。

就在这一天，紫陌来到了教室，站在西西的旁边等待他起身让路，回到自己的实验桌。可是，西西就像没有看见她一样，只让紫陌在旁边等着。

"西西，请让一下！"

西西没有反应。

"让一下吧，让我进去！"

仍没反应。

"你倒是起来啊！"紫陌大喊，惹得全班注目。看来，矛盾已经激化了。

"你不起来是吧！"紫陌笑着点点头，"好吧，既然这样，也别怪我不客气了。"她先是倒退了几步，一个加速，"噌"地一下跳起来，一只脚踩着西西的桌子，把他桌子上的瓶瓶罐罐碰倒的碰倒，踩翻的踩翻，纵身一跃蹦进去了。紫陌心想："好歹姐也是搞过体育的！怕了吧！"她悠然自得，哼着小曲准备材料开始做实验。

这一系列的动作把全班同学都吓到了，引来一片喧哗。

她这潇洒的一踩，把西西正在做实验的所有材料都搞乱了，药水洒得满桌都是。

西西火儿了，"行啊宋晴，厉害了啊！"

西西冲着紫陌的实验桌大臂一挥，"哗"的一声，紫陌桌子上所有的东西全都掉在了地上，所有的药水都混在一起了，试管、瓶瓶罐罐碎了一地。

班级里顿时鸦雀无声。

这时，巡查老师走进了教室，正好看见了这一幕。"你们想要造反吗？"这声音震彻天地，这位"彪形大汉"气冲冲地走向了他们。

"怎么回事啊？"他抬手就抽了一下西西的脑袋，"叫你们好好做实验，等着交差呢，都在这干吗呢？"

"你怎么不问她！是她先踩我桌子的！"西西满脸通红，声嘶力竭地喊道，好像想用这声音盖住内心的紧张。

"是他先不让我进去做实验，那我只能自己想办法了！"紫陌不紧不慢地说道，好像并不怕面前的这位眼睛瞪得像铜铃一样的老师。

"她先打扰我做实验！"西西快速回复到。

"对，宋晴总是打扰西西做实验！"后桌的王嘉补充道，"程林也看见了，是吧？"王嘉怼了程林一下。

程林是个不爱说话的人，跟西西和王嘉好像也不是一派的，但在这个时候，他犹豫了几秒钟。紫陌感觉从未得罪过程林，也知道程林和他们不是一伙的，等待着程林的回应。

谁知几秒钟之后，程林竟然从嗓子眼里面蹦出一句："嗯，是的。"

紫陌一直以为所有在这个班上搞实验的，都是"难兄难弟"，同病相怜。叶宸的"临阵倒戈"、程林的冷漠反应，再加上西西和王嘉的突然转变，让她痛彻心扉，好像全世界都在和她作对。

老师的眼睛又狠狠地转向宋晴，"宋晴，这是第一次，我之前敬你是个天才，以后好自为之！再发生这样扰乱实验室秩序的事，后果自负！"说完后甩手而去。

晚上，紫陌躺在床上，不断地回想这段时间里发生的事，越想越

[2049]

觉得不对劲儿。

从叶宸开始。她最后一次和叶宸对话是在食堂,之后她看到叶宸都是绕着走,或假装看不见。但她能从几秒钟的眼神交流中感受到叶宸对她的关心。她突然感到叶宸到了这里以后,和她说话的语气和方式都变了。平日里,叶宸说话的语速很快,但到了这里以后,他说话的语速慢了很多,也清晰了很多,好像故意让人听清楚他的话一样。还有,叶宸给她起了新的名字"宋晴",这更加让她百思不得其解。她常常想,这些人本想抓的是叶宸,她是受到牵连的一个小人物,自然也不会有人过多地关注她的来历,叫"夏紫陌"还是"宋晴"又有什么关系呢?

想着想着,叶宸在食堂里和她说的一句话冲进了她的脑海里:"我现在被关在这里,失去了自由,搞研究至少不会让我失去生命。宋晴,希望你也想开一点儿,都到了这个时候了,还什么国家不国家、人类不人类的,活着最重要!"

她突然心跳加速,反复地想着这句话:"宋晴,希望你也想开一点儿,都到了这个时候了,还什么国家不国家、人类不人类的,活着最重要!"

"宋晴?宋晴?宋晴……"紫陌心里默念道,"不是只有我们两个人吗?他为什么叫我宋晴?"

"啊!"紫陌一捂嘴,倒吸一口凉气,摸了摸脖子上的"颈环",恍然大悟。原来,她一直以为这颈环可能是脚上GPS的备用设置,或者是一个针对"不听话"研究员的威胁装置,或许能够爆炸,危及生命。这样看来,这八成还是一个窃听器!

25
策划逃离

紫陌越想越后怕,还好她在食堂被气得昏了头,没有说出来她不喜欢"宋晴"这个新名字。

她一切都想通了,叶宸是故意的。他是故意说他怕死,故意惹她生气,故意减少他们两个人的言语交流,也为了让这个组织相信他会努力地搞研究。

这样的话,西西和王嘉的表现也说得通了。紫陌一直想不明白,即便她有得罪人之处,招人烦了,但男生对女生这样的捉弄、欺负——特别是对美女,实在让人怀疑。她从小可没受过这样的欺负!紫陌最初还以为他们是以这种方式引起她的注意呢!但这里又不是真正的学校,没必要这样啊!怪不得他们一直在传"小纸条",原来他们也知道脖子上的窃听装置。小纸条的内容可想而知,那不是讨论问题的化学方程式,而是暗号!

[2049]

紫陌想起了几个让她特别奇怪的不成立的方程式，噌地从床上跳起来，拿着笔写了下来反复研究。"这是什么意思呢？"她一边想着，一边联想着这些方程式怎样往汉语拼音、汉字上靠。

"啊！我知道了！"紫陌看出了他们的猫腻。这些方程式翻译出来的意思大致是这样的："她研究出来，我们必死。""干扰她！""不能让她研究出来！"……原来，这两个人在跟她交流中发现她并不是普通的研究员，她掌握的原料生产机的原理和知识太多了，很有可能研究成功，这样的话，他们的存在就没意义了，没有人知道他们在世界的这个角落里，或许那些人会一把火把这个"学校"和里面的人烧了，反正也没人知道。所以，在这里没有友情，也没有性别，只有生死。这样，她也理解程林的反应了。

"怪不得老师们突然对我殷勤了起来，原来他们窃听到我和西西、王嘉的讨论，觉得我是可以为他们做点什么的。"

紫陌什么都明白了。"哦……原来是这样，呵呵……"紫陌心想，"既然这样嘛，那就好好地跟这些人斗一斗，游戏才刚刚开始啊。"

怎样设计一出"好戏"呢？

她又想起来叶宸在食堂跟她说过的这一句话："既然来了，就好好地、静心地在这研究，不然饿死了也没人管你啊！好好搞研究还有口饭吃不是嘛？"她微微一笑，心想："他真的是我见过的最聪明的人，我之前怎么就没想到呢？我真的是太傻了！浪费了这么多时间！"

经历了"热战"，紫陌开始和西西、王嘉、程林冷战了起来，她一言不发，整个人表现得十分消极、抑郁。

紫陌每天红着眼睛做实验，偶尔还掉几滴眼泪。

"是不是咱们过分了。"

"可能是吧……"

……

西西和王嘉的小纸条这样写道。虽然他们为了"生存"不顾一切，但见美人落泪，心里也有一丝自责。

每天回到宿舍，紫陌开始真正地潜心钻研原料生产机。

她理顺了思路：要完成原料生产机，核心技术就是先把培育基搞定。所有的物质都是由碳、氢、氧等组成的，把他们按照一定的结构排列起来、组织起来，加上培育基的作用，就一定可以制作成功！从培育肌肉纤维开始，她在实验室里提取动物的肌肉细胞，放入生物反应器反复试验、培育。

虽然现在这个"学校"看起来什么都没有，但是这些原材料和生产机器倒是一样也不缺，甚至比他们大学的实验室设备都全！所以，一切没有那么糟糕。

她开始学习西西和王嘉用化学式传递信息的方法，向叶宸请教一些问题——这些化学式绝对比西西和王嘉用得高深得多。紫陌心想，既然他们的小把戏都没被看穿，学霸的智慧更是高人一等了，除了叶宸外，别人肯定看不懂。

因为她和叶宸坐得远，传递小纸条的时候又不能太过张扬，所以每次紫陌都悄悄拍拍他的肩膀，将纸条夹在书里，用这样的方式借机把信息递给对方。叶宸打开一看，上面写着：

[2049]

$$CH_4 \xrightarrow[\triangle]{\text{隔绝空气}} C + 2H_2$$

叶宸想到,"这个反应是甲烷最容易忽略的反应,但又是应用最多的一个反应。她给我写的这个反应意味着什么呢?有时候觉得她一直默默无闻,就像这个反应一样,但从来都是沉稳有力的。"

叶宸看见紫陌每天这么阴沉,又写了这个奇怪的公式给他,也开始紧张起来。终于,这一天做完实验后,他三步并作两步走到紫陌面前和她说:"你怎么了?看你的状态好像不太好……"

"你应该了解我的,我宋晴,跟你无关,我的一切不用你管!"说到"宋晴"的时候,她用大拇指对着自己,实际上是对着脖子上的颈环,义正辞严地说道。

看着紫陌的反应,又想起前几天的化学式,叶宸一眼看透了,他的内心无比欣喜,心想:"真是个聪明的丫头!终于明白了,还不算晚!"但仍旧用平稳的语气说道,"哦……没事就好,注意身体!"

叶宸知道,紫陌是在演戏,但即便是在这里最了解她的叶宸,也不知道这一次紫陌葫芦里卖的什么药。他也给紫陌写了一个公式:

$$NH_4Cl \xrightleftharpoons{\triangle} NH_3 \uparrow + HCl \uparrow$$

紫陌拿到公式后想道:"铵盐的性质,受热易分解。我们其实跟铵盐一样,容易受到其他因素影响,但NH_3与HCl结合,会再次生成NH_4Cl的。"紫陌松了一口气,默想:"他明白我的意思了,是的,我们会联手走出困境的!"

25 策划逃离

叶宸作为"宋晴"的老师，借着安慰"抑郁学生"的机会，和紫陌课后多有"交流"。

所有的纸条看过后都被冲进厕所，他们每一步都走得小心翼翼，不留下任何蛛丝马迹。

所以没有人注意到他们的一举一动。

终于，经过成千上万次的反复试验，紫陌成功了。她研究出了培育基，她提取动物上的肌肉细胞，培育后成功生长出了牛羊肉和兔肉，在显微镜下，人造兔肉纤维和真正的兔肉一样，它们都有细长的纤维丝，质地极其相近，口感也可以以假乱真。

她把这个消息写成了方程式，并写出了下一步的计划，她恨不得马上就告诉叶宸这个好消息，她开心得一夜未眠。

这一天，紫陌将写好的小纸条夹在一本书里，放在了叶宸的桌子上，谁知叶宸转身一挥手"啪"的一声，将这本书碰到了地上，紫陌回头一看吓傻了：程林正好经过，将书捡了起来，这张纸条不偏不倚正好落在了地上。程林皱着眉捡起来刚扫一眼，"这是我做的笔记！"叶宸一把夺去纸条，紫陌长呼一口气，回到自己的座位上。

"程林肯定看不懂，他看起来就傻傻的、呆呆的，还经常跟西西和工嘉在一起混，肯定看不懂……"紫陌不停地安慰自己。

叶宸看了紫陌的"信"后非常吃惊，他没想到紫陌竟然成功了，他深深地知道，这项技术包括动物干细胞分离生长，滋养细胞和生物反应器，肉组织生长浸没旋转喷射纺纱等高端技术，每一个都是对生物学研究的重大突破。他感到非常自豪，这是他一手培养出来的学生。但是，对于紫陌下一步的计划，他有些犹豫，因为这个计划似乎无法实现。

和叶宸最初的计划一样,紫陌想利用原料生产机制作出她想要的东西,然后逃离这个学校。因此叶宸从一开始就非常认真地制作培育基,想要真正完成这个实验,他才在食堂暗示紫陌:"既然来了,就好好地、静心地在这儿做研究……"

目前紫陌能让原料生产机运作,制作出一些简单的液体及物件,但这一定要保密,不能让任何人知道。现在满学校都是监控摄像头,怎样才能让紫陌神不知、鬼不觉地制作出这些物品呢?

这个巨大的问题摆在他们面前,他们开始犯愁,这个"愁"已经盖过了成功的喜悦。

几天后,程林对宋晴说:"宋晴,有个公式我总是列不明白,你能帮我看看吗?"

紫陌犹豫了一下,心里嘀咕着,以前都是西西和王嘉对着她问着问那,自从上次决裂了以后,她和这三个人都不讲话了,这程林怎么突然问起问题来了呢?

她阴沉着脸,转过头去,看到程林所列化学式后,她惊呆了:这式子的表达方式正是她和叶宸传递信息的密码!程林不但看懂了,而且还会编辑了!

她的心跳开始加速,瞪着眼睛用诧异的目光看着程林,仿佛在说:"你是怎么知道的?"

程林诚心诚意地点了点头,问道:"应该怎么解啊?"

紫陌仔细一看,纸上的方程式写着:"氧化锰MnO_2、氧化铁Fe_2O_3、氧化钴CoO、氧化镍NiO、氧化铜CuO、氧化亚铜Cu_2O、氧化锌ZnO，7pm，变色硅胶＝10min，电阻＝0。"

紫陌默念着："氧化锰MnO_2、氧化铁Fe_2O_3、氧化钴CoO……这些都是什么呀？对了，都是……催化剂！难道是程林想帮我？7pm应该是下午七点……但是，变色硅胶＝10min，是什么意思呢？变色硅胶……"想到这里，紫陌实在搞不懂。"电阻＝0，应该是断电，那变色硅胶的意思应该是……断电10分钟后又恢复通电？对！一定是这样的！变色硅胶……干燥的变色硅胶为蓝色，当吸取水分后表面逐渐变红，当干燥后又能变回原来的蓝色！可是，是哪天的晚上七点呢？看来他还在等我的确认。"

26
惊魂10分钟

"对不起,我也不会。"紫陌转过头去,"等我什么时候想好了,告诉你。"

"什么时候能想好呢?"

"明天吧,就明天!肯定能想好!"

"明天?你确定?"程林确认道。

"我确定,明天!"紫陌肯定地说。

他们之间的"暗号"对好了。

"切!不会,能耐呢?"王嘉在一旁轻蔑地说道。

"就是,还以为你有多大本事呢!"西西也在一旁狂补刀。

紫陌顺势趴在实验桌上哭了,哭得声音很大,好像受了天大的刺激一样。

"哎哟,这也哭啊!"王嘉看到好多人投来不满的目光有些紧张了,"我可没说什么啊!不怪我啊!"

紫陌把程林传递的信息告诉了叶宸。她心里知道,虽然程林表面上看起来和西西、王嘉站在一边,但程林所掌握的知识不知要比他们多多少倍,凭紫陌的直觉,程林应该是有难言之隐,公式也许可以说谎,但眼神不会。叶宸也实在想不出什么更好的办法,回复她了一个"氪Kr",意思是可以一试。

选择"明天",也就是星期三晚上,是因为看守每到晚上7点交接班,而且星期三那晚是机器间人员看守最松的一天,因为谁也没研究出来培育基,机器操作间简直就是形同虚设,无人进去操作,星期三校管人员都去四层巡逻,一层根本没人管。

机器间的锁是最普通的铁锁——毕竟这是一所废弃的学校,设施陈旧。

星期三终于到了。晚饭后,程林回到实验室,不断地看着墙上挂着的钟表,他好像等这一天、这一刻已经好久好久了。

七点钟到了。

这时,整栋楼的灯都熄灭了。

"这是怎么回事啊?"

"做不了实验了!"

"我们回去吧……"

教室里七嘴八舌地炸开了锅。正在巡逻的"老师"们也纷纷去配电室查看。"你们先别动啊,我们出去看看!"巡逻"教师"说道。

"向前15步,右转,下楼梯,每层20个台阶,左转,30步……"黑暗中,紫陌、叶宸按照早已规划好的路线迅速撤退,到达一层机器间。叶宸带上橡胶手套,用名牌后的别针几秒钟就打开了锁,让紫陌进去。然后虚挂着锁,在外来回走动,等候紫陌出来。

紫陌用培育基开始制作所需材料。

时间一分一秒地过去,紫陌输入所需化学元素,用原料生产机制作了乙醇,用塑料容器装了半瓶,这大概花费了2分钟的时间;然后制作了一件特殊材质的布料,花了3分钟的时间;接着,她想了想,还缺一样东西!她又输入了人体血液的化学元素,一分钟、两分钟、三分钟……正当原料生产机开始输出"血液"的时候,由于机器长时间没有运作,竟然坏掉了!

"到底是哪儿出现问题了呢?"紫陌东瞧瞧、西瞧瞧,她的大眼睛仔细检查着每一个环节。她知道时间有限,但血液是完成计划的必需品呀!她急得直跺脚,心发慌,眼泪都要流出来了。这时,她打开了机盖,"哦,原来是布料卡住了出口。"她用最快的速度取出布料,不慎将手划开了一个口子,鲜血直流。紫陌最怕疼了,可她现在哪顾得上这么多。原料生产机又开始运转了,她制作的"血液"流进了她准备的容器里。

叶宸在外面焦急地等待,不停地在心里面数数……9分40秒,门动了一下,叶宸马上打开了锁。

这时,恰好有人走了过来。"谁?"这个人扯着嗓门问道。

叶宸一听,这是大山的声音,吓得连忙把锁从门缝里扔了进去,又把门关上了。

紫陌也听见了声音,但这人的脚步声已经走近,来不及跑了,她只能听着外面叶宸的声音随时准备出来。

叶宸隐约看到一个圆滚滚的头，他急中生智，用拳头照着那颗头使劲儿打了一下，也不知道打的是哪儿，反正这一拳头下去感觉软软的，应该是面部吧，希望是眼睛上。

"哎哟！"疼得大山掩面蹲下了，紫陌闻声迅速走出机器间，锁上了门，疾步而去。

这时，"哗"的一声，来电了。

"哎哟，这是谁啊！"大山捂着脑袋说道。

"山哥，您怎么在这儿蹲着啊，没事吧？"叶宸装傻。

"不知道谁打了我一拳！这该死的！"看来，这一下砸得挺准，正好在眼睛上。

"哎呀，让我看看，这谁啊，下手这么重……"叶宸絮絮叨叨地说着。

"无缘无故被人打，今儿真倒霉！什么日子啊？唉……"大山一边掐着手指算日子，一边埋怨道。

"哎？你怎么在这啊？"大山质疑道。

"停电了，大家都想下楼回宿舍呢！您看这儿……不是有很多人吗？"这时，周围确实出现了很多人，大山也没有再怀疑了。

"好了，赶紧回去吧！算我倒霉，这一天天的，搞死啦！"大山捂着眼睛走了。

他们成功了！

紫陌回到宿舍之后，开始进行下一步的计划。

学校所在的这个小山坳里，总是断断续续地下雨。这段时间已经几天没下雨了。

[2049]

紫陌最近总是抬头看着天上的云,她在等待一场大雨。

这一天,天空出现了钩卷云、炮台云、棉花云……她心里面嘀咕着:"云向南,水涟涟""云自东北起,必有风和雨""山戴帽,雨来到""炮台云,雨淋淋"……看来,是时候开始行动了!

第二天,天气阴沉,黑云压城,仿佛云上再多一滴水,就有大雨倾盆而至一样。

午后,操场上刮起了巨大的旋风,吹得树枝摇摇晃晃,教学楼的窗户"哐哐"作响。顷刻间,豆大的雨点从天空中砸下来,砸在泥土上,一砸就是一个印记。五分钟后,倾盆大雨如期而至。

紫陌在宿舍看着这窗外的瓢泼大雨,她紧闭双眼"咕咚咕咚"灌下原料生产机里产出的稀释后的乙醇。

她喝得头晕晕的,身体也开始轻飘飘。"嗯……该出发了。"紫陌撑着伞,走出了宿舍。她跟跟跄跄地跑着,路上的行人"行云流水"般经过,此刻,她的世界已经"天旋地转"了。

她终于走到了实验室,此刻"肌肉男"老师已经站在教室里了。

"你怎么来晚了呀?"肌肉男问道。

紫陌没有吭声,低着头走了过去,她穿的衣服似乎比之前看起来更宽松些,感觉里面鼓鼓的,藏着什么东西。

不过,此时大家的注意力并不在这宽松的衣服上,而在她身上的味道。

"咦?这是什么味道?"肌肉男心里嘀咕着,吸了吸鼻子左嗅嗅、右嗅嗅。

紫陌没有走到自己的座位上,而是径直走到叶宸那里,把一封信大大方方地递给他,然后回到自己的位置。大家都愣愣地看着,觉得她今天太奇怪了。

西西起身让她进去,突然闻到了很大的酒气。为了确认这就是酒味,他还凑近紫陌闻了闻,果然是酒味。他捏着鼻子说:"老师,她身上有一股酒味儿!"

"对,我也闻到了!"王嘉立即补充道。

紫陌还是不作声,只是打开了窗户。

"你疯了吗?雨都吹进来了!"西西说道。

"是啊!刚才我还在纳闷是什么味道呢!"肌肉男三步并作两步走向紫陌。"宋晴!快说!哪来的酒!"他大吼道。

紫陌只是回过头诡异地一笑。这一笑,让肌肉男颤抖了,西西和王嘉也害怕了。

没等到肌肉男走到她的面前,也没等到西西、王嘉反应过来,紫陌一脚踏着凳子,最后转身看了叶宸一眼,然后就从窗户口跳了下去。

这突然的一跳,让叶宸也没反应过来,他噌地一下站了起来,冲到窗户前面往下看。他简直不敢相信自己的眼睛!紫陌正趴在雨水中。

27
逃出生天

叶宸的腿都软了,丢了魂儿一样的,连滚带爬地冲下了教学楼。

"紫陌!紫陌!你这是做什么呀?难道这就是你的计划吗?"叶宸的心仿佛被撕碎了,他努力控制着自己,在心中呐喊着。他在大雨中抱着紫陌,失声痛哭,"你别吓我好不好?快醒醒、快醒醒啊!"

雨水和血液融合在一起,向四周晕开。

雨滴无情地拍打着叶宸,他从未感受过这样的绝望。

一群人随后赶来。

"快打120!快!救人啊!"叶宸急得大吼道。

"山哥,这样会暴露我们的信息……"肌肉男说道。

"废物!一群废物!每天让你们在实验室看着做什么?一个小姑娘都看不住!"大山气得火冒三丈。

"再不抢救就出人命啦!"围观的人说道。

27

"你给我马上想办法进行抢救!"叶宸窜到大山面前,揪着他的衣领说道。

"好好好……先别急别急……"大山也正犯愁。若救人的话,可能会暴露他们的位置,若不救人的话,这……实验室没了个人,也太不吉利了!他犹豫不决。

"一个研究员嘛,死就死了呗!没人知道的!"肌肉男淡淡地说道。

叶宸听了这话,上去一个拳头砸在了肌肉男的左脸上,肌肉男左右晃了晃脖子,心想:哟,还有人敢跟我较劲,我这一身肌肉终于能排上用场了!遂走上前去与叶宸厮打起来。

"哎呀,竟然出了这事,真是不吉利,太不吉利啦!今儿是什么日子啊?净出乱子!搞死啦!"大山望着天,掐着手指算着,嘴里嘀咕个不停,脑袋里面是一团浆糊,完全拿不定主意。

"好了,别打了!你们都傻吗?"一个声音从人群里喊出来。

大家回头一看,这人正是程林。

"你们不想一想,宋晴哪来的酒?"程林说道。

所有人瞬间安静了下来,面面相觑。

"莫非……"大山害怕了,"莫非是从我这偷的?她是怎么逃过监控的,我们每天都在监视啊!"

"这,这是怎么回事啊……"

"哪来的酒啊……"

大家开始胡乱猜,窃窃私语道。

"你们再好好想一想,宋晴一定是研究出来培育基了,她不能死！"

"对，不能死，死了是多大的损失啊……"

"快救人吧……"

"是啊，再晚就来不及了……"

人群中也开始七嘴八舌地嚷嚷起来。

"赶紧救人！"大山终于发话了。

"叫救护车啊！"有人喊道，"在救护车上能够紧急施救！"

"救护车？不可能的！派车送到医院！"大山感觉大家说的有道理。一是宋晴已经研究出了培育基，绝对不能死；二是人死在这里，实在是不吉利！再说了，要是让头儿知道这儿死了一个已经研究出培育基的人，一定会挨批。还是息事宁人吧！但地址不能暴露，所以大山把救人的地址选在了离学校很远的一个医院。

"可是山哥，这样做很危险！"肌肉男执意不想把人送到医院。

"好了，别再说了！我已经决定了，赶紧派车送她到最近的医院！"

"可是……"

大山心意已决，摆手制止了肌肉男的发言。

"我必须一起去！"叶宸抱着紫陌说道。

"你不能去！"大山喝道，"老老实实在这儿待着吧！"

"她是我的助理，要是她有个三长两短，我也从楼上跳下去，谁也别想搞出来培育基！"看着大家都一片安静，叶宸乘胜追击，摸了一下口袋，又声嘶力竭地喊道，"你们要是给我逼急了，我现在就死在这里！"说着，他抽出兜里的一支笔，用笔尖对着自己的脖子说道。

"让他去吧，再晚就真的来不及了！"程林看大山已经失去了刚刚喝令时的气势，赶紧在一旁添油加醋。

"好吧好吧！我服了你们了，动不动就用死来威胁我！不要搞我了好不好啊……"大山气得心脏都要跳出来了，脑袋一发热，就答应了。"谅你也不敢耍什么花样，赶紧上车，走！"

"对了，你，告诉施工队以最快的速度把所有窗户都装上防护栏，加强监管！别再出什么幺蛾子了！"他指着肌肉男说道。

叶宸把紫陌抱起来，她满脸都是泥水和"血水"的混合物，他心疼极了，可往她的身上一看，瞬间明白了什么，迅速脱下自己的校服给紫陌裹上，将她抱上了车，两个人坐在了后排，大山顺势坐了副驾。一脚油门，黑色轿车疾驰而去了。

在车里，叶宸被蒙上了眼睛。他的双手紧紧地抱着紫陌。

此时，外面的雨下得冒了烟儿，雨声很大，车里没有放音乐。

叶宸虽蒙着眼睛，但依然能感觉到这次走的就是他们来时的路。他们经过了坑坑洼洼的土地面，有羊叫、狗吠的声音……之后就是平坦的公路，没有堵车、没有交通信号灯，应该是一条高速公路。后来，刹车明显增多，应该到市里了。

车停了。

下车前，叶宸摘下了眼罩。看这个门面，应该是一个县城的医院。叶宸这次用心估了一下时间，从出发到医院，大概有四十分钟的时间。

紫陌被推到了急救室，根据叶宸和大山的描述，紫陌需要进行手术，他们在外等候。

进入手术室后，紫陌眯着眼睛确认大山没有跟进来后，准备进行下一步的行动了。

医生们掀开裹着她的衣服。"哎？"不出意外，医生惊讶地叫了一声。

紫陌用眼神示意所有的医生不要出声，然后从嘴里取出一块小小的方形塑料纸，里面裹着一张纸条，递给医生看。

只见上面写着：

"求救！绑架，假摔，只允许眼镜男陪护。有监听。"她指了指她的颈部。

紫陌两眼含着泪花看着医生们。医生们看后互相示意，点了点头。

医生们在紫陌的头上和身上寻找伤口进行止血。这时，紫陌缓缓地动了动手指，拉了一下离她最近的一个医生的手，为的是防止吓到医生，害怕医生说出什么她没事、没有伤口的话，让监听的人听到。

"手术刀给我！"

"止血！"

"剪刀！"

"纱布！"

短暂的眼神交流后，医生们开始陪紫陌一起演戏了。

半个小时候，医生从手术室走了出来。

"医生，怎么样……"叶宸一个健步扑向医生问道。

医生一看，这人的外表与"病人"所描述的那个人相似，脖子上确实也戴着颈环，穿着也和"病人"相似，是一套学生服装。再看旁边，还有一个油头满面的，有点胖的男子，这显然不是信中提及的人物。

"你们谁是家属？"医生问道。

"我是！"

"我是！"

叶宸和大山抢着说道。

"到底谁是？"

"我就是她的家属！"大山一把推开了叶宸。

"我……我是她的老师！"叶宸小声说道。他知道大山能让他来已经给足了面子，不能再得寸进尺了。

"这位家属，你和病人是什么关系？"医生上下打量着大山问道。

"她……她，她是我妹妹！"大山没有做好准备，说谎的时候结巴了。

"亲妹妹吗？"

"呃，这个……不是……哎，你这个医生话怎么这么多啊！我妹妹到底怎么样啊？"大山气急败坏，想用音量和气势掩盖内心的慌张。

"你在说谎！"医生淡定地回答道。

"她就是我妹妹，你管得着是不是亲妹妹吗？你有毛病吧……医院什么时候开始管这种事了？快说！我妹妹现在怎么样了？"大山开始发飙了，像是要动手的样子。

医生跟旁边的护士说:"哎,叫一下保安,这里有人冒充病人家属,快处理一下。"接着,他云淡风轻地说,"你要再是这种态度,就立刻叫媒体曝光你!"他指了指斜上方的监控摄像头。

大山看着摄像头,傻了眼,他是最怕被曝光的,现在这种状况,对他来讲,还是息事宁人的好。医生这么一说,他所有的火只能咽进肚子里,也不敢闹了。

"这位老师,你跟我来一下!"医生对叶宸说道。

大山凑近了听。

医生也没避讳大山,特意字正腔圆地说道:"还好送得及时,暂时这姑娘已经脱离生命危险了。"叶宸和大山都松了一口气。"不过,她的身体状况还很不稳定,必须进行住院治疗。"

"呃……打扰一下,不住院不行吗?"大山问道。

"不行,必须进行住院治疗,我们医院要对每一位病人的生命负责。而且,我是在和她的老师商量住院之事,在没有确定你的身份之前,你无权干预此事!"

"你……"大山气得咬牙切齿,却又不敢多说什么,毕竟这里是医院。

"老师您怎么称呼?"

"我姓叶。"

"叶老师,接下来的时间由你来进行陪护吧。病人需要休息,我们这儿空间有限,您一人陪护就行了。"

"好的好的!没问题!"叶宸连连答应,他一路上悔恨得很,现在巴不得每时每秒都守着紫陌。

27 逃出生天

"你们医院是什么规定啊,陪护人员数量也有限制?我今天还非留下来不可了!"大山一听说叶宸要留下来陪护,急了。

"呵呵,我们感觉您的身份很可疑,我们先请警方调查一下身份,调查清楚确实如你所说,是这位姑娘的哥哥,你也可以陪护。"医生义正词严地说道。

"哎?我搞不明白,医院什么时候有这个规定了?陪护人员的身份也要管得这么严吗?再说了,他也不是病人家属啊,凭什么他可以陪护,我就不行了?"大山觉得这个医生实在太奇怪了,每句话都是在针对他。

"凭什么?就凭你刚才说谎,身份可疑!"

"叶老师,你现在是她的陪护人员,你同意这位先生跟你一起陪护吗?"医生又问叶宸。

"我……不同意,我自己陪护就行了……"叶宸低着头小声对医生说道。

这回,医生更加相信紫陌求救信上所写的话了。

"叶宸!你想搞死我吗?我答应带你来了,你……你现在竟然这样对我……你看回去我怎么收拾你……一个个都反了!"大山气得语无伦次了,但又不能在医生面前说太多内容,这种心情简直就像一百个小虫子在心里咬着他。

"好了,叶老师,你跟我来吧!"医生对叶宸说。转头又对大山不客气地说,"你就不用跟来了!"

"咳!"大山垂头丧气地转过身去,在医院的走廊里来回转悠,越想越不对劲儿。

[2049]

医生将叶宸带到了一个安静的单间病房,并为叶宸录入了只许他和护士进入的指纹。

"冯医生,谢谢您!"这位医生的热情帮忙让叶宸感到很吃惊,他看到了医生胸前的名牌"冯林"。

冯医生微笑着,对着叶宸做了个不要讲话的手势,叶宸立刻就明白了,这位冯医生一定是知道了内幕,想要救他们的。

紫陌静静地躺在病床上。

叶宸坐在旁边,看着她惨白的脸,湿漉漉的头发,不由得用手摸了摸她的脸,她的额头。

"怎么会怎么傻啊!"他心里默念道,突然想起紫陌在跳窗之前,递给他一张"演算纸",这张纸让他顺手夹在书里了,还没有来得及看!

他慌了,万一这张纸条落入校方的手里可怎么办?他紧张焦虑,不知道紫陌在纸条里写的是什么内容。但此刻,他顾不上这么多了,只要紫陌能保住性命就好。

大山在医院里转悠了半天,想来想去,也没想出个所以然来。但有一点可以肯定,这次,他闯了大祸了!他决定要在被老板责骂之前彻查此事。于是,他叫了几个人在医院里监视,自己坐车回去了。

大山立即成立调查小队,从监听录音开始调查。他们没日没夜地听了叶宸与紫陌的所有录音,都没发现有任何破绽。叶宸几乎不言语,紫陌呢,顶多是和西西、王嘉吵个架,在他们闹僵之后,更像是得了抑郁症一样,几乎不说话了。监听录音一无所获。

"你们要继续听,不要放过他们在医院里的任何一句对话!"大山吩咐道。

大山又开始查监控录像。紫陌和叶宸每天都是实验室—食堂—宿舍"三点一线式"的生活,两个人平时也很少有交流,似乎也查不出什么来。

"山哥,这也没什么啊!"

"是不是那个宋晴真的得了抑郁症跳楼了?"

"对啊,你看他们每天都是这样,再查也是这回事儿!"

大家纷纷说道。连续多日听录音、看视频,他们也确实很乏累了,出现了消极情绪。

"你问我,我问谁啊……我也很纳闷,这么老老实实的两个人,这事应该不会是提前谋划好的吧……谁会拿自己的生命开玩笑呢?但这事情肯定没这么简单!"大山的两条眉毛已经快拧到一起去了。

"咳,山哥,别想太多了,洗洗睡吧!老板就是知道了,也不会责怪你的,要怪就怪那个轻生的!自己死了算了,还连累我们!"

"哎,也别这么说,那老板问,酒哪来的?你怎么回答啊?"大山说道。

"这……她自己偷着藏的呗……"

"不可能!就算老板信了,你自己能信吗?每个人来的时候都两手空空,衣服都换成了统一服装,之前他们带的所有东西都销毁了,你说她有什么神通能自己藏那么多酒?"

"嗯,也是……难道是偷了我办公室的酒?"大山一想到自己违规在办公室藏酒,立刻心虚了,"赶紧调一下我办公室门口的监控!"

[2049]

于是,手下们又开始调大山办公室的监控,"哎,等等,这回我自己看吧!你们几个歇着去!"大山害怕别人发现他私自藏酒,虽然辛苦点,但也要自己完成。他一秒一秒地看,连续看了几天几夜,眼睛都要看瞎了,头发一大把一大把地掉,也没看见宋晴的身影。

"嘿,奇怪了,这酒哪来的呢?"大山的眉毛又开始拧成一团了。

可总算知道宋晴的酒不是从他办公室拿的,他也稍微舒了一口气。

"哎,跳楼就跳楼,喝酒做什么……这疑点太多,你们再好好看看视频,一个细节也不能放过!"大山指挥道。

"莫非,她真的研究出了……"

"对,那天程林也说了,酒也许是原料生产机生产出来的,我们才答应送她去医院的!"

"呀,搞死了!我真是晕了,这么重要的环节竟然给忘了!我这个脑子呀!真是坏掉了,搞死了……"大山痛心疾首地使劲拍了拍自己的脑袋。"如果真的是原料生产机生产出来的,那么她除了研究出培育基以外,肯定还用我们的机器进行操作了!我们可以去那个机器间看看!"

"对,有道理!走!"

大山带着几个人来到了机器间,一股酒味扑鼻而来。

"这机器肯定有人动过!不过,应该是戴着橡胶手套,一点指纹也没有……"

"啊!这是什么?"一个工作人员指着机器上的红色印迹说道。

27 逃出生天

"有点像血……但血好像没这么黏……"

"别乱碰!取下来,还有这里!"大山打开了机器的内部,也看到了一丝血迹。他越来越害怕了!"赶快回去让他们研究一下,看看这些东西都是什么!"

大山带着这些提取出来的"血样"拿给研究员们进行成分检测分析。

"奇怪了!他们是什么时候进去的?我们的监控绝对无死角啊,为什么没有录到他们进机器间的画面呢?"大山不断地挠着头,头发都被他抓掉了,可怎么也想不出原因。

突然,他灵光一闪:"对!停电了!搞死了,那天停电了!"大山如梦初醒,好像一切都明白了。"快!调取停电那天的视频!我一定要查个清清楚楚明明白白!看看他们到底是怎样在我的眼皮底下搞出这么多事情的!"大山咬牙切齿地说道。

大山仔仔细细盯着停电那天的监控看。可没想到停电之前,紫陌和叶宸都乖乖地坐在自己的位置上,一动也没动。来电之后,叶宸在座位上,紫陌跟很多人一样,走在回宿舍的路上,神态自若,看不出来什么破绽。

"这是啥原因呀?"大山烦躁极了,开始在办公室不停地转圈走动,好不容易捋出一条线索,又断了。

"山哥,成分检验结果出来了……"工作人员汇报道。

"快说!"

"我们在机器间提取到了三种液体:一种是浓度较低的乙醇;另一种是人的血液,估计是宋晴的;第三种呢,是仿造的人血……"

"仿造?仿造人血干什么?啊?她喝酒,还喝血吗?她是怪物吗?能研究出培育基,还能操作机器,她到底是谁?是谁!搞死了……"大山简直要疯了,他实在想不出这几种液体的关联。

"你们现在赶紧给我去楼下看看,还有没有她的血了!"大山开始怀疑一切了。

"楼……楼下?"

"对!那天她躺在血泊里,就是那一摊血!"大山怒吼道,"还不快去!"

"好好好……"工作人员吓得赶紧跑了出去。大山的性格是有些暴躁,但大家还从没看他发过这么大的火。

由于那天的雨水很大,楼下又是一片泥潭,不管那天有什么液体,都被雨水冲刷走或渗到泥土中了,况且又隔了这么多天,根本提取不到任何有价值的样品。工作人员一无所获。

纸包不住火,大山的老板知道这件事了。

"大山,你打算什么时候告诉我啊?"

大山接到了老板的电话。

"老板,什……什么事啊?"大山吓得两腿打战,但他仍想周旋一下、试探一下。

"呵呵,还瞒着呢?菜都要凉了吧!"

"老板,还没到那个地步,我一定把他们抓回来,把这件事情查个水落石出!"

"说梦话呢吧!他们用我们的设备把东西研究出来了,人跑了,你知道这事情的严重性吗?你这回捅了个大娄子!"老板再也压不住内心的怒火，大发雷霆。

老板的火气仿佛从大山的听筒中喷了出来。

"老板，我也是没办法啊……谁知道会这样，他们竟然耍阴招儿！这事都怪我，我竟然被个小孩子耍了，我……我自己承担责任！"

"呵呵，还挺有担当精神！不过，这次的情况太严重了，也只能你自己承担了！"随着"嘟嘟嘟……"的挂电话声音，大山知道他完了，他呆坐在电话机旁边，连哭都找不着调了，眼眶里涌着悔恨的泪。

他傻傻地盯着依然在播放的监控录像，突然发现了一些异常，他用手揉了揉眼睛，仔细地看着这几个细节：宋晴和叶宸在刚来的前两个月几乎没有任何交流，但后两个月经常互相交流公式，传递书本……这一点值得怀疑，他觉得这可能是一种隐藏的交流方式。

大山带着这个疑问又反复地看了看宋晴跳窗之前的那几分钟，"演算纸！"他清楚地看到宋晴递给叶宸几张纸条，这纸条叶宸连看都没看就夹在了书里。"这纸条应该还在！"大山立即飞奔到实验室，去叶宸的桌子上翻书，果然在一本书里找到了这张纸条。这纸条上写着：

叶老师：

早上去食堂接水的时候，几滴雨落下来打在身上。豆粒大的雨滴不算温柔，也不似狂风骤雨般始终想掠夺些什么，一畅一滞之间如打情骂俏又含羞矜持的少女，方寸刚好。而我,最喜欢这种云青青兮欲雨、水澹澹兮生烟,大雨将至未至、未来估摸不透的神秘感。

我最喜欢雨,化雨而去,应该很美吧……希望这美丽的样子被您永远记住。感谢您多年的培养和照顾,如果有来生,请让我照顾你!

宋晴

"写的尽是些什么东西啊,前言不搭后语的,接个水也有这么多感慨,精神病吧!之前想的没错,果真是抑郁症的表现了!研究出了培育基这高兴的事还会跳楼自杀?"大山嘀咕着。每一次他觉得有一丝希望的时候,都被一盆冷水浇灭了。

"但是他们去机器室干吗呢?还有,那天有人打了我一拳,哎哟,现在还疼呢!哎呀呀……搞死了,太乱啦……都怪那天停电!"大山又反复地看了看停电之前的几分钟,发现宋晴和叶宸确实没有动作,但是……"程林在做什么?"大山发现所有的人在停电的前几秒都很正常,只有程林的一只手有往下按的一个动作,虽然按在一张纸上,但却是整个实验室中最可疑的一个动作。

"那天宋晴跳下楼之后,程林也在边上煽风点火的,说什么她研究出来培育基之类的话,莫非他知道些什么?"大山突然意识到,那天放宋晴和叶宸去医院,就是因为程林带头起哄,所以才草率做了决定。所以他将注意力转移到程林身上,要在程林的身上好好调查。虽然他知道这次摊上大事儿了,但死也要死个明白!

"把程林给我叫过来!"大山吩咐道。

程林似乎早已料到了，他并不惧怕，神态自若、面带微笑地走到了大山面前。

"程林，看你平时挺老实的，没想到你关键时刻出阴招啊！"大山试探着问道。

"山哥，这几天没休息好吧，黑眼圈这么重，精气神儿也不如以往了。应该多注意休息，别每天幻想这么多事！"程林云淡风轻地说道。

"是我的幻想吗？"大山有些急了。

"我不明白你说的是什么。不用试探我，我是直性子，有话直说就好。"程林淡淡地说道。

"好，有话直说！你先看看这个！"大山把监控视频的高清截图甩给程林，"看吧，你的手在干什么？"

"你说的是什么动作？把手放在桌子上吗？这个动作很特殊吗？"程林面带尴尬地说道。但是他心里知道，那张演算纸下面放着一个遥控器。在他按下遥控器按钮之前，监控还是可见的。

"这个动作不特殊，但是这个按压的动作出现的时间很特殊！你知道这是什么时候吗？"

"不知道。"

"这是停电的前1秒！"

"哦，那又怎样？"

"说，纸下面藏的是什么？你按下的是什么？"

"呵呵，山哥，我想您这几天有点草木皆兵了，可能是太累了，好好休息一下吧！"程林保持淡定的语气，面带微笑，这微笑似山谷

[2049]

中的闲云野鹤，让人看不出一丝破绽。

"不说是吧？那你可要吃些苦头了！"大山"啪啪"拍了两下手掌，在门外候着的人一拥而入，把程林带走了。

程林被带到一个阴冷的地下室。

"先在这里想想清楚，过几天我再来看你！"大山转过头恶狠狠地说，"你们几个给我把人看好喽！可别再给我出什么乱子！"说罢背手转身而去。一边嘟囔着他的口头语"搞死了"。

大山走后，紫陌静静地躺在病床上，她仍然不敢说话，因为这场"戏"要叶宸陪她继续演下去。

冯医生也没有声张，因为他们脖子上的监听设备还没有拆除。

叶宸坐在紫陌的病床边，内心百感交集。他后悔不应该和紫陌走得这么近，如果不是这样，这一次也不会连累她，紫陌也不会差一点丢了性命；虽然在监狱般的实验室里绝望地生活，但有紫陌相伴，就像他的生活中照射进一缕阳光一样，给了他生机和活力，时间长了，这种陪伴，他想永远都拥有；他无数次地自责，不该这么自私地想要拥有这样的陪伴；他也无数次地曾想过要与紫陌拉开一段距离，但她的脸庞、她的微笑、她的声音，她的小心思、小智慧就像磁铁一样，紧紧地吸住他的心，让他无法挣脱……这样的感情，可能不是单纯的欣赏了，可理智告诉他，不能喜欢紫陌，为了她好。他又摸了摸紫陌的脸，"唉，没事就好，顺其自然吧……"连续多时的劳累伤神，叶宸坐在紫陌的病床前睡着了。

紫陌的小手被紧紧地握在他温暖的大手里，这温暖从手里一直流向心里，这是叶宸第一次这样温暖地握着她的手。紫陌一动也不想动,想让这样的温暖持续久一点、再久一点,甚至生命永远定格在这一瞬间也值得。

她早就让医生准备了笔和纸,趁叶宸睡着的时候写好了字,放在了他手上,为了不让自己的突然醒来惊吓到他,让他脱口而出暴露计划的话。紫陌闭上眼睛,手微微一动。

叶宸醒了,他迷迷糊糊地睁开眼睛,看到了手上的纸条。打开一看,上面写着:

让您担心了,我没事。
我们现在还不能说话。

叶宸的心里突然开了花,他看着已经微微睁开眼睛的紫陌正在对他微笑,心里的花开得更绚烂了。紫陌就是这朵花,不,紫陌要比这朵花还要美!他高兴得站起来来回踱步,恨不得一跳三尺高,他不知道紫陌是怎么做到让自己安然无恙,又让医生配合得这么好的。他真想冲过去抱抱她,可是他克制住了自己。他在纸上写下了:

氯化铝与碱反应

$$AlCl_3 + 4NaOH = NaAlO_2 + 3NaCl + 2H_2O$$

紫陌看着方程式,思索了片刻,好像突然懂了,害羞地笑了。

这时,冯医生进来了。他看到了睁开眼睛的紫陌和开心的叶宸,便知道这事叶宸已经知道了。

[2049]

冯医生又拿来一些纸和笔,并给他们看了一张纸条:"已用公共电话报警说明基本情况,为确保安全并了解有关情况,警方会先为你们拆除颈圈。在此之前不要声张。"

紫陌双手合十,恨不得说上千万遍感谢,但此时只能流露于表情,双手一拜再拜。

叶宸用笔在纸上写了大大的"谢谢",冯医生摆手示意不客气,嘴上说着:"叶老师,她的状态怎么样?"

"呃,状态还是不怎么好,一直昏迷不醒……"叶宸配合地说。

"我们过一会儿会进行专家会诊,对她的身体进行复查,从高空坠下五脏六腑容易发生内伤,可能还有致命危险,还是小心一些好。"

"谢谢冯医生,你们太负责任了!我会在这照顾好她,等着你们会诊。"

由于冯医生介绍说这个监听设备是特殊材料制作的,拆卸过程可能有爆炸的危险,因此警方也派来拆弹专家小心翼翼地进行拆卸。

28
捉拿归案

徐警官对手下说:"最近一直都在接到有关失踪人员的报案,可案情一直没有进展,几次发现可疑对象在跟踪的时候都会跟丢,我怀疑这件事跟失踪人员的案子有关系。大家必须提高警惕!"

在拆卸过程中,他们发现这看似很细的颈圈,确实装有引爆装置,使用的是高密度的爆炸材料,而且脚上的GPS定位系统也有引爆装置,他们真为叶宸和紫陌捏了一把汗。

过了两个小时,监听设备和GPS全部拆卸成功,警方保存了这些证物,叶宸和紫陌终于可以自由讲话了!

随着监听设备的拆卸成功,实验室的监听信息突然失去了信号。

大山正在地下室里对程林严刑拷打,逼着程林讲出停电那天发生的事情。程林已遍体鳞伤,精疲力竭,但一个字也没有说。

"山哥!"

"慌慌张张地干什么?"

"不好啦!"

"又怎么啦?我都到这步田地了,现在还有什么承受不了的?说!"

"监、监听设备……断、断了!"

"什么断了?好好说,别磕磕巴巴的!"

"叶宸和宋晴的监听设备,断、断了!"

"什么?断了?是不是信号不好?"

"不知道……"

"天天都有麻烦!我去瞧瞧。搞死了!"大山转过头阴着脸跟程林说,"等我回来再好好收拾你!"

程林一听监听设备断了,心里更踏实了,伤痕累累的脸上泛起笑容,心想:"我果然没有看错人!只是不知道能不能坚持到看到阳光的那一天了!"

大山三步并作两步跑到监听室,果然,对叶宸宋晴的监听并不是"嘶嘶拉拉"信号弱的声音,而是完全无声音了。

"快,看看GPS!"大山慌了,怕的是这两个人已经报了警。

"山哥,他们的GPS也消失了。"

"还不快把他们最后几天的录音给我调出来!!"大山暴跳如雷,"不是叫你们一天二十四小时好好监听的吗?你们都听什么了?"

"山哥,我们确实在一直监听,但没发现任何问题啊!"

"我听听!"大山一把夺过耳麦。听到叶宸抽泣的声音,自责抱怨的声音,听到冯医生说宋晴依然有生命危险,要进行专家会诊的声音……确实没有什么问题。

"山哥,你说会不会是医生做手术的时候,把宋晴的颈圈摘掉了?"

"不可能!颈圈能碍手术什么事?再说,他们又不知道颈圈是干什么的,万一要是给摘掉了,那……"

"那岂不是爆炸了?那不是更好?"

"你是猪脑子吗?"大山骂道,"宋晴的爆炸了,那叶宸的怎么也跟着爆炸了?他又没做手术!"

"那就是……"几个手下不敢说下去了。

大山傻傻地愣在那儿,脑袋一片空白。"宋晴到底是什么来头?血液样本出来了吗?"他问道。

"山哥,出来了,这血液不是宋晴的!还有,从血液分析的结果来看……我们调出的DNA数据库里,没有叫宋晴的。"

"什么?查无此人?"大山的脑子完全乱了。

警方很快从叶宸、紫陌那里获得了这个组织的所有信息,"你们是最先逃出来的!"徐警官断定这个案子就是他们迟迟破不了的失踪案,决定对该组织进行抓捕。

"可是,这地方在哪儿呢?"徐警官问道。

"我们来去两次,都是蒙着眼睛,但从路程来看,两次都走了同一条路,所以我能肯定通往那里的只有唯一的一条路,不然他们应该会选择不同的路。"叶宸说道,"我们应该经过了一个村庄,应该是土路,很颠簸,有家畜的叫声和很浓的粪便味儿……"

"叶先生,您这么描述,我们也无法确定位置啊,这里本来就是郊区，附近的村庄实在是太多了！"

大家唉声叹气，一时陷入了僵局。

叶宸仔细思考了一下，"让我再想想……车子时速大概100迈，应该是高速，走了40分钟，在桥上盘了一圈下高速，之后是60迈走了30分钟，最后转到小路的时候车速大概40迈，应该进入了村庄，走了20分钟。这样的话，我们可以粗略判断一下距离排除一下。"

徐警官拿出地图，问道："你确定吗？"

"我确定！"叶宸自信地说。

"我们叶老师可厉害了！心算很强大！"紫陌向叶宸投来崇拜的目光。

"上了高速以后，100迈40分钟，大概是跑了六七十公里后盘桥下高速，只有……这五条路，后面60迈半小时，大概又跑了20公里，剩下这三条，进入村庄后40迈20分钟，跑了13公里，这两个村庄都符合。"徐警官分析后，又问道，"那里还有没有其他的特点了？"

"那里像是一座废弃的小学！"

"啪——"徐警官一拍桌子，"柳林村！那里是有一座废弃的小学！"

"太好了！目标明确了，我们出发吧！"大家兴奋地说道。

紫陌转了转眼睛，突然想到了："还有！为了防止他们起疑心，最好恢复我们的GPS！"

"可是GPS已经被我们切断了，还能恢复吗？"

"我来试试！"刚才负责拆弹的王建说道，"我学过一点程序，刚刚我拆卸的时候觉得这个装置也不是特别复杂，应该可以联网恢复。"

"别谦虚了，王建可是被拆弹事业耽误的程序天才！"

"行啊王建，真没想到你还有这本事？这次派上用场了哈！快研究研究吧！这次我们可不能再跟丢了！"徐警官说道。

王建开始联网恢复他们的GPS数据。

"哎哎哎……山哥，GPS信号又有了！看来还真是多想了，可能真是信号不好！"

"定位在哪里？"

"还是医院啊！"

"吁……"大山长舒一口气，"希望是我想多了！"

"队长，他们是从这里来的，大概有一百多公里。"王建已从地图上定位到了大山的秘密组织所在地。

"好！把这两个GPS都打开，顺便把监听设备也恢复，让他们以为叶宸和紫陌还在医院，不要打草惊蛇！"徐警官整整衣襟说，"我们立刻行动！"

"山哥山哥！监听信号也有了！可能就是刚才医院的信号不好！真是虚惊一场！"

"哈哈，虚惊一场啊，虚惊一场！"大山现在宁可相信这是一场意外，也不愿相信会有更糟的事情发生了。

医院里，几个护士对着监听设备"演戏"："把刀给我！""从这里切开。""哎呀呀，太严重了。"……

大山他们还在监听室傻乎乎地认真听着。

一个多小时后，警车到达目的地。

[2049]

"就是这里!"重返实验楼的叶宸和紫陌对这个阴森恐怖的地方仍心有戚戚。

"你们是谁?"门卫一边问着,一边把手摸向后腰。

"小心,可能有枪。"徐警官小声与其他人说道。

徐警官出示了警察证,"我们是警察,要在这调查一些事情……"

谁知话音刚落,门卫就立刻拉响了警报通知。

"山哥,不好了,门外来了一群人,好像是警察!"

"警察?真的假的,哪来的警察?"正在监听的大山垂死病中惊坐起般地说道。

"你看啊,就在门口!呀,现在进来了!"

门卫很快就被警方控制,警车缓缓开进校园。

趁警察没进行全面搜捕,大山连滚带爬地跑到了操场,看看究竟还有无回天之力。

"你们已经被包围了,赶紧投降吧!"此时,警方已经做好对方有枪支弹药的准备,将"学校"紧紧包围。

"这这这……怎么回事?你们是谁?"大山战战兢兢地问道,他不敢相信自己的眼睛。

"我们是警察,你们知道自己怎么回事吧?"

"都别动!我们有引爆装置!若你们敢轻举妄动,我就跟你们同归于尽!"

"省省吧,大山先生!我们来都来了,能没有提前准备吗?"徐警官泰然自若地说,"我们早就摸清了你们的底细!赶紧把人都放了，跟我们回去老实交代吧！"

"不要放烟幕弹！你们是怎么找到这个地方的？"

"让他们下来吧！"徐警官示意道。

叶宸先从警车上下来，"好啊！你小子！我好心让你去医院陪学生，你竟然敢出卖我！"大山气得手直抖。

紫陌紧跟着从警车上下来，吓得大山虎躯一震，"你你你你你……"

"对啊，我我我我！"紫陌把眼睛睁得大大的看着他。

"你刚刚不是在复诊，在做手术？"大山看到了站在他面前的紫陌，恍若隔世。

"呵呵，不是我在复诊，是你们的监听器在做复诊！"

"你不是……"

"我不是死了？我不是在医院？真让你们失望了，我还活着，并且又找回到这里。这里所有的情况警察都了解清楚了，你们快把这里所有的研究员都放了，乖乖投降吧！"

"你们是怎么做到的？被你们耍了、被你们耍了啊……你们真是把我搞死了……"大山仰天长叹，"不过你们还是来晚了一步，如果再向前走一步，这些研究员一个也别想活命！"大山拿起手中的引爆装置。

"徐警官，研究员脖子上还戴着颈圈！"紫陌说道。

"退后退后！"大山垂死挣扎。

"呵呵，不要紧张，这个颈圈，已经被王建解密了！"

"啊？"大山拼命地按下引爆键，结果毫无反应。

[2049]

心如死灰的大山束手就擒，研究员都被解救出来了，他们坐上了警察早就准备好的大巴车，足足装满了一车。

"不对！怎么少了一个？"紫陌说道。

"少了谁？"

"程林啊！"

"说，程林在哪儿？"警察问道。

"呵呵，那个家伙，命不久矣！"

"他在哪儿？"紫陌气冲冲地问道，

"呵呵，他害了我，自然要让他永远在一个暗无天日的地方自生自灭！"

"你为什么这样对他？"紫陌气得揪住大山的衣领问道。

"他竟然跟你们是一伙的！他该死！我当初就不应该同情你，把你送出去……"大山恶狠狠地看着紫陌，又回头看了看叶宸，"还有你！"

"他到底在哪儿？"紫陌问到。

"在哪儿？现在，他马上要被埋在地下了！"说着，大山按下了爆破按钮，整座大楼瞬间倒塌。

"不！程林！"紫陌像脱了弦的箭一样冲了过去，又被警方拉了回来，"别过去，危险！"

"为什么要这样对他！"

"呵呵，我还是太善良了，看不得那么多人死，不然我应该连楼带人整个儿一起炸掉！程林太可恶了，要是没有他，你们也不可能得逞，我后悔没亲手结束你们，但我可以结束他！我还是太善良了啊……"

大山立即被警方控制,搜查他身上所有的可疑物品,确认安全后被带回警局。

警方展开对程林的营救工作。

"这样一点一点挖,要何时才能找到他?现在一分一秒都很重要啊!"

"叶老师,刚才他说在一个暗无天日的地方,可能会在什么位置?"徐警官问到。

"暗无天日,会不会是地下室啊?可是,我们从来没见过哪里还有个地下室!"叶宸皱了皱眉,陷入思考:"这是一所废弃的学校,学校一般是不会设置地下室的,这么大一所学校改造成实验室空间绰绰有余,即便需要一间审讯室,随便找一间空的教室就好了,无需在地下费那么大劲去挖,新造一个。所以这个地下室肯定是原来就有的。学校的什么位置需要地下室呢?"

紫陌也陷入了思考:"叶老师说得对,如果不需要自己动工去挖的话,应该会有现成的地下室。这里以前是一座学校,地下室阴冷潮湿,有什么用处呢?储藏用?储藏什么呢?物品?食物?如果真是这样的话……那地下室可能会在……食堂!快去食堂看看!那个位置!"食堂不大,只有一层,搜寻起来更加方便了。

"程林!能听到吗?"

"程林,你在哪儿?"

大家都在呼喊着程林的名字,期盼着他的回应。

警方的后援队也纷纷而至,搜救力量大大增加了。一个小时过去了，两个小时过去了，三个小时过去了……依然没有程林的回应。

夜幕降临，月亮躲了起来，天上没有光，星光也被绝望的夜吞噬，似乎这漫漫长夜，永无止境。

紫陌坐在一片废墟上抽泣着，失去了信心。"程林你知道吗？自第一天看见你，我就觉得你和他们不一样！他们的眼神里是得过且过的苟活，而你的眼神里总是充满期待、充满希望。你知道吗，我很佩服你的能力，我到现在都不知道，你是怎样让电乖乖地听你的话，想让它亮就亮，想让它灭就灭……如果没有你，我们不知道还要被关在这里多久，没有未来没有希望……程林，你不知道你有多伟大，你就是我们心里的英雄！可是老天为什么让你承受这么多痛苦呢？我都不知道你在地下室关了多久，他们都对你做了些什么，你都经历了什么，冷吗？疼吗？累吗？你现在在哪里啊？以后还能再见到你吗……"说到此处，紫陌已经泣不成声。目光所及之处尽是模糊的世界，她从废墟上站起来，准备离开。

再次回首，她隐约看到废墟之下有微弱的光……这光若隐若现，擦干眼泪仔细一看，忽明忽灭……

"程林！"紫陌又跑了回去，"是你吗，程林！"叶宸、徐警官也闻声而至。

"怎么了？"

"这里有光！"紫陌欣喜，"这一定是程林！只有他可以控制这里的电路！"

"你们快过来一起找！"徐警官吩咐道。

大家齐心协力，一起在光源之处搜寻，终于，生命探测仪发出了信号。大家挖得更加起劲儿了，"在这里！快！""担架准备好！"

程林被抬出来了，浑身是伤，呼吸微弱，但眼神依然明亮，充满希望地看着紫陌。

"没事了，没事了啊……程林你再坚持一下，咱们回家了！"紫陌哭着说道。

这一切终于结束了。

程林在医院进行抢救治疗后，终于脱离危险，安然无恙地躺在病床上了。

"谢谢你们……"程林用微弱的气息说道。

"别说话，先好好休息吧！"紫陌说。

"那里以前是个村庄，政府重视教育，不惜重金建了这所学校，后来据说是要搞研究，把村里的人全部都安置到城市里了，村里的人想着也是好事，求之不得，就都顺从了。谁知道这地方竟然变成了搞研究的人间地狱！呵呵……他们怎么也想不到我从小就在那个村庄长大，这所学校我爷爷还参与了建造，爸爸是这所学校的电工，爸爸工作时经常带着我在学校里玩。虽然我最后选择了研究生物工程，但对电路的研究，特别是这所学校的电路，我实在是了如指掌。可是，要在没有任何通信设备的情况下要逃出来，我一个人的力量是肯定不够的，我一直在等，等待像你们一样的人出现……是你们给了我希望！真的谢谢你们……"

"没想到你有这样的经历，这次受苦了！好好休养，赶紧给父母报个平安！"叶宸说道。

一场风雨终于停止，叶宸开车送紫陌回家。

【2049】

"真没想到,程林竟然从小在这儿长大!"紫陌说。

"这学校里的研究员都是他们千挑万选的精英,肯定是藏龙卧虎的!"叶宸点着头说,"不过,你这一出戏可真把我吓坏了!"

"真的吗?"

"当然了!我是你的老师,得对你负责啊!你要有个三长两短的,我得负责!"

"只是因为这样?"

"不然呢?"

"那……关心我吗?"

"肯定的。"叶宸觉得这个话题不能再继续下去了,马上转移话题,"说说,怎么想到设计出这么个绝地逃生的计划的?"

29 偷　袭

"这还不简单，他们没有我聪明呗！"

叶宸一笑。

"我第一次见大山就发现他肯定迷信！他手腕上、脖子上戴着那些珠子链子，而迷信的人很在乎天气啊，吉利不吉利啊，他总说这样的话。"

"为什么用培育基做酒呢？"

"大山的办公室有酒！"紫陌坏笑，"我先研究出了肉类的培育基，增强了信心，再培育液体其实更简单一些，还有我必须得让他们知道我研究出了培育基，而且做出来了！这样他们在紧急情况下首先会想到不会让我死。"

"但是从楼上跳下来多危险啊，你胆子够大的！"

"那些天我一直期待钩卷云和炮台云的出现。钩卷云一般出现在暖锋面和低压的前面,说明锋面或低压即将到来,是下大雨的先兆。没听过这个谚语吗:"炮台云,雨淋淋"。炮台云这种堡状高积云或堡状层积云,多出现在低压槽前,表示空气不稳定,一般隔8~10小时左右有雷雨降临。我算好了那天会下大暴雨,下雨后泥土会松软,天时地利,加上楼层不高。没事的!"

"不过,你衣服里鼓鼓的东西可被我发现了哦!我可帮你做了掩护!这个你得感谢我!"叶宸笑着说道,"你哪来的弹簧啊!"

"嗯……这个确实有点冒险,但我赌一把你会第一个冲下来掩护我。我在宿舍的床上卸下来一些弹簧,感觉弹力还不错!就在衣服里做了弹簧气垫,先把弹簧勒紧,跳下去之前松开。对了,多亏了咱们的'校服'外套,又宽又大,不留心都看不出来,起到了缓冲的作用,嘿嘿!"

"弹簧气垫?哈哈,太有才了,我一开始怎么没有发现呢?"

"那是你没顾得上!总之呢,弹簧不是很大,衣服又很宽松……"

"聪明啊!这个连我都想不到!"叶宸不自觉地又回到了那个话题,"不管怎么说,这次实在是太危险了,中间任何一个环节出了问题,都是大事,以后不能再做这样危险的事了!"

"如果我要是真的死了怎么办?"紫陌盯着叶宸的眼睛,生怕漏掉他眼神中任何一丝信息。

"呵呵,说什么傻话!该打!"说着,叶宸轻轻拍了一下紫陌的头。

"手怎么了?"叶宸猛然看到紫陌的手指破了。

"找程林的时候不小心夹到了。"

29 偷　袭

"疼吗？"

"当然啊，十指连心，疼得要命！"

"受苦了！"看着紫陌细嫩白皙的手破了皮流了血，手指夹得发紫，心疼、爱护之心涌上心头。他再也控制不住自己的感情，轻轻抓起了紫陌细细的手腕。"都怪我没保护好你……"

此时，紫陌的心脏已经跳到了嗓子眼，一动也不敢动。

叶宸还在絮絮叨叨不停地说着，可紫陌一句也没有听进去，此时她身体所有的听觉触觉嗅觉味觉等感觉全部都集中到了那个手腕上。

就像有一种力量在推着她的手，她的手不停地向上、向上滑，直到不知何时与叶宸的手十指相扣。

叶宸也感觉到了。他终于拉到了她的手，就像怕这一刻不真实，害怕紫陌稍纵即逝一样，他的手越握越紧了，嘴上还是不停地说着——叶宸从来都没有不间断地说过这么多话……

不知开了多久，车子终于停在了紫陌家的门前。

"我到家了。"紫陌希望时光就停留在这一刻，不想放手。可能是重返自由的愉快，也可能是心里的小鹿乱撞一时间冲昏了头脑，或许是她早早就想做这件事：她顺势拉起了叶宸的手，亲吻了他的手背，"谢谢你送我回家！"接着莞尔一笑，准备下车。她还没来得及拉开车门，一只手臂就将她揽了回来，来不及反应，叶宸的嘴唇就吻了过来，那么软，那么温暖。

紫陌大脑一片空白，只期待着吻后的一场告白。

5秒钟后，没想到叶宸摸着她的脸说："今天辛苦了！明天见！"

"嗯！明天见！"虽然她整个脑子已经完全乱掉了，但还强力地保持镇定，脑海中反复想着一句话："糟了，我恋爱了。"

一整夜，紫陌反复回味着那一吻，温暖幸福淹没了十指连心的疼痛。

叶宸回到家冲着澡，回想着自己没有言语的告白就冲动地吻了她，也琢磨着怎样补救才比较合适，更想确认这一切是否都是真实的。"不会是在做梦吧？我们逃出来了，我还吻了她？"他使劲儿抓着自己的身体，指甲划伤了自己后背，流了血。

……

"叶老师，你快走吧，这里已经不安全了，禾睦公司现在到处找你！"

"这是我的项目，我不会放弃的！还有一点点就成功了！"

……

小叶皱了皱眉头，想起了更多，又陷入下一段回忆。

熙熙攘攘的高端论坛上，几个黑衣人鬼鬼祟祟地盯着叶宸看，心思极细的紫陌一直环视四周，看出了些许端倪，一直紧紧地跟在叶宸的左右。

突然，黑衣人仿佛接到了什么命令，纷纷点头，瞄准了叶宸，从指间弹出极细的针状的东西。

"小心！"紫陌紧紧地从后面抱住叶宸，三根针一样的东西扎进了紫陌的后背，瞬间，她动弹不得。

"紫陌！你怎么了？"叶宸惊慌失措，对着左右大吼道，"叫救护车啊，都愣着干什么呢？"

晓光组长整个人都傻掉了，用颤抖的手按下急救按钮，小型飞行救护机立刻飞了过来，停在了会议中心的门口……

30
记忆输送

小叶再也不能回忆下去,她的泪水浸湿了前襟。若不是这次输送回忆,这些刻骨铭心的记忆不知道何时能再这样清晰地连成一串,浮现在她的脑海中。

此时,其他人的记忆输送已经结束了,大家面面相觑后,目光都停在已经哭成泪人的小叶身上。

"小叶,你怎么啦?"不知情的子衿问了她一句。

小叶立刻反应过来,是回忆太汹涌,自己控制不住情绪了。"子衿,我好害怕……"小叶顺势说道。

"咳,你胆子也太小了吧,这有什么好怕的,又不会对你的大脑造成什么损伤,你瞧你这样哭哭啼啼的,这样的回忆信息有什么价值呀!"子衿瞟了小叶一眼,她此时觉得小叶的回忆信息输送纯属浪费时间。

[2049]

　　只有熙妍注意到，小叶伤心欲绝地哭，一定不只是单纯的害怕，她虽然不知道是怎么一回事，但觉得一定有蹊跷。

　　"好，既然大家都已经输送结束了，那就可以先回去了，系统整理好信息后会为夏老前辈输送你们的这些记忆，到时候看看结果吧！谢谢大家！"丁逸飞说道。

　　记忆信息整理好之后，医疗部开始对夏燔进行康复记忆治疗。

　　记忆的碎片按照时间的顺序慢慢整合，通过电流输入到他的大脑当中。这是医学部在这个领域的第一次实验，谁也无法保证最后的效果。

　　"这次实验建立在夏茗研究成果的基础上，希望医学部在记忆恢复领域能够有所突破！"丁逸飞为了这件事熬了几天，眼睛已经通红了。

　　"丁部长，您也要注意休息，别把自己的身体熬坏了！"夏茗说道。

　　"哎，心里总想着这些事，失眠也是难免的！"丁逸飞的敬业精神在研究院绝对是数一数二的，他想研究的事，想解决的所有难题，他都会全身心地扑在上面，不受任何事情干扰。"听说何清卿最近在研究一个项目，能够将人的睡眠储存起来。这个项目要是成功了，'失眠'这个词语将不复存在啦！"

　　"呵呵，清卿是个天才！希望这个丫头能够弄出点名堂来，解决困扰我多年的问题！"丁逸飞笑道。他眼角的皱纹像深深浅浅的沟壑，在这沟壑里，不知埋藏了多少个不眠的日日夜夜，不知隐藏了多少艰辛和汗水，这是岁月带给他的痕迹，也是时光给他的勋章。

"说实在话,我现在还是蛮兴奋的!"夏燔满头贴着电极片,眉飞色舞地说道,"哎,也不知道你们这个所谓的'记忆输入'好不好使?"夏燔装作一副"不害怕"的样子,其实他的内心怕极了,他对这个世界的一切都持怀疑态度,尤其是医疗领域。

"夏前辈,我们虽然不能保证记忆输入的效果,但我们会保证您的大脑健康和人身安全!"丁逸飞义正词严地说道,"这也是一次新的尝试,若在您身上试验成功,我们在医学领域又有新的突破了!"

"啊,这么说,我是小白鼠了?"夏燔吓得脊背发凉,他觉得,果然不出所料,医学部还真是不靠谱,第一次试验就用他,真是倒霉。

"爷爷,您大可放心!这个实验的基础是一项成熟的技术——电极知识输入,这项技术已经非常成功了,您没看到最近学校都在拆除或改建吗?记忆输入和知识灌输都是一样的,别怕!"夏茗说道。

"知识灌输,这个好!孩子们不用上学了,我是没赶上好时候啊!"夏燔自言自语道。

"可是您赶上另一个好时候了呀!您马上就可以恢复记忆了,快闭上眼睛,配合我们的治疗吧!"夏茗快有些不耐烦了。

几经安慰和劝解,夏燔终于放下了忐忑的心,随着工作人员的口令慢慢放松,合上了眼睛。

记忆的片段袭来,夏燔感到一阵头痛……他紧闭双眼,紧锁眉心。

"叶宸!""爷爷!""爸!""夏燔老前辈"这几个称呼在他头脑中不断的盘旋,他的大脑一片混沌,头已经要炸了。

他虽然闭着眼睛,但几乎能清楚地看到、听到、感受到那些属于他的回忆,哪怕是一丝微风吹过,一缕发香飘过,一片雪花落在他的肩膀上,就连一阵一阵的心痛都是那么的真实。只是,他始终看不清对他微笑的那个女孩的模样……

不知道哪一段回忆刺激了夏燔的神经,他的情绪突然失控,开始呼吸困难,大喊:"救命!谁来救救我!"一边疯狂地咳嗽,就像在挣脱谁的控制一样,一个跟头翻滚在地,并在地上来回地打滚,不断地拍打自己的身体。

"哎?这是怎么回事?"丁逸飞最害怕的事情还是发生了,"不应该啊!这个实验很安全的!"

"丁部长,现在怎么办?"夏茗有些着急了,他害怕辛辛苦苦的研究成果就这样毁于一旦。"丁部长,不然先中止输送吧,这也许是个循序渐进的过程!"

"实验中止!"丁逸飞懊恼地发出了指示。

所有的工作人员都被夏燔的强烈反应吓得手足无措,手忙脚乱地将贴在夏燔头上的贴片都摘了下来。

"水,水……"夏燔一边咳嗽,一边急切地说道。

"夏前辈,您这是怎么啦?"丁逸飞百思不得其解。

"不知道,感觉浑身被火烧了一样!"夏燔气喘吁吁地说道,大口大口地吞着水。夏茗一搀扶他,发现他的衣服都被汗水浸透了。

"您现在感觉怎么样?"夏茗连忙问道。

"什么怎么样,你们这是什么破实验?搞得我脑子都痛了,差点儿一口气背过去!"夏燔气极了,"我就不该相信你们!"他大声嚷嚷着气冲冲地走了。医学部所有人都面面相觑,一言不发。

夜里，夏燔睡着了，做了一个又一个模模糊糊的梦。在梦里，他是一个研究生物技术和人工智能的科学家，反反复复地在做着实验，他永远都是一身白大褂，带着胶皮手套……过了一会儿，他将两种液体倒在一起时，试管突然爆炸了，熊熊大火在他的身上燃烧，烧得他不停地在地上打滚。

夏燔猛地惊醒了。

"呼呼，吓死了，还好是个梦……嗯？怎么又是这个梦？"他暗暗地想，心中充满了疑问，"这个姓叶的又是谁呢？"

夏燔在偌大的智能房间里来回踱步，看看天花板，看看水晶地板，再看看窗外的蓝天白云和青山绿水，还有这些似乎随时都会"变形"的摩天大楼，"再这么过着'原始人'的生活终究也不是个办法，我得学点新知识了！"他第一次开始想融入这个社会了。

经过许久对输入记忆的"消化吸收"，他渐渐地记起来一些东西，可是一方面记忆总是断弦，连不上串；另一方面他总觉得自己的过去很神秘，自己的身份很特殊。

这一天，子衿刚刚练完球回家，夏燔叫住了她："子衿，你过来，我想跟你咨询点事儿！"

他这么一问，让子衿很好奇。夏燔虽然对这个社会的一切科技都一窍不通，但他从来都不主动问，都是大家耐心地讲给他听，他好像很排斥，又好像对这一切都不屑一顾一样。子衿一直觉得这个从"原始社会"走来的老头儿，性格倔强得实在是古怪，不知道他这样硬撑着不问设备怎样使用究竟是为什么，真让人捉摸不透。"什么事儿啊爷爷？"

[2049]

"上一次夏茗他们给我记忆输送的时候,好像提到过有一个叫什么柏川的发明了一个给大脑输送知识的玩意儿,搞得现在学校都拆了。这东西灵吗?我也想试试……"夏燔嗑着桌子上的瓜子,用一副渴望得到肯定答案的眼神看着子衿。

"当然灵了!学校都拆了,不灵找谁去啊?"子衿哈哈大笑道,"您终于觉得自己要混不下去了?"

"什么叫混不下去啊,你这个小丫头说话真逗!主要是我现在记起一点来了,感觉我以前应该是个牛人!不学点东西怎么证明曾经的自己有多牛呢?"

"哈,牛人?那您都记起来可得好好给我讲讲您曾经的故事!"子衿半信半疑,"现在每家都开始配置知识传送器,您哪天状态好了,我给您弄!"

"我现在状态就很好,快点儿给我传送吧!"夏燔用手指着自己的脑袋说道。

"好好好,这都好说,现在就看您脑子里能装下多少知识了!"

子衿将知识传送器所有的线都连接好,让夏燔坐在座位上,头上贴好所有的电极片,准备操作。

"爷爷,您想学点儿啥?"

"学点儿……"夏燔思索片刻,脑海中不断浮现着白大褂、胶皮手套、试管等物品,便说道,"先学点生物医疗方面的知识吧!"

"好嘞!"子衿开始对着电脑操作。"真没想到!输送速度还挺快!爷爷,您的脑容量真的很大!"子衿想不到,虽然夏燔几乎是从另一个社会"穿越"过来的,但是他大脑的开发程度、脑容量,以及吸收知识的能力要大大超过普通人。

没一会儿的工夫，所有从古至今医疗生物领域的知识都被夏燔吸收了，系统显示"输入成功"。

"再给我来点儿人工智能方面的！"

于是，子衿又开始为他传送人工智能领域所有的知识，心想：这回不一定能够传送进去了，能"消化"多少是多少吧！

让子衿瞠目结舌的是，片刻工夫，系统再次显示"输送成功"。

"哎？这个系统不会坏了吧？怎么又输送成功了？这是怎么回事？一般情况下，正常人能输送进去一个领域的所有知识就已经很不错啦！"子衿自言自语道。

"我说，我以前一定是个牛人吧，你还不信，你呀你呀！既然这样，我再学一些电子科技方面的吧！"

子衿皱着眉继续操作，怎样也想不通为什么爷爷的大脑要异于常人。仅仅十五分钟的时间，系统再次显示"输入成功"。

被知识"武装"了大脑后，夏燔觉得自己简直是"满血复活"，浑身精力十足，他已经掌握了电子科技领域所有的知识，后面再有需要与电脑、机器人打交道的事情，他自己就能解决了。要是有解决不了的事情呢，他可以选择为自己传送知识，"这种感觉实在是太棒了！"夏燔兴奋地双手握拳，在空中亢奋地挥舞着。

31
重 生

获得"重生"后的夏燔为自己接下来的生活列了一个计划：首先，就是要拾回记忆。他发誓，一定要将自己的身世了解清楚。从之前输入的零星记忆中，他可以断定，他以前应该是研究生物科技的。因此，他决定要去研究院继续探索这方面的知识，这样一方面在工作的过程中能够刺激他的记忆神经，另一方面，也能为这个新的世界做出一点贡献吧！

现在，夏燔对这个社会一切智能设备的操作都熟悉了，就等着他将头脑中所有的能量都释放出来，搞出点更大的名堂呢！他认为，这个世界的一切资源都太丰富了，不用？简直就是浪费！

下定决心后，夏燔决定对自己先来一个从内而外的"脱胎换骨"。于是，他又为自己输入了心理学、文学领域的知识，希望能够提升自己的品位，读懂周围人的心理状态。然后，他走到智能衣柜前,开始量身打造一套适合自己竞聘的衣服。他在智能衣柜前的屏幕上先挑了挑样子,选中了一款深紫色带黑色条纹的T恤,选了一条深蓝色的西装裤,然后又对颜色和款式做了适当的调整和改进,接着又选择了衣服和裤子的面料,"万事俱备"后,点击"开始制作"按钮。衣柜先是对他的身材进行360度扫描,随后就进入了制作阶段。过了大约15分钟,他的衣服和裤子就整齐地摆好,"新鲜出炉"了。夏燔拿着衣服里外地翻看,和他想象的一模一样,心想:"高科技的世界就是爽啊!衣服都不用逛街去买了,量身定做,真棒!"

他又用同样的办法为自己做了一双皮鞋。穿戴好之后,他自信地走出家门,坐着无人驾驶车驶向研究院。

此时,已接近黄昏,蛋黄一样的夕阳沉浸在晚霞的浓汤里,马上就要被远山的大口吞并了。

"哎,这不是爷爷吗,您怎么来了?"夏茗刚刚走到研究院门口,便看到风尘仆仆的夏燔走过来。

"您是怎么来的?"夏茗一脸疑问,在他的印象中,夏燔自打来他家之后,都没有独自走出过房间半步。

"无人驾驶车!"

"您自己叫的车?"

"对啊!此我,非彼我也!"

"您这是?"

"呵呵,子衿用知识传送器为我的大脑输入了一些知识。"

"哦,您来研究院做什么呢?"

"应聘工作!"

[2049]

"应聘工作？您？"夏燔的这几句话给了夏茗当头几棒，让他几乎愣在那里。

"我总不能一直待在家里吧！还有……"夏燔突然压低了声音在夏茗耳边神秘地说，"我以前一定是一个牛人！我脑子中的知识不用啊，真是可惜了！所以我想啊，怎么也要为这个社会做点儿贡献啊！"

夏茗更惊奇了，他觉得他眼前这位老先生真的是越来越深不可测了，他心想，难道是爷爷记起了什么？他来研究院工作会不会有其他的目的呢？

由不得多想，夏茗又问道："那您想去哪个部门呢？"

"就……生物部吧！总觉得我以前好像是搞这个的！"

"好，那我带您过去。"

夏茗都要下班回家了，又带着夏燔折了回去。

没想到，生物部的人已经走得差不多了，只剩下小叶。

"小叶，你还没走啊？"夏茗问道。

"还没，想把这个问题弄清楚……"小叶正低头整理文件，猛地一抬头，看到了夏燔站在她面前。"夏……夏前辈，您怎么来了？"

"哦，爷爷想来应聘的！"

"应聘？"

"怎么，问什么问，难道我不能来应聘吗？"

"哦，当然可以，可是……要现在吗？"

"现在、立刻、马上！"

小叶一脸茫然地看着夏茗，夏茗对着小叶撇了撇嘴，摇了摇头，示意她不要再多问，由了他便是。

"好的，夏前辈，现在请您进入测试间，完成我们的入职测试吧！生物部目前在研究几个项目，确实缺少人手，您随我来！"小叶脱下了白大褂，轻盈地走在前面，一个清爽的马尾辫在她的脑后有节奏地左右摇摆着，散发着淡淡的发香。夏燔看着小叶的背影，一幕幕回忆袭来，他闭上了眼睛，分明感受到这种香味似曾相识，他疑惑着，感到自己被回忆慢慢侵蚀，侵蚀得他体无完肤，可越是这样，他越想了解那些不知是喜悦还是沉痛的过去。

32
进入研究院

"就是这里了,若已准备好,就请您开始测试吧!"小叶将夏燔带到了入职智能测试间,然后将测试间的门关上,测试开始了。

测试分为三个阶段:第一阶段为基础测试,主要测试人的知识水平;第二阶段为实验测试,主要测试人的操作能力和解决突发问题的能力;第三阶段为创新测试,主要测试人的自主创新的潜力。

已经被各种领域的知识灌输进大脑的夏燔答起第一阶段、第二阶段的题目简直是如鱼得水,虚拟的试管、溶剂、溶液、器皿在他的四周环绕着,他轻松地计算着各种复杂的公式,配制各种不同成分的化学物质……夏燔心想:"过目不忘"的记忆力再也不是"最强大脑"的衡量标准了,科技让这一切都变得这么简单,每个人都可以成为他曾经追求过的"最强大脑",这个世界实在是太美妙了!他第一阶段和第二阶段的测试结果是满分。第三阶段的测试开始了,一轮又一轮的测试激发了他大脑潜在的记忆,他的大脑细胞越来越活跃了,他突然想起了很多他之前正在做的实验,如人体细胞复制、修复、再生实验,人工智能和生物体相结合,人的镜像机器人……他想着想着,心开始发慌:这些实验,现在都实现了吗?若没实现的话,当初的实验为何要中止呢?天啊,我到底经历了什么?

即使夏燔的注意力并不是十分集中,但他的创新潜力足以让他以最高分的成绩通过第三阶段的测试。

系统提示:"测试结束!欢迎来到研究院!"

小叶在门口等候,并一直监视着测试间的过程和结果,看到夏燔的记忆一点一点恢复,她流露出些许的欣慰。"欢迎来到研究院生命科学部!"小叶用极细软的声音说道。

"以后我们就是同事了?"夏燔一边说着,一边握了握小叶的手。握手的一瞬间,就像是两个人通了电,一股熟悉的暖流在他们心中来回激荡。

夏燔来研究院生命科学部工作的事成了爆炸式的新闻,他获得了入职测试有史以来最高的分数,让所有的人都摸不着头脑:一个"原始人"怎么会有这么强的大脑?这人到底是什么来头?他来研究院的目的是什么呢?人们议论纷纷。

夏燔却"两耳不闻窗外事,一心只顾做实验"。他的座位正对着小叶,他经常会问小叶一些问题,从研究院有什么规矩、什么讲究,到一些以前的事,他们渐渐地无话不谈。他知道,在他卧床不起的那些年,都是小叶在照顾他,一直心存感激,但有很多问题也不得不多加思考:小叶的年龄到底有多大呢?她虽看起来是二十出头的模样,

[2049]

但她的行为和思想却是那么成熟,她似乎永远都知道他下一步要做什么,下一句话要说什么,对他的习惯是那么的了如指掌、洞若观火,看问题的视角是那么独特而深刻,她的眼神就像谜一样,永远让人捉摸不透……

质疑小叶的真实年龄,是基于他在住院前就一直在做的一个实验:人体细胞再生实验,他不知道现在这个实验做到什么程度了,到底有没有人在继续做。这一连串的问题,都让他想更加深入地了解小叶,走进她的生活。

"小叶,你过来一下!"在一个下班的午后,夏燔将小叶从实验室叫了出来,"今晚有空吗?一起去吃个饭?"

小叶先是迟疑了一下,她不知道夏燔为什么突然要和她一起吃饭,心里似乎有某种预感,"好吧……去哪儿吃呢?"

"呵呵,地点嘛,你自己选吧!"

小叶脱下了白色无尘服,心想:"穿什么衣服好呢?不管怎么说,也是他醒来后第一次单独吃饭啊!得穿得正式一些!"思来想去,她想起那一次的紫色裙子。她在智能衣柜的控制板上描绘好了她想象中裙子的样式,她的紫色裙子很快就做好了。

夏燔和小叶坐上了研究院最新研制的飞行器,这种飞行器能够驶离地面,悬在空气中行驶,每一次输入规划的线路,都会自动避开其他线路上行驶的飞行器,保证速度和安全。

他们来到了绿光茶室。

夜晚的绿光茶室灯光幽暗,却照得小叶紫色裙子上的钻石更加绚烂夺目,钻石和茶杯里的水反射出五颜六色的炫光,在小叶的脸蛋上晃来晃去，就像湖心荡漾的圈圈涟漪。"今天这身裙子不错，好像仙女下凡啊！"夏燔忍不住说道，这种感觉似曾相识。

小叶掩面而笑，没想到这么多年过去了，他的大脑中又输入了这么多知识，却还是这句俗套的话。小叶默不作声，只是抿着嘴笑。

这笑容就像是含苞待放的花朵一般，更加迷人了。

"你的全名叫什么？大家总是小叶小叶的叫你！"

"我叫……叶洛。"小叶突然红了脸，还是那样标志性地抿嘴一笑，惹人怜爱。

"叶洛……你看，咱们俩名字有趣啊！我的名字是火字旁，你的名字是水字旁，缘分！"说着，夏燔举起他的茶杯碰了一下小叶的杯子。小叶连忙双手举杯，与他对饮。

"今天叫你来呢，主要是想向你打听一个项目。从何说起呢？"夏燔喝了一口茶水。"我的情况你也了解，我住院之前是做生科方面的专家，哦不，顶多算是个研究员吧，我也不能太自信！哈哈！我的记忆中好像有一个项目是人体细胞复制再生？具体记不太清了，现在这个项目可还有人在做？"

"您别谦虚，您真算是这方面的专家了！"

"你怎么知道？"夏燔想一步一步套小叶的话，凭他的感觉，小叶一定知道很多关于他的秘密。

"哦，您的事迹很多人都知道。您的记忆都是通过其他人的记忆为您输入进大脑中的，您知道的，别人早都知道了。"凭小叶对输入记忆的了解，她认为受损的记忆就和丢了没什么两样，再也回不来了。丢失的记忆只能通过传输才能弥补回一些，但碎片就是碎片，无法组合成一个完整的故事，也无法再"破镜重圆"了。现在，夏燔能坐在她面前，能和她谈笑风生，就是最好不过的事了，别无他求。

"你最喜欢的歌手是谁？"夏燔突然问道。

小叶本想脱口而出"周杰伦"，可年代久远，在这个社会里喜欢他的人可能不多了，所以她止住了，"嗯……"

还没等小叶想好怎么回答，夏燔抢着说道："周杰伦？"

小叶用惊讶的眼神看着他，仿佛在问：你怎么知道的？

"看来我猜对了，你最喜欢哪一首呢？《三年二班》……还是……《爱在西元前》？"

小叶依然傻傻地看着他，默不作声。

"那个项目怎么样了？"夏燔追问道。

"那个项目……没……没有人在做了。"

夏燔见一向口齿伶俐的小叶竟被这几个问题问得有些口吃，更觉得当中有什么蹊跷，决定定要问个明白。

"不知者无罪啊！我是刚刚踏入这个社会的人，敢问这个项目是触犯了什么禁令了吗？"

"没有啊，我不知道！"小叶突然紧张了起来，她有一种不祥的预感，感到面前的这个人，比她想象的要知道得更多。

"我有时候在想，为什么我躺在病床上四十多年，我到现在都无法想象我已经是一位几十岁的老人了，真是开玩笑！可我的外形居然变化并不是很大，你看我的头发、我的牙齿、我皮肤上的皱纹，我竟然连一块老年斑都没有……"夏燔越说越激动，他看着小叶紧张的神情,更加相信自己这么多天的感觉没有错,他继续说道,"你不是之前一直在我身边照顾我吗?我这么多年有变化吗?"

"我来的时候你就一直是这个样子的,没有变化。"小叶的双眼已经微微发红了。

"你是什么时候来的?"夏燔的这一问,似乎充满了敌意。

"我……毕业之后就来了。"

"我问你来了几年了!"

"5年……"

"说谎!你现在才多大?毕业5年了?"

"我今年23岁,18岁就毕业了。"

"你到底是谁!你是怎么找到我的?你都对我做了些什么?"夏燔拍案而起,一把抓住了小叶细细的手腕。

"您干吗这样……"小叶先是一阵害怕,她不敢直视夏燔瞪得圆圆的眼睛,也不敢看他眼睛里既想要揭开谜底又害怕被欺骗的愤怒。

"我为什么总是梦见浑身是火!究竟发生了什么?"

终于,小叶鼓起勇气注视着他的双眼,眼圈一红,忍不住抽泣起来,这一哭,拨开了几十年的乌云密布,吹散了几十年的风沙尘土,解开了这一切不可说的秘密。

"你哭什么?"夏燔慢慢松开了手,小叶的手腕上被握出了红红的手印。

"你都忘了吗?"小叶眼里的泪珠不停地滚落,顺着消瘦的下巴滴在茶杯里。

[2049]

夏燔看着她似曾相识的泪眼，仿佛什么都懂了。
"我不是什么叶洛，我姓夏……你真不记得了吗？"
夏燔脑袋"嗡"了一下，"夏什么？"
"紫陌。"
"紫陌？"

33
了解真相(一)

夏燔几乎瘫坐在了椅子上。

"我知道你总有一天会醒来,但我宁愿你一辈子都不要再记得我。"她的泪水如清澈的小溪,滴答滴答地流下来。

"那,我是谁?"夏燔的大脑一片空白,他觉得自己像是一个傻子一样,别人告诉他什么,他就信了什么,折腾了半天,自己所知道的一切,全都是假的。

"你是叶宸,曾经是一名生命科学院的教授,后来辞了职,去了……"还没等小叶说完,夏燔突然打断了她的话,接着说了下去。

"我后来去了FIL企业做研究,研究生物细胞重组、复制、再生……"他忽然什么都记起来了,记忆的碎片被紫陌的眼泪粘连起来,回忆像默片播放,为他诉说着一个完整的故事。"我们是不是还一起研究过培育基这个项目?听说这个项目现在还在搞,还差点让常若宁捅了个篓子!"

"再后来,我们的项目受到了对手的攻击,他们想要暗算我,是你为我挡住了暗器……可他们还是不死心,烧毁了我的实验室……和我的同事们……"说到此处,夏燔深深地叹了一口气,心如刀绞……

"不过,你变了,你以前没有这么的……活泼、爱说话……"紫陌说道。

"我以前是什么样子的?"叶宸问道。

"你以前……沉默寡言,惜字如金,你不喜欢啰唆、也不喜欢别人啰唆。"

"哦?我以前竟然这样?那是不知道了,我现在啰唆吗?"

"啰唆……谈不上,就是有点……特别的……活泼、话多……"紫陌难为情地说了这句真话。

"哦……我记得有一个人,叫沈御风,他……还好吗?"夏燔转移话题说道。

"他……早就不在了。是他救了你。"夏紫陌想起了一直深深地默默地爱着她的医生沈御风。

沈御风是紫陌的高中同学,性格古怪,特别喜欢顶撞老师、打架、欺负女同学,经常将女孩气哭,包括她。他似乎对女生的眼泪一点也不感冒。紫陌从不因为他的欺负而哭,反而经常和他针锋相对地"较量",时而又对他那么好,她的这种"不寻常"引起了沈御风的注意。

"喏,这个给你尝尝!"紫陌将自己煮的五香花生抓了半袋递给沈御风。

"这是什么?"沈御风问道,"不会是给我下的毒药吧?"班级的女同学都因为他是一个"怪人"而不敢和他说话,不敢接近他,只有紫陌时不时"不知天高地厚"地理会他,还递给他吃的,这让他心中的冰川慢慢融化了。

"五香花生啊!"紫陌用天真又清澈的眼神看着他躲躲闪闪的眼睛说道,"我自己煮的哦!"

"谁吃你做的破东西!万一有毒怎么办?"沈御风假装不在意地说道。

"哎呀,此花生的味道只应天上有,错过了就再也没有喽!嗯……好好吃哟!"紫陌一边用花生的香味引诱他,一边凑近了说道,"哎,你一个大男生不会还在生气吧!上次吵架确实是我赢了,所以我要拿美味的花生安慰一下你受伤的心灵呀!你不会这么小气吧!"

"谁说我小气啦!不是……谁说我吵输了?明明是我赢啦!我怎么会……"正当沈御风提高了嗓音、张圆了嘴辩解的时候,紫陌把手里剥好的几颗花生粒一下子塞在了他的嘴里,差一点卡到他的喉咙里。

"咳咳咳……"沈御风一边咳嗽着,一边咀嚼着花生的味道,他突然直了眼睛,感到味道真的还不错!何止是不错,简直就是人间美味!他本来就爱吃花生,却从来没吃过这么好吃的花生。

"哈哈哈哈……"紫陌已经笑得前仰后合,几个平时不敢在他面前笑的女生也壮了胆,开怀大笑。"怎么样?好吃吧?沈大公子,不吃递的,非要吃喂的!"旁边被他气哭过的女生杨露终于也出了一

[2049]

口气。

"别笑别笑!"沈御风觉得这一局已经扳不回来了,此刻他已经被紫陌和她的五香花生所折服,与其与她作对,还不如多吃一些花生呢!他夺过紫陌手中的一整袋花生说道,"这些全归我了!"说罢,扬长而去。

大家都说,此后,沈御风变得"温柔"了许多,学习比以前更加用功了,不再与老师顶撞,也不再打架、欺负女同学了,像变了一个人一样。他爱吃花生,大家都叫他"沈花生"。

紫陌只要一做水煮花生,都会特意送给沈御风满满一大袋,沈御风会一边吃一边笑。

"沈花生,笑什么呢?神经病吗?"其他男同学看到他这个样子,经常会使劲拍一下他的脑袋,挖苦他一句。这时,沈御风只会害羞着回复一句:"去!别闹!"这要是放在以往,他一定会暴跳如雷,瞪着眼睛和他们打架去了。可现在,他只是在那里傻笑着。

那夜放学后,沈御风在回家的路上看到了夜空中的灿烂烟花。在嘈杂的炮仗声、车水马龙声、七嘴八舌的讨论声中,他的耳朵里只清晰地听见了紫陌的声音:"哇,好美啊!如果放烟花的时候,不会产生那么多烟雾该有多好呀!"

沈御风默默地记在了心里。此后,他专注研制一种无烟的烟花,没日没夜地计算公式、配置原料、绘制图形……

圣诞节要到了,沈御风终于鼓起勇气,想和紫陌表白。

放学后,沈御风叫住了她:"紫陌,我带你去一个地方好吗?"

"去哪儿?"

"跟我走就是了,我又不会拐卖了你!相信我哦!包你喜欢!"

"好吧!"

沈御风带着紫陌来到了操场看台的最高层,"闭上眼睛。"

紫陌闭上了眼睛,她的睫毛又长又浓密,就像芭比娃娃一般。

只听天空"砰"的一声,紫陌惊诧地睁开眼睛,看到一道明亮的"彩虹"划破寂静的夜空,"彩虹"就像用无数颗五彩的闪烁的星星组成,这些星星很快就一闪一闪地淡淡地消失了,夜空依旧深蓝如洗,没有丝毫的烟雾。紫陌从来没有见过这般美丽的夜空,更没有见过夜空中这般明亮又清晰的烟花。

"砰"的一声,天空中又出现了几颗花生,一颗一颗黄色的花生顷刻间又变幻成一颗一颗红色的桃心;"砰",红心还未消逝,夜空中又出现了紫陌的一张笑脸……紫陌看得目瞪口呆,她不知道沈御风是在哪儿搞来的烟花,竟然做的这么别致,这么让人感动。"砰!"夜空中又出现了四个字:"我喜欢你!"

这时候,操场上已经聚满了观看的同学,他们都在吹口哨、起哄、齐声喊着:"在一起!在一起!"

紫陌的脸上闪烁着五彩烟花映出的光芒,格外耀眼动人。

沈御风说:"我本不是这样的一个人,我用坏脾气把自己一层层包裹起来,就是为了掩饰内心的软弱,害怕受到伤害,是你融化了我……"他深深地吸了一口气,"我知道你喜欢烟花,却不喜欢烟,今天的夜空很干净,没有烟,这是我特意为你做的。"他哽咽着说道,"以前,我的心是空的,什么都没有,现在只有你。我现在什么都没有,却只想把最好的都给你。我喜欢你,夏紫陌,你能

[2049]

和我在一起吗?"

紫陌呆呆地看着沈御风,一时间不知道说些什么。她只是瞪着眼睛,听着操场上同学们的欢呼声、天上"砰、砰"的烟花声,还有沈御风的告白。

"你,你倒是说句话啊!不要一直这样不吭声好吗?是……烟花,你不喜欢?"沈御风此时内心已经翻江倒海,只为等待紫陌的回应。紫陌缓过神来,她觉得一定是哪里搞错了,因为她从未对沈御风动过心思,她不知沈御风为什么会对她有这样深沉的感情。思索片刻之后,她终于从嗓子眼里蹦出两个字:"谢谢!"

这两个字就像两颗钉子一样,钉在沈御风怦怦乱跳的心上,他的心死了。

"听说,一般女生说了这两个字,就等于被发'好人卡'了,我有自知之明,我不会再打扰你……"沈御风的心已经崩溃了,"但是,如果你遇到了困难,需要我的时候,一定要告诉我,无论我身在何处,都会第一时间跑到你身边,保护你。

"对了紫陌,还有这个,送给你,希望你能一直带着,拜托了!"沈御风送给她一串紫色的手链。

他转身离去,只剩下紫陌一个人呆呆地站在那里。她不知道怎样才能不伤害这样一颗心,是她剥去了沈御风心上包裹的一层又一层盔甲,又在上面深深地留下了伤害的痕迹,她责备自己为什么不能再多说几句解释或安慰的话,但是又不能欺骗他的感情。

毕业了,沈御风在给紫陌的同学录上写道:"紫陌,希望你会过得好,安稳且幸福。谢谢你给过我的关心,我很感动,每次想起,仍然觉得温暖。虽然事情没有预料得美好，但也没有那么糟……其实这样也好，我还是一样的祝福你，最起码我还有那些有你的回忆陪伴，让它们在漫长又无趣的岁月里浸泡着，慢慢发酵，老来一饮而尽。遗憾最美，真的。"

就这样，他们毕业后再无联系。

直到那一次在高端论坛上，紫陌为了叶宸挡了"三针"，受了伤，她只能躺在病床上接受治疗，医生没有见过这样的"暗器"，束手无策。一天，她的手机突然响了。

"紫陌？你猜我是谁？"这个声音熟悉又陌生。

"御风？"多年不联系，这一通电话让她有一种不好的预感。

"哎呀，还是被你给听出来了！怎么样，惊喜吧？"沈御风说道。

"御风……"紫陌用极其虚弱的语气在抽泣，此刻，她已什么话都讲不出来了。

"别哭啊，还有更惊喜的！你等着，我这就来找你。"沈御风通过电话定位迅速找到了紫陌。"办理出院手续吧！你得转到我的医院治疗！"

"你……怎么知道我住院了？"紫陌问道。

"等你来了再告诉你！"

"你开了医院？"紫陌惊讶地问道。

"现在不跟你解释这么多了，现在这个医院已有的技术不能治好你，你必须申请转院。后面的事交给我吧！"

沈御风帮她办理了转院手续，就用私人直升机带她走了。

34
了解真相（二）

"这种毒液不是致命的，却能渐渐地让人陷入昏迷，永远不醒……也就是大脑会渐渐变成植质状态。"沈御风皱着眉，分析着紫陌体内的不明液体。"只是……对方虽然想得美，可技术还不过关，缺了一种血清，所以啊，这次有惊无险。"沈御风自言自语道，"这么多年不见，不知道这个倔强又有主意的丫头又惹上什么麻烦了，怎么会有人想这么害她呢？"

时间一分一秒地过去，那么安静，就像在自习课上偷偷地睡着了，虽然睡得不踏实，却那么的让人满足。不知不觉中，五天已经过去了。

沈御风目不转睛地看着这张熟悉又陌生的脸，听着她的呼吸，甚至能听见她的心跳。此刻的他，也是那么的满足。他不自觉地伸出手来，想要摸一下永远只能远远看着的脸，如今就这样近在咫尺，可还

34 了解真相（二）

未触碰到，紫陌的眼睛微微睁开了，吓得他"嗖"地将手缩了回去。

"你醒了？"

"御风……我在哪里？"

"你在我的医院。"

"你开了一家医院？别人知道这个地址吗？"

"呵呵，给你治疗的医生知道他们治不了你，所以同意转院治疗。我开的是私人医院，没什么名气，一般人不知道。"沈御风继续说，"不是为了挣钱，爱好而已，小时候喜欢调皮捣蛋，惹了些麻烦，长大了想弥补一下。以前总是让人家哭鼻子，现在更喜欢治好别人的病，看他们开心地笑了。"

紫陌抿嘴一笑，"这些年……你过得好吗？"

沈御风微笑着看着窗外的远方说道："那时候一直向往远方，想和过去切断所有联系，想打破所有然后重新开始，去漂泊流浪放逐自己，去不断突破底线尝试刺激。辗转反侧无数个深夜之后，生活慢慢稳定了下来，我也开始逐渐适应了这种安稳感——到点就响的闹铃，推开房门的沉寂，永远纠结的晚餐……似乎都变成了这种安稳感里固定的鼓点和节奏。"

沈御风的人生已经倒在了一种生活方式的惯性里，除了深夜里水滴声敲响的孤独外，好像一切都索然无味了。即便如此，他仍坚信这种生活方式一定会在某一天结束，为某人。

他笑了笑，接着说："呵呵，踏着岁月的行板，每个人都开始变得接近生活，他们的头上冒着源源不断的烟火气息，忙碌、埋怨和享受着。这或多或少，都让我开始有些向往……"

"你现在还是……一个人吗?"紫陌试探着问道。

"不然呢?我不是一个人,还变成一只小狗吗?"沈御风开玩笑道。

"真贫!"

"快,言归正传,告诉我,你是怎么回事?"

"你先告诉我吧!你怎么知道我在医院呢?"

"我……呃……一直都在关注你!"沈御风的目光转向这个紫色的手链,"没想到你一直都带着它。"

"是的,从没摘下过。"紫陌说道,"我喜欢这个颜色。"

"就是因为它,我能感受到你的脉搏。"沈御风说,"当时是我爸爸的私人研究所研究出来的一款产品,是专门远程检测病人用的……"

"啊?"紫陌吃惊地看着他,"你一直都在……"

"你别生气,我每天看着你的心电图,就知道你的开心、难过、悲伤,就能知道你最近过得好不好。"

紫陌的眼圈又红了,不知道该说些什么。

"那天我发现你的脉搏突然很虚弱,可能是出事了,才鼓起勇气问问你。快说说吧,究竟是发生什么事了?"

"御风,谢谢你!"紫陌哽咽了,"说来话长……我毕业以后,当了叶教授的助理,后来他去了一家公司,我们一起搞一个项目,研究生物基因。可是一直有人想窃取这个项目的核心技术,我们曾经被抓到一个秘密基地搞研究,研究成功后逃了出来,逃出来后还是不安全,总有人要窃取我们的技术,窃取不成,就要毁掉它。我们在参加展会的时候,遭到了暗算……"

"只有你被暗器所伤?其他人呢?"

"对,只有我。他们的目标不是我,而是叶教授。我替他挡了一下……"说着,紫陌的泪水就止不住地流,"也不知道他现在怎么样了,有没有人继续害他;也不知道他找不到我,会不会很担心……"

"替他挡了一下?你傻吗?"沈御风孩子气般地转过头去,"你该不会是……喜欢上他了?"虽然沈御风看到紫陌流泪的样子心如刀绞,可他此刻已经充当了蓝颜知己的角色。

"不知道……"紫陌的神情和语气让沈御风更加确信,紫陌对这个叶教授一定是动了感情了。

"我们去找他吧!"紫陌迫不及待地说,"现在就走,他一定还有麻烦。"

"你的身体要再休息两天才行!"沈御风的大男子主义作风又开始发作了。"快躺下!"

紫陌虽然想走,但看到沈御风这个样子,只得先像小猫一样乖乖地躺下。

"有什么事别急,你这个样子去了能干什么?"说着,沈御风拉上了窗帘,打开电脑,开始搜索叶宸的行踪和信息。"把你那位叶教授的身份信息告诉我,我试试找找他现在的动态。"

"没用的,他的动态全部都是高级戒备,所有信息全部设置了防火墙……"紫陌话音未落,沈御风道:"别废话,我要是这点能耐都没有,高中时候就不会为你点亮无烟花火了……我要是想知道你这几年的动态,任凭你设置一千道防火墙,我还是能知道你每天都在哪里、做什么!"

紫陌惊呆了,她不知沈御风还有这些本事。在沈御风的系统里输入了叶宸的身份信息后,此时,全城的电子眼设备都在捕捉叶宸的信息,片刻后,叶宸的身影出现在他的办公室中。紫陌和沈御风就像在看电视直播一样,监视着叶宸的动态。

"我要给他打个电话,告诉他我还好!"

"别傻了!我宁可让他知道你现在死了!你知道现在有多么危险吗?那些人要是知道你现在还活着,肯定知道我破解了他们的毒液,还会继续研制更危险的毒药加害叶教授的!"

紫陌不作声了,她看着屏幕中叶宸在凌乱的办公室里,拿着手机翻看她的照片,喝着酒,暴躁又颓废的样子。她从未见过这样的叶宸。

"哎呀,现在哪有时间哭?"沈御风递来纸巾为她擦拭眼泪,一边问道,"你们现在能掌握多少有关对手的信息?"

"问题就在这儿!现在的情况是我在明、敌在暗,对手一直都没现身,即便是我被攻击的前几秒,我也只看到几个黑色的影子,没有任何标记!"

"没有任何标记吗?你再好好想一想,我觉得即便是再周密的行动,也总会露出破绽的!"

紫陌静下心来仔细地回忆着,她回忆着自发现对手以来所有的小细节,可她怎样也想不起来有什么能表明对方的身份。

"来,这样!你来想,我来看!"

"你来看?你怎么看?"紫陌更吃惊了,她不知道沈御风竟是这样的一个天才。

"用这个啊！"沈御风拿出他研制的传感器，传感器的一端贴在紫陌的大脑上，另一端贴在他的大脑上，这样，紫陌回忆中所有的所见所闻，他都能够了如指掌了。

"开始吧，别紧张，放松，目前叶宸还是安全的。你仔细想一想，你和对手打交道的过程中，都看见过、感受过什么？"

紫陌闭上眼睛，开始回忆。

她回忆到，在每一次对手黑进他们系统的时候，都会自动生成一个黑客符号，这些符号就像商标一样，似乎没有什么意义，也没有固定的形状，每次都不一样。

她在与周围的人打交道的过程中，并没有发现有谁对他们的项目感兴趣，只模糊记得生科院的院长在叶宸辞职时，曾经对叶宸说过："我们这一行搞研究、搞实验、搞科学，都是为了人类社会的发展，顺应自然的规律，若是违背了这个规律，就一定要受到规律的惩罚！我不知道你带着我们院最好的研究员去搞什么项目，但我希望你们的项目是顺应规律的，不要搞一些歪门邪道！希望你们能够一直记得这个道理！"这是她在等叶宸时偷偷在门后听到的，当时她还在感叹院长的长远目光，心里还在偷偷地想：院长为什么会说这一番话呢？他怎么会知道我们是在搞违背规律的项目？果然，学生在做什么，老师都知道得一清二楚啊！透过半开的门缝，似乎看到柜子后面有一个不太清晰的"触角"在动……

"我知道从哪儿入手了！"沈御风突然说道。

"嗯？从哪儿入手？"

"你说你念书的时候学习成绩这么好,心却还没有我一个大男生仔细啊!"

"你在说什么啊?快说,你发现什么了?"

沈御风压低了声音,神秘地说道:"触角!"

"触角?"

"对,我从你记忆的画面中发现,虽然黑客每次生成的标志都不一样,但似乎每一个标志都有一个共同的特点!"沈御风拿出激光笔在电子屏幕上画出了看到的几个标志,都有类似虫子"触角"一类的形状。

"哎?你这么一说,还真是这样呢!为什么我就没有想到呢?"紫陌很惊奇。

"因为在你的记忆中,我看到了一对不是很清晰的触角!"

"在哪儿?"

"就在你们院长的办公室里!"

"是……王院长?"紫陌的脑子突然一片空白,她现在回想起王院长在叶宸临走时的话:"我希望你们的项目是顺应规律的,不要搞一些歪门邪道!希望你们能够一直记得这个道理!"这些话已经不是那种"语重心长"的教导,更像是一种警告与威胁。

"怎么会是他?王院长他这么好……怎么会……"紫陌怎么也想不到昔日受人尊敬的王院长竟然会加入这样的组织。"我们会不会搞错了?"

"人心隔肚皮啊!虽然我们现在还不知道他们的最终目的是什么,但现在有了'触角'这个线索,相信很快就会水落石出了!"

34 了解真相（二）

紫陌皱着眉，一脸困惑地点了点头。

"快看！"紫陌通过电子监控摄像头看到了叶宸的电脑屏幕上又出现了黑客侵袭的标志和乱码。"快把镜头拉近，我们看仔细些！"

沈御风控制电子眼，将电子摄像头拉近。果然，叶宸的电脑上再次出现了乱码和带有"触角"的标志符号。"他们为什么要以这样的方式来侵入你们的电脑呢？"沈御风百思不得其解，他现在还想不通对方这样做究竟有什么意义。

"难道是想传递什么信息？"紫陌说道，"我们的项目其实经常被黑客攻击，因为想得到或破坏掉这个项目的可不止一个组织。我们的电脑也经常会出现乱码的状态，但是像这种带有触角标志符号的信息并不是每次都有，只是偶尔会出现，但每次一出现，我们必有麻烦……"

"如果是这样的话，就说得通了！"

"怎么说得通？"

"我问你，为什么有这么多黑客侵袭，只有这个组织有特殊标记？"

"为了……辨别身份？"

"对，就是为了辨别身份！那你想没想过，为什么他们需要费这么大劲儿，每次要改变图形设计，确保不被别人发现呢？"

"难道是……"紫陌倒吸一口冷气。

"如果我没猜错的话，这根本不是什么乱码，这是一条信息！"

"那么这条信息是要传递给……"紫陌越想越害怕了。

"传递给内奸！你们的内部一定有内奸！他只能掌握一部分信息

而非全部,所以这个组织的每一步行动都需要他来操作!"

"怪不得对方对我们了如指掌!"紫陌又急又气,"既然有内奸,为什么那个组织不单独把信息发给他?这样明目张胆地黑进所有人的系统里传递信息,万一被发现了怎么办?这不是给自己找麻烦呢吗?"

"你傻!"沈御风拍了一下紫陌的脑瓜,"像你们这种绝密项目,一对一的联系、发信息不是自投罗网?最危险的往往也是最安全的!他们知道黑入你系统的绝不止一家,这种手段你们估计已经司空见惯了,不会有人深究……哎,况且,你们一个个的都读成书呆子了,一点防备心都没有!"

紫陌噘着嘴,闷不做声。虽然她对"书呆子""没有防备心"这样的词极为不满,但他讲得又好有道理,竟无力反驳。

沈御风沾沾自喜,继续说道:"如果他们像我一样聪明的话,除了触角标志符号以外,他们传递给每一台计算机的'乱码'应该都是不一样的!"

"对!这样即便被发现,也无法确知谁才是内奸!"

"即便已经破解了每一台机器的信息,由于信息真假混杂,你也无法立刻判断哪一条才是真实的,而且有破解信息的工夫,内奸有足够的时间去进行操作,等破解完信息人家早就得手了!"

"实在是太可恶啦!这可怎么办啊!"紫陌恨得咬牙切齿。

"怎么办?谁让你找到我了啊!看我给你'凉拌'!"沈御风自信地说道。

"这……远程操作会不会有点难?解密难道不需要现场操

作吗?"

"哎,你闪开!笨死啦!要是对手都碰到像你这样的,都乐昏过去了!"沈御风纤长的手指一边在空中滑动,操控着解密设备,一边说道,"对手确实很聪明,把问题想得很全面,计划也算周密。但碰到我,他们就倒霉喽!我最喜欢破坏别人周密的计划了,特别是喜欢破解这种带有加密信息的计划,这是我的强项,哎,没办法!"

话音未落,紫陌公司计算机被侵入时显示的所有画面都被截取出来了。"你帮我看着显示器前每一个人的状态,看有没有东张西望、立刻离席,或是按捺不住、神情紧张的。"沈御风说道,"我来负责破解信息密码,这两项工作都十分重要,看我的信息和他的神态表情能不能对得上!"

"好!"

他们的行动开始了!沈御风用自己多年独自研制的解密系统同时翻译每一块屏幕上显示的字符"乱码",这些"乱码"经系统"过滤"后,迅速转化成一个个文字。

"果然聪明!"沈御风拍案而起,"真是棋逢对手!我喜欢!这个局越来越有意思了!"

"怎么回事?"紫陌转过头问道。

"你的眼睛盯着屏幕看,别走神儿!"沈御风不理睬她。

紫陌不开心地瞪了他一眼,"哼"了一声扭过头,继续看着屏幕,有一种学渣被学霸鄙视的不爽。

沈御风看着翻译过来的文字,虽然都是认识的中文,可每一个字之间却毫不相关,根本连不成话。心想:好一个计中计!还好我的翻

[2049]

译软件前几天刚刚升级,正好试试水!

于是,他对信息进行"二次翻译",正当所有的文字进行重新排列组合时,有一块屏幕上的文字却纹丝不动。"哎,你看一下A86这台计算机是谁的?"他觉得这台计算机一定有问题。

"哎?小高。哎呀不会是他,他挺老实的!技术也很好,这个项目可少不了他的功劳,可不许怀疑他!"紫陌肯定地说。

小高加入FIL项目的时间不长,平时工作积极热情,少言寡语,给他安排任何工作、任何实验都能出色完成,失误率几乎为零,这样的员工深得叶宸喜爱。

"这么说,难道是我弄错了?"

"你再找找其他人的吧,小高不会!他现在在屏幕前,和平时一样,没啥异常表现啊!"紫陌的头摇得像拨浪鼓一样。

说着,除了这块屏幕以外,其他屏幕上的信息已经翻译好了,沈御风一块一块地看,都是些无价值的信息。"太无聊了,我现在十分同情这个组织的工作人员,需要编这么一大堆烂话,还要再改写成乱码。"沈御风掩面无奈地笑,"这都是些什么玩意儿啊!"

"什么呀?"紫陌的头又转了过来。

"转回去!"沈御风喝令到,这语气和上学的时候一模一样。紫陌上高中的时候坐在沈御风的前面,她转过头来和沈御风说话,沈御风心情不好时都会这样呵斥她。

"那么凶干吗?"紫陌委屈地说道。

"这不是怕漏掉关键信息嘛!"沈御风知道错了,声音稍微温柔了一些。

"我挑一些比较搞笑的给你念念,你听着就行了哈!你不笑算我输!"沈御风做了个深呼吸,抑制自己想要狂笑的心情念道,"任务什么时候才能结束啊!心好累,想回家吃红烧肉、水煮鱼、排骨炖豆角、羊肉串、糖醋里脊、黄花鱼……""老板好无聊,每天都要加班搞搞搞,还必须要人工编写,不能智能生成,要写多少是多啊?弄那么多文字库了还不够,想偷懒都不行,烦烦烦……""不知道写什么,就写一首情诗吧,送给9号工位的小颖,你别烦哈,我给你读完:

我从远处看见你

积雪融化了我的脚步

新鲜初放芽的绿

清风摇曳着整个春天

我从远处听见你

醍醐清泉淌进我的心田

灵动光艳旋转夏的舞

鲜妍百花在浮光中翩跹

我从远处遇见你

星夜闪烁了我的目光

林叶抖落满地秋的梦

黄昏的倒影漪洄在细雨绵绵

我在这里祝福你

愿你的微笑挽住云霞

[2049]

>愿你永远带着希望跋涉在
>春秋冬夏
>愿安康如山脉不绝绵延
>我知道
>你的身影
>不在远处……"

"哈哈,真有才!"紫陌笑道,"看来这个组织人才济济、藏龙卧虎啊!"

"看看这个,更有才!"沈御风清了清嗓子,准备要读。

"哎呀,别说了,破解要紧,咱们可不是在这打趣的!"紫陌制止道。

"最后一个,就说最后一个!"沈御风已经快笑到变形了,"坏老板,孤立你;毛毛虫,放包里;讲笑话,不带你;高额头,照亮你;高压线,绊倒你……"

"哈哈哈,这是有多恨他们的老板啊,这个顺口溜编的,太有才了!笑死我了……"紫陌也开始笑起来,笑着笑着,她突然觉察到了什么,顺口说道,"亮亮的高额头……这是不是他的形象特征?"

"对,还有高压线,绊倒你,读起来很奇怪,但是不是可以证明这个人个子很高?"

"人工写出来的东西果然会漏洞百出,即便再小心,也总会有差错,如果由计算机系统生成语料库就不会这样了!"

"你又错了!"沈御风说道,"目前计算机系统随机生成的编码

34 了解真相（二）

比较生硬，况且语料库里的词汇很容易被机器识别，这些词汇夹杂在人工语料中，被高手发现简直是轻而易举，比如我，根本用不上二次翻译，一眼就能看出破绽，太容易破解了！"

"那你再看看之前说有问题那个！"

"这个编码看似很长，但翻译过来却很短，除去'三天后'及一些乱码，只有四个字：叔丁基锂。"

"这个……有问题吗？"

"越是短短的几个字，越要小心！叔丁基锂可是极其危险的，极易自燃！莫非……"

"莫非……他们要利用叔丁基锂来搞危险动作？"

"不排除这个可能，这一条是咱们排查出来的最有价值的一条信息了！"

"那我得紧盯着小高了！"紫陌虽然还不愿意相信，这么老实工作的小高怎么能成为一个"卧底"，但就目前的情况来看，多留意一下总是好的。

"看，要行动了！"沈御风和紫陌将电子眼拉近，目不转睛地盯着小高的一举一动。只见小高先是泰然自若地去了一趟卫生间，又很自然地走到了实验室。他一手拿着书，好像是在翻材料找需要用的试剂，一手在瓶瓶罐罐上的标签上指指点点。

"小高可能确实在找试剂，人家要做实验，他平时很用功的！"紫陌从小高平和的行动中没看出任何破绽。

"你先别吵！"沈御风相信他的感觉一定没有错，"你看！"

就在这时，小高不知从哪儿拿出一个新的标签，将其中的一瓶

"氢"换成了"氮",他面无表情地、自然地走开了。

"糟啦!"紫陌吓傻了,"叔丁基锂只能放在氮里保存,遇到氢可是要爆炸的啊!"

"人不可貌相吧?"沈御风冷笑道。

"他,怎么会做出这样的事呢?这可是要出人命的!我们能为叶教授传递加密信息吗?"紫陌突然说道,"这帮坏蛋就是针对他的,我感觉他现在很危险!"紫陌不敢继续想下去。

"你想传递什么信息?"

"当然是告诉他不要碰叔丁基锂呀!"

"哎……不太容易!叔丁基锂这几个字一定被对方设定为敏感词汇,我们发不出去的!

"那换成,'不要碰氮或氢'呢?"

"你放心好了,所有和叔丁基锂相关的词汇一定发不出去,即使发出去了,我们的身份、位置一暴露,也会引火上身的!"

"哎……怎么办才好呢!"紫陌右手轻抚下颌,眉头轻锁,就像在考场解一道难题一样,这一次的题目是真的把她给难住了。

沈御风一夜未睡。他的眼睛看着窗外的明月,想起了那一夜的烟火,和那时站在他面前不知所措的紫陌。他不知紫陌为何总是给他一种若即若离的感觉,让他一直觉得有希望,却又在他表达心意的时候拒他于千里之外。几年过去了,他的心也渐渐冷了下来,在他身边的异性都无法和紫陌相提并论。他只得一心钻研学术,在每一次实验成功中寻找生活中的乐趣。这一夜,他思考了太多,舍与得到头来还是斤斤计较之事,为了紫陌,他可以舍掉一切,不求任何回报。

34 了解真相（二）

星星在夜空中闪烁，好像听懂了他的心意，向他投出淡淡的光芒，在他如深邃大海一样的眼睛里闪耀、飘荡……他从未感受到夜是如此的漫长。

第二天，第一缕阳光刚刚挤进紫陌的卧室，她就迫不及待地爬起来，显然，她也是一夜未眠的。

她刚刚要去敲沈御风的门，沈御风便一把拉开房门，紫陌差一点撞到他的怀里。

"干吗起这么早？"沈御风故意打着哈欠，装作一副自己还未睡醒的样子。

"我想到一个办法！"紫陌已经准备好要苦苦哀求沈御风带她去一趟了。

"走吧！一起去！"沈御风睡眼朦胧，轻描淡写地说了一句，转过身去洗漱了。他看着镜子里熟悉又陌生的自己，原本已经习惯了这种平淡如水、独自生活的他，怎样也想不到，紫陌又突然闯进他的生活，掀起一番波澜。他想：不管此行的结果如何，为了她，铤而走险一次也值得了！一切都看命运了！

"再着急也要做好准备！"紫陌突然从镜子后面冒了出来。

"噫！你是谁？！"沈御风猛地从镜子中看到了一个陌生的、丑陋的中年妇女，吓得跳了起来。

"这就是失传已久的——化妆易容术！哈哈！"紫陌拿着她刚刚从网上购买闪送的化妆包，将化妆品在桌子上摆了一排又一排。"洗完脸了吧？过来啊！我给你简单的画一画！"紫陌看着沈御风，潇洒地点了点头示意让他过来。沈御风走上前来仔细端详她的模样，"哎呀呀，哎呀呀！啧啧啧……"围着她转了一圈又一圈。

"啧啧什么？哎哎，你这是什么表情？"紫陌要恼了。

"把自己画得丑成这样，也是需要勇气的！"沈御风简直不敢相信自己的双眼。

"这只能证明我易容技术高超！这样走在大街上才不会被人注意！"

"算了吧！丑成这样还走在大街上，吓死了人，会引起关注才是！"

"哎，我说你是不是嘴又欠了？"紫陌抄起旁边的毛巾就打沈御风，打得沈御风到处躲藏，他们你追我赶，屋子里充满了欢声笑语。沈御风突然感到，他的屋子，安静了太久了，毕业后他再也没有这么开心地笑过了，这种幸福感对于他来说，弥足珍贵，他更加觉得为此付出一切都是值得的。他突然转过身来抓住紫陌的手说："丑就丑嘛，你变成什么样子都好看！"

紫陌害羞得不知道该如何回答，只是用她标志性地低头抿嘴一笑来回应。

"你这样的笑是全世界独一无二的，哪怕你刚从煤堆里爬出来，或者把脸都涂成黑色的，我也能认出来！"

"你很讨厌啊！"紫陌又轻轻地拍了他一下，"别耽误时间了，我给你画一画吧！"

"哎，其实我真应该发明一个真正意义上的易容术机器，能打印仿真皮肤，然后整个儿往身上一套，省得这么麻烦啦！"沈御风又开始眉飞色舞、天马行空了。

"别动,小心给你画丑!"紫陌仔细地就着他的轮廓画着,好像这一次,也是第一次离他这么近。沈御风的两条眉毛虽似用淡墨描上的,没有浓墨那样神明爽俊、剑眉星目,但也不失惊才风逸、雅人深致的气质;似乎永远都半睁的一双单眼皮睡眼,眼神如一汪静水,却又显得深不可测;嘴唇极薄,不说则已,一旦发声定不饶人。紫陌一边画着,一边说:"这化装和你说的易容术差距可大了呢,现在科技这么发达,万一在哪个检测口给你设置一道皮肤检测关卡,再仿真的皮肤也逃不过机器的法眼。化装虽麻烦些,但总是可以逃得过!"

"也对,但我一直独来独往的,见过我的人一定不多,随意给我化一下就行了!"

两个人"易容"之后,照着镜子看了又看,感到连自己也认不出自己了。

"为保险起见,我们还需要换一个身份!"沈御风说道。

"没错,姓名和个人系统里的所有资料都要重建一下!"紫陌用崇拜的眼光看着沈御风道,"你应该能做到吧!"

"用肯定的语气说,就对啦!"沈御风得意地说道。"不过呢,以我目前的技术,直接进入系统里修改不太容易做到,新建一个还是可能的,一直听说将来要为每个人的身体中安装一个叫什么'人体芯片'的东西,一旦有了它,新建、删除、修改会变得很难,所以我们要趁早搞定这个才对!"说着,沈御风用熟练的动作快速进入系统,新建了两个人的个人档案。"给自己起个新名字吧!说,你想叫什么?"

紫陌遥望着窗外,叹了一口气,此刻担心和思念占据了她的整个心、整个世界,仿佛她每一次呼吸都是为了那个遥不可及的叶宸,流淌在心间的每一滴血液都是因他而奔腾,她不知道也不敢想象,若这一次叶宸有什么不测,她该怎么办,这每一次心跳还有什么意义。心中的千言万语还来不及对他说、对他倾诉,这时,窗外的一片叶子落了下来,这段时间积聚的万千情绪在心头泛滥,只听她轻轻地在唇边清晰地道出两个字:"叶洛。"

"叶落?"

"嗯,他的姓。我嘛,现在的心就像一片飘落的树叶。"

听罢,沈御风的心突然一阵绞痛,他不知紫陌已经陷得如此之深,深到几天都茶不思、饭不进,深到要不顾一切代价奔向他,更没有想过深到要用那个人的姓、那个人的名做自己新的姓名。但他已习惯自己这个知己的角色,只希望远方的这位叶教授能够不负紫陌的一片心意,救了叶教授,也就是救了紫陌,爱屋及乌到如此境地,是他自己也没想到的。他依旧波澜不惊地问道:"好啊!落叶的落?"

"就用三点水的洛吧!看起来像个名字……那你的新名字呢?"

"我啊,随便叫,我可没有你那么多高谈阔论,张三、李四,随便啊!"

"名字哪有随便取的?好好想一个!"

"那就叫什么'尘'吧,紫陌是道路,我就做道路旁边的一粒尘土好了!姓嘛,就姓袁。"

紫陌听着这样的解释,内心愧疚。"这个不好,你在我心里可不是尘土,你很重要!"紫陌的目光温柔似水,从她的眼睛中仿佛能读出更多的内容,她对沈御风不能说出的话,都在这柔情似水的眼神中流露出来了。

沈御风看着这一双眼睛,似乎明白了许多。"袁晨,用晨光的晨吧,反过来就是尘缘。没想到我沈御风也会经历这一样份尘缘啊!"沈御风自嘲道。

"紫陌红尘拂面来,梦入芒花,尘缘仙化。"紫陌口中念道,"喜欢这句话,这个名字不错,就叫袁晨吧!"

有了新的姓名、身份、面孔,两个人整装待发。"御风……谢谢你!"她实在不知道该怎样表达自己。

"别谢……我也不只是为了你,叶教授,他做的项目很有意义。他现在很危险,救他,也是为了社会的进步和发展……我绝对不会让阻碍科技发展的那类人得逞!"沈御风义正辞严地说道。

30分钟的高速无轨列车带着他们跨越了万里江山,来到了这个城市。

未来是不可预知的,人们总是拼命地想通过自己的双手,将生活中的人和事物改变成他们所想的样子,可结果总是不可预期。然而正是这种不可预期,才是人们费尽千辛万苦追求的,这也是生活本身的魅力所在。

一切都很顺利。紫陌恨不得长上翅膀,或有瞬间移动的超能力,下一秒就见到叶宸。她的双脚就像踩了火被烫到了一样,不停地来回踏着地面,坐立不安,为每一秒钟的等待而烦躁。沈御风的脸上依旧看不出任何表情,他仿佛在思考、在筹划、在计算、在等待……但你绝对不知道他的心里究竟在想些什么。

他们终于来到了FIL的公司附近。

"接下来就靠你了!"

"是啊,万能的我!"

"希望一切来得及吧!"

"只能尽力了!"

因为对方任何时间都有可能动手,要破坏掉公司的门禁,干扰掉所有电子眼的信号也不是一件很容易的事。

"这里防卫森严,安保等级非常高,是找程序专家设计的一套系统,不太好破解吧!"

"啧,别说话!"沈御风一拧眉,不耐烦地说道。他还是老样子,专心致志学习和工作的时候最烦有人在旁边唠叨着。

紫陌撇了撇嘴,自己也帮不上什么忙,只有干着急的份儿了。

"不对呀!"沈御风突然有些紧张了,眉头深锁,额头开始冒虚汗。

此时,小高已经开始行动了,他对叶宸说:"叶总,所有材料都准备好了,可以开始实验了!"

"哦,好的。走吧,去实验室!"叶宸穿上了白大褂,戴好橡胶手套,走进了实验室。

小高像往常一样,配合叶宸做实验,为叶宸递药水、试管、设备等,也帮忙一起分析化学性质。

"对了小高,今天我们做的实验中有叔丁基锂,你一会儿实验时用到它可千万要小心一些哦,虽然说了很多次叔丁基锂极其危险、极易自燃,可总是有很多实验室因为它出了事……哎,也有很多人巴不得我们出事,所以要更加小心!"

"好的,知道了,放心吧叶总!"小高平时面部表情很少,听到叶宸一番关心他的话,他突然有些不忍心了,开始心不在焉地胡乱拿药品。

小高这种反常的行为和表情让叶宸起了疑心,"哎小高,今天有没有哪里不舒服?你的脸色好像有点不太对啊!"

"没,没有……昨晚没睡好,今天有些头晕,不太舒服。"小高的眼睛极小,还戴着大大的黑色镜框,让人很难从他的眼神里看出什么,他毕竟年纪还小,自认为经不起什么大风浪,一点风吹草动就容易被人看出破绽,于是戴上了厚重的镜框想要为自己"心灵的窗户"做一道掩饰。他的脸也小,长得又黑,这让他一直以来沉浸在自卑当中。当然,这样的一张脸根本看不出什么"脸色"的变化,他知道这一次被叶宸怀疑了。那么,在这种你死我活的关头,就来一次破釜沉舟吧!

他用颤抖的手拿起了叔丁基锂,递给了叶宸。"叶总,我今天状态不太好,不敢做这个实验了,要不……"小高头压得很低,不敢直视叶宸。

"我来做吧!今天你状态不佳,让你来做我也不放心!"叶宸接过了叔丁基锂,拍了拍小高的肩膀说,"状态不好就休息吧,本来这个实验我一个人也可以完成的!"

"叶总……"小高眼睛里突然涌上泪水,他用恐惧和愧疚的眼神看着叶宸,颤抖地说,"谢谢叶总……谢谢……真的谢谢您!"他泣不成声,也不敢再多说一句话,生怕在这样的情绪中再多耽搁一秒钟,就会扰乱所有的计划。他擦着眼泪跑出去了。

叶宸拿着叔丁基锂继续做实验,脑子里一直在想着小高刚刚一系列的反常反应。他无心地拿着各种药水配来配去,也拿起了小高早就

[2049]

调了包的氮气。

他反复回忆着小高从走入公司的一刻起,一直到现在为止做过的所有工作,小高的所有行为和表情,正当他有所怀疑之时,只听"嘭"的一声,这声音在叶宸的世界里响彻云霄,震得他终于清醒,震得他的头脑瞬间变成了一片空白,震得他整个世界都坍塌了……随之而来的是一团熊熊烈火,瞬间将他整个人吞噬……

另一边呢,沈御风在以最快的速度破解一个又一个防御系统,"好了吗……怎么还没好啊……"紫陌在焦急地等待,心急如焚。

"对手实在太狡猾了!就连防御系统也被人做过手脚了!这明明就是在拖延我们的时间!"沈御风的汗珠一颗一颗地顺着头顶滑落,紫陌为他轻轻擦拭。

"好了!门禁OK,摄像头也全部调试成功,赶紧赶紧!"沈御风一把抓起紫陌的手腕,拉着她直奔FIL公司。

他们刚刚来到实验室的门口,就听见震耳欲聋、天坍地裂、惊天动地的"嘭"的一声,吓得紫陌的脸瞬间灰白,她瞪大了眼睛,仿佛浑身所有的血液都充到了脑袋里,她的世界也随之崩塌了。眼泪还来不及流出来,她两腿发软地瘫坐在地上,朝着门口方向连滚带爬地挣扎着前进,沈御风一把拦住了她。不知道鼻子何时酸了一下,也不知眼泪何时如倾盆大雨般流下来,无法呼吸。

此时,由于整栋大楼的安保系统被干扰,本应响彻大楼的防火警报器并没有报警,实验室做的是秘密实验,闲杂人等不得入内,其他楼层的员工在短时间内并未有任何发觉。

"放开我,让我去救他!"紫陌已泣不成声。

34 了解真相（二）

"危险！现在不能确定实验室里还有没有其他的易燃易爆品，很难判断还有没有二次爆炸，你快点走，这里交给我吧！我有办法的，我是万能的，相信我！"沈御风将她扶到旁边的台阶上坐着，紫陌靠着墙，整个人都瘫在那里，完全丢了自我。

紫陌抓住了沈御风的手，用虚弱的声音抽泣着说："御风，若是叶宸有个什么三长两短，我也不活了……"紫陌到现在只能把希望寄托在"万能的"沈御风身上了。

"哎呀，这个时候就别说这种傻话了，在这老实待着，我有办法的！"

沈御风从口袋里拿出三颗鸡蛋大小的"药丸"，将它们拆开，顺着门扔进了实验室，几秒钟的工夫，明火就熄灭了，只剩下刺鼻的浓烟。沈御风戴上了准备好的迷你氧气罩和探测眼镜，通过探测眼镜迅速地找到了叶宸，将他拖出了实验室。

"他应该还活着……只是这张脸……"

"活着就好，活着就好！"

"你快带他走吧！实验室这边我还要再处理一下！"沈御风帮忙把叶宸抬到了实验室对面的电梯里，将电梯设置为直达地下车库。"你带着他到一个安全的地方，我去实验室找一些证据，你们先走吧！"

"嗯……"紫陌点着头，她透过探测眼镜清晰地看到沈御风红红的眼睛，似乎充满了留恋与不舍，像是那晚的星星，又像那晚的烟花，闪烁着让人猜不透的光。他这种眼神是紫陌从未见过的，她来不及想太多，伸出微微颤抖的手紧紧地握住了沈御风的手，"你要注意安全，快些回来！"

[2049]

这是紫陌第一次主动握住沈御风的手。沈御风看着她宛如溪水般柔美的纤纤玉手,那手因受惊吓而冰凉透骨,还来不及温暖她的手,随着电梯门慢慢关上,他们的手也在依依不舍中由掌心到指尖慢慢分开了。

紫陌偷偷地将叶宸带进已经在电梯口等候的车上,这也是沈御风提前安排好的。紫陌跟着导航开到了沈御风的私人医院,医院的地下车库是一个秘密实验室——这是如今最安全的地方了。

沈御风开始他的行动了。刚刚他将叶宸拖出实验室的时候发现,他与叶宸的体型、胖瘦都差不多,并且叶宸做实验的时候带着防护手套和面罩,这让沈御风很欣慰,感觉离他的计划又进了一步,虽然要冒很大的风险,也许也会付出生命,但为了紫陌,一切冒险都是值得的。

他将之前丢进实验室的三颗"药丸"拾起来烧毁,又穿上了叶宸挂在实验室的白色大褂,戴上了准备好的胶皮手套和口罩,迅速地在所有裸露在外面的皮肤上涂上了一层他最新研制的药膏——前一天的晚上,他已将身上除手、脖子、脸以外的皮肤全部涂上了这种药膏,就连头皮也没有放过。涂罢,他吃了一粒自制的药丸,把叔丁基里和氢气引发自燃的火花引到了自己的身上,然后闭上眼睛,慢慢等待全身燃烧。火花在他的身上瞬间燃烧,烧得越来越旺,加上刚刚叶宸的那场"爆炸",浓浓的烟雾已经蔓延到了整个楼层。

"不好啦!实验室着火啦!"一个员工慌张地满走廊地边跑边喊。"快来救火呀!"

"是哪个实验室着火了?"

34 了解真相(二)

"就是叶总的实验室,他刚刚还和小高在实验室里做实验呢!"

"可小高就在那里坐着呀?"

大家一边慌张地跑向实验室救火,一边七嘴八舌地议论着。

"小高!这个时间你不应该在实验室吗?"

"我,我今天身体不舒服,叶总让我出来休息!"

"那叶总……"

"叶总还在实验室!"小高哇一声地哭出来,"快去救他!"小高边跑边说。

大家戴着带生命检测眼镜的防烟面具迅速找到了"叶宸"。

"叶总!叶总!"

"快打120!叫救护机!"

大家都吓傻了,七手八脚地将他拖了出来。

此时"叶宸"身上的衣服、口罩、手套全部和他的"皮肤"黏在了一起,已经看起来血肉模糊。小高怀着深深的内疚,哭成了一个泪人。"都怪我,是我不好!都是我害了叶总啊……"

"小高,不要自责了……"

"不怪你,快去休息吧!"

"对,这里交给我们了!"

不明真相的员工们纷纷安慰小高。

"实验室怎么会突然爆炸起火呢?"

"对啊,起了这么大的火,报警器竟然没有响……"

"怕不是……蓄意谋杀吧……"

"哎,紫陌刚刚出事不久,说是转院,也不知道转到哪里了……

[2049]

这回叶总也出事了……"

大家你一句、我一句,越说越害怕。

120救护机很快就到了,将"叶宸"迅速送到了医院。

王主任说道:"应该去查查监控才对,看看这段时间内有没有可疑的人进出大楼,或在大楼附近徘徊!"

"对!"

王主任从手机上调取了监控录像,录像的结果让他大吃一惊:所有的监控都出了问题:不是花屏、无信号,就是监控摄像头的角度恰好都避开了人员进出的关键地点。

"这里一定有问题了,叶总出事不是偶然,一定是有人想故意害我们!"

"整个大楼的安保系统、监控系统和报警系统都出了问题,究竟是什么样的人才能搞出这等名堂?"

"一定是个高人了!我们整栋大楼的系统设备可是找最尖端的机构做的呢!"

大家七嘴八舌地议论着。

"唉……"王主任想着紫陌出事时的那一幕仿佛就在眼前,今天叶宸也出事了,搞得公司上上下下人心惶惶。

紫陌带着叶宸回到地下实验室后,开始对他进行治疗,看着他那张已经模糊不清的脸,极度内疚,却来不及悲伤,她要想尽一切办法将叶宸治好。

紫陌素来是没有安全感的,她害怕的时候习惯性地将双手插进了衣服兜里,这时,她发现兜里有一张纸条。

"紫陌,现在你们应该已经在我的地下实验室了。私人医院可以关门停业,这里很安全。未曾想过以这种方式和你道别,这可能是最后一次给你传小纸条了吧。放心,叶宸的新身份我已经在系统里改过了,名字叫夏燔,我知道不好听,只希望你们互换姓氏,浴火重生。至于他'叶宸'的旧身份嘛,我就来顶替了!没有用'缘尘'这个名字,我那么羡慕他能够拥有你的心,怎能甘心做道路旁边的一粒尘土呢?顶替他的旧身份,就算完成我的一个愿望啦!我以为能够保持旁观者的理智和冷静,却在幻想的空间里付出了比故事主角还要汹涌的感情……我写了这么多公式,解开了这么多难题,画出了这么多轨迹、抛物线,却无法改变自己生命的公式。感谢命运给我这样的公式,让我的轨迹和你的轨迹交汇,让我认识了这样一个美丽的你。为了使计划更加完美,我的轨迹就要和你的分开了,再也不能保护你了。你要多保重!再见!"

见字如见人,紫陌的心都要碎了。

"御风……不要……"

地下室昏暗的灯光显得更加孤单和凄凉,无情如幽灵般吸干了空气中所有的氧气,让人无法呼吸。恐惧与无助就像两把尖刀一样不断地刺伤紫陌的心,将她刺得千疮百孔,不留一丝喘息的余地。接连的打击让柔弱的她瞬间没有了任何依靠,一时间,满腔的悲伤化成了愤怒:她恨,恨"触角"公司为何要下如此狠手;恨她为何没有早一点对小高产生怀疑;恨御风没有和她商量任何计划而这样"独断专行"……她好想大喊,却因害怕被听见而无法释放自己的声音,不断压低喘息声,她的心就像囚禁在牢笼里的猛兽,痛苦挣扎。

35
浴火重生

紫陌丢了魂似的照顾着叶宸。空旷的实验室,让人缺乏安全感。她不用把笑容堆在脸上,也不用隐藏自己的悲喜。

她,深谙痛苦。

他,等待重生。

新的一天又开始了。紫陌看不到阳光,看不到雨露,看不到小鸟飞上枝头又飞下树梢,听不见最爱听的雨打芭蕉,闻不见最爱闻的泥土芬芳,感受不到窗外的阴晴冷暖,触不到瞬息万变的大千世界……她丢了快乐、丢了悲伤、丢了痛苦,就这样静静地在实验室,拼命地钻研细胞复制与细胞再生。她知道,她是在用另一个身份,开启一段新的生活。

"夏燔"依然处于昏迷状态,他微弱的呼吸、有节奏的心跳是紫陌坚持下去的唯一动力。

35 浴火重生

  曾经的紫陌，也就是现在的叶洛每每凝视着"夏燔"的脸，心里都在想：我好像可以感受到你每天的心情、你想说的话，和你希望我做的事，这对我来说，就是最幸福的事了。

  清晨，夏燔的眼睛渐渐睁开了。叶洛像往常一样，躺在他的旁边，时时刻刻都在等待他醒来。"紫陌？"一个沙哑的声音说道。叶洛以为自己又在做梦了，梦见夏燔醒来，喊她的名字，这一切都是幻听。她没有睁开眼睛，继续睡觉。"紫陌！"夏燔想用手拍一拍叶洛，却感到一阵刺痛，发现自己浑身多处烧伤。他的脑袋一片空白，回忆起了在他倒下前最痛苦的那一场大火。他好想撕心裂肺地大喊，可被浓烟呛坏的嗓子让他喊也喊不出来。

  "为什么要救我？让我死了算了！"他抽泣的声音终于吵醒了熟睡的叶洛。叶洛一听身旁有动静，瞬间坐起来看着他——这一刻，她等了太久太久了。

  "叶宸……你醒了？"她看着叶宸空洞无神的眼睛，一切情绪都到达顶点的她反倒不知道该说些什么，就连哭也哭不出来了。

  他充满泪水的眼睛看着她，什么也没说，但叶洛最能读懂这种责备的眼神。

  "什么也别说，让我来慢慢给你讲这段时间发生的故事……你现在叫夏燔，不叫叶宸了……"叶洛将这些天发生的故事一点一滴地诉说给夏燔听，夏燔含着泪水听着这些和自己有关的故事，百感交集。

  他知道自己身体上的伤让他什么也做不了，想说的话总是被重重地咳嗽噎了回去，每次咳嗽的时候，似乎都能感受到浓浓的烟雾，要将满腹的浓烟呛出来……他的世界已经坍塌，觉得这样的自己再也配

[2049]

不上叶洛了。

叶洛看着对生活失去信心的夏燔说道:"打起精神来!活着就好!无论你变成什么样子,我对你的心都不会变!"这是叶洛的第一次告白。

夏燔泪目,紧紧地抱着叶洛,他后悔在自己一切都好的时候控制着自己对叶洛的感情,没有好好地在一起。

叶洛满眼通红地问夏燔:"御风走了……"她做了一个深呼吸,稳住了情绪继续说,"就像长途旅行一样,每到达一站,旅途中刚刚相识、相知、相亲的人,都会起身离开,又换了另一些人坐在了你身边。你喜欢的人、讨厌的人,终究会离开;接着,又有另一些你喜欢的、讨厌的人陪你走另一段旅程,循环往复如此。怎样的陪伴才能长久呢?"

夏燔笑着答道:"累了的时候,就看看车窗外的景色。风景向后退,退成故事,退成历史……可时间的列车从来都不停啊,它总是向前行驶,那么快、那么急,快到来不及驻足欣赏窗外的景色,也来不及说太多的话道别。"

"你说,人生得意须尽欢吗?"叶洛问道。

"应该是这样的,趁着大好年华,喜欢做什么就大胆去做!在短暂的人生旅途中,所有的人终会离开,所有的事都会烟消云散,希望我们都不要让自己再后悔……"

"是啊,宇宙那么大,大到无边际。我们的灵魂不知从何处而来,我们的意识不知道从何时开始,我们的细胞每天都在死亡,也在再生……每天记住了新的事物,又忘了过去的事情;身体在衰老,心智又在成熟；一个生命结束，也会有新的生命不断生长……所以，什么是永恒呢？"

这个问题直击夏燔内心深处，他又突然来了信心："紫陌，哦不……叶洛，让我们一起改变这一切吧！研究细胞复制、修复与再生！让我们一起创造永恒！"

叶洛开心极了："这是我这段旅途中，最心急如焚地期待到达的一个目的地！我们梦想的终点一定是温暖、美丽、光明的！"

从紫陌到叶洛，她改变了，也成熟了。"浴火重生，我们以后注定不平凡了，一起努力吧！我们能研究出培育基，也一定能研究出细胞再生！"

"叶洛""夏燔"又重新从这个"起点"开始，开始了一段新旅程。

叶洛隐藏身份，更名换姓、修改年龄，又进入了一家生物科技公司，用了整整3年的时间，经过夜以继日的钻研，发现了一种regesi再生医学新材料，这种再生硅是可以对键合骨骼和软组织细胞键合的再生医学材料，能够进行组织修复与功能重建，进行细胞复制与再生。

叶洛拿自己当试验品，通过实验与检测，研究终于成功了！通过细胞复制，她可以保持现在的容貌。通过细胞修复与再生，夏燔皮肤的颜色也渐渐复原了，大片红色褪去，声音也没有以前那样沙哑了。机遇和挑战是一把双刃剑，没有经过大量的临床研究，一切终还是纸上谈兵，真正的结果可能并不想当初的推理那样简单。但为了能进一步治好夏燔的皮肤和嗓子，他们不得不一次次在自己身上冒这个险。

渐渐地，夏燔的身体各项机能都慢慢稳定了，可以进行深入的细

[2049]

胞治疗。

时间是最好的解药。随着时间的推移,叶洛惊喜地发现夏燔身上的皮肤开始痊愈,烧伤的皮肤渐渐结痂脱落,光滑有弹性的肌肤开始一寸一寸地生长,就连之前烧掉的毛发也渐渐生长,虽然较以前的稀疏,但毛囊已经开始重新生长了。

希望就像春风一样,给原本已被烧得荒芜的土地上的小草送来了温暖,带来了重生。

叶洛兴奋极了,随着夏燔病情的好转,他们之间的交流互动也越来越多,叶洛将她公司每天发生的事讲给他听,也娓娓诉说着她的绵绵心意。

治疗后,夏燔的皮肤和嗓音已经完全恢复了。他们辗转到了另外一个城市,幸福的日子就要到来了!他们马上就要重见"阳光",开始一段全新的生活了。

叶洛要求夏燔出门的时候一定要戴着口罩,以防被狡猾的敌人发现。可他一个人出门的时候,特别是阳光明媚时,经常忘乎所以地避开监控摄像头,摘下口罩,想要好好享受一下阳光大餐——毕竟,他太久没有感受到阳光的温暖了。夏燔经常开心地想:"三年过去了,还有谁记得我呢?"

36
再陷险境

"老大,我们的'蝇头'检测到了一条重要信息!"触角公司的黑衣人汇报道。

"什么信息?"

"还记得叶教授嘛……他好像还没有死!"

"他?他不是三年前被火烧死了吗?这可是千真万确的事!当时新闻铺天盖地,还能有假?别弄错了!"

"这事自然不假,不过,虽时隔多年,但他的相貌信息一直存储在我们的蝇头里,机器无时无刻不在满世界地搜索被我们输入进去的面孔啊!前一段时间,它捕捉到了一些画面,你看看!"

两个人凑到电子屏幕前,他们清晰地看到了叶宸的脸。

"这是他吗?不太清晰!只是长得像吧?我们可是眼睁睁地看着他烧死,并亲手将他火化的!也许这人只是跟他长得差不多呢!"

"也是,他旁边还有个小姑娘!"

"小姑娘?以前叶宸身边确实也总有一个小姑娘跟着。只是……我们的目标一直是叶宸,没有关注过这个小姑娘。这个小姑娘啊,还总是捣乱呢!"

"老大,一开始我也纳闷儿呢,可是我们'蝇头'对面貌分析的指数相似度高达98%啊!这还能有错?"

"他现在在哪里?"

"是在一个地下室里!我们的蝇头进不去!"

"想办法找到他!咱们不能确认他的身份,还不能杀了他,这样动静太大!让他'睡'过去最好,不能醒来,他知道的太多了,最好永远也别醒来!用上咱们最新研制的技术,让他的大脑迅速变成植质状态,马上就去办!哼,就算不是他,是谁谁倒霉吧!"

"是的!老大!"

蝇头再一次跟随叶宸走到了地下室门口,它迅速地扫描了地下室的大门,发现大门禁止一切电子设备入内。

"噢……禁止电子设备入内!没有给我们留一丝余地啊!看来真的有猫腻,我们等待时机吧!"

这一天,夏燔进门的时候,"嘀嘀嘀……"并不响亮的报警声打破了地下室的宁静。

叶洛慌张地跑进来,"别动!"

"紧张什么呀?你这个破检测仪从哪儿捡的?早该换了!一进屋就嘀嘀嘀响!"

"怎么破了?它很灵的!我设置好的从不乱响!快让我重新检查

检查！"

叶洛拿着手动检测器上下仔细地检测夏燔，像搜身一样，上下左右前后都搜了个遍。

"哎，我说你别乱搜了，除了手机，真没有别的东西！"

叶洛拿开了他的手机，还真未发现有异常。"咦？奇怪了！看来真该修修我的检测仪了！"

也许是时间渐渐麻醉了他们的警惕感。

就在这样一个看似平静的早晨，夏燔却没像往常一样早早醒来。

"夏燔，怎么还不起床啊？"叶洛做好了早饭，瞄了一眼还在沉睡的夏燔。"起床啦！"叶洛拖着小碎步跑到了床边，轻轻地拍了他几下，"喂！起床啦！夏燔、夏燔？"

夏燔依旧一动不动，叶洛开始害怕了。"这是怎么回事？"她摸了一下夏燔的脉搏，依然在跳动，可是……为什么人却一点反应也没有呢？叶洛反复检查他的心脏、神经系统、各项器官，他的身体各项机能均显示正常，这让叶洛百思不得其解。虽不知夏燔为何昏迷不醒，但叶洛初步判断，他的生命没有任何危险。

"应该找个地方做个全身检查才行！"叶洛心想，"夏燔这个身份，这张脸，还不能暴露，大医院不行，得找个小医院。"叶洛隐约想起来家附近似乎有一家小型诊所，紧闭的大门非常神秘，叶洛打算独自起身过去一探究竟。

印象中，这家私人诊所的外围被一块块铁板围得很严，叶洛找到一处松动的围板，轻松地跳了进去。她蹑手蹑脚地往里走，看到研究所的大门是锁着的。"唉，白来一趟！"叶洛刚要走，目光猛地聚焦在这把锁上,"咦?这锁……竟然是虚掩的!"

研究所内黑乎乎的,叶洛咽了下口水,下意识地掖紧了衣服,非常害怕。她颤抖地打开手机的手电筒,贴紧了墙边一步一步探索着向前走。她走进了一间房,借着手电筒的光仔细地看着设备,走了几间房后,她有了一个大胆的猜测。叶洛对前沿科技十分感兴趣,感觉这可能是一家做前沿实验的医疗研究所。诊所各项设备已逐步配备齐全,应该可以保证身体的全面检查。她自言自语道:"应该可以的!试试吧!"

她自己先躺在了床上,按了一下启动按钮,如她所料,设备在墙上投影出设备介绍片,"这应该是教给人自己操作的设备。"她看到了希望。根据设备介绍片,这款设备对病情分析的准确率已高达100%。这样的准确率可以让叶洛放心地把夏燔"交"给这座医疗研究所,无人接诊、暂未开放、暂无监控,更可以为她的行动加上一层保护色。

凌晨三点半,叶洛推着夏燔出发了。皎洁的月光洒在他们的身上,照在了夏燔光洁的脸上,叶洛回想着为他治疗的一点一滴,他的皮肤终于光洁如初了,一切就像是做梦一样。经过跟铁板的一系列"抗争",叶洛终于把夏燔弄进了医院里。智能全身检查仪将夏燔的身体从轮椅上慢慢托起,让其平躺在检测床上,上方的探测头对他进行全身扫描,分析的数据很快地显示在旁边的电子屏幕上。

叶洛紧张地盯着电子屏幕看,屏幕上显示心率——正常,白细胞——正常,脑细胞活动——正常……屏幕上显示的都是绿色的字体。

叶洛闭上眼睛，深吸了一口气，她的心情有了些许的放松。正在这时，一行刺眼的红色闯进了她的眼帘：大脑——植质状态！

这行红字如晴天霹雳一般，给叶洛的心重重一击。她反复地检查、再检查，对夏燔的大脑扫描、再扫描，结果都是一样的！

"怎么会这样？"叶洛如在暴风雨中折翼的小鸟，重重地从幸福的天空中摔了下来。她深深地知道，以目前的医疗技术，治疗脑死亡几乎是不可能的，她又不是脑科领域的专家，研究出一套治疗方法谈何容易！还有呢，若想转院去技术先进的医院治疗，以他们这样的"假身份"，恐怕会被识破了。

叶洛怕极了，她已经失去了沈御风，若再失去夏燔，她的整个世界都要崩塌了，她不敢久留，强迫自己冷静下来，推着夏燔向外走去。

叶洛站在大门的阴影里，脑子里乱作一团，她深深地吸着气，希望自己保持理智，这时候，她看到一个戴口罩的瘦瘦的女人怀里抱着一个厚厚的襁褓，左看看、右看看，快速地转过街角。她游离、闪躲的眼光终于和叶洛对视，叶洛隔着空气都能感受到这女人的一阵狂乱的心跳。短暂的对视似乎没有改变那女人的决定，只见她把襁褓放在了街对面的一所幼儿园门口，转身快速地走开了。

即使叶洛的第一反应是这个襁褓中的婴儿多半是被抛弃了，但刚刚受到心灵重创的她还傻傻地呆在那里，没有足够的理智和快速反应去立即叫住那个戴着口罩的女人。

她走了过去，掀开了襁褓，一个熟睡的婴儿的脸露了出来，婴儿在睡梦中吐了吐柔软的小舌头，更加让人怜惜了。叶洛不由自主地

[2049]

摸了摸婴儿嫩嫩的脸颊。她的手摸到襁褓里的一张纸,借着昏暗的路灯,叶洛看了起来:

> 我是一位单亲妈妈,因为生活所迫,家庭复杂,如今走投无路,实在无力抚养我的宝宝,只能将他留在这里,宝宝还没有名字,两周前出生在康乐妇儿医院,是一个健康的男宝宝。希望好心人给他一个家。

叶洛盯着纸条陷入了沉思。"这孩子真可怜……赌一把!"叶洛轻轻地抱起了婴儿,将他带回了地下室,"刚出生的婴儿,那应该还没有做过户籍登记。"叶洛心生一计,"既然这样,那就将计就计吧!"

"人体的DNA是无法改变的,但是身份信息可以编辑啊!"叶洛想起沈御风当时为他们修改身份信息的操作方法。她侵入医院的系统,修改了孩子的出生证明,为他编辑了姓名信息:夏晨枫……同时,通过黑客手段为他登记了户籍信息。"以后,你就是夏燔的儿子了。我会一直在暗中保护你们的!"

害怕被人发现身份,还要让夏燔"收养"一个婴儿,这样的计划看起来真是烂透了,但叶洛意识到,为了能够治好夏燔,她必须要让他在医院治疗,必须造成社会舆论,必须让他的病受到全社会的关注——这样,坏人才不敢轻易做手脚!有时候,最危险的地方,反而是最安全的地方。

"听说了吗?咱们这儿昨天来了父子两个人,爸爸昏迷不醒呢!"

36 再陷险境

"儿子把爸爸送来的?"

"我就知道你得这样问!你说怪不怪,儿子是个刚出生的婴儿!"

"那谁把他们送来的啊?"

"当然是妈妈啊!这老公成了植物人,儿子也没人养了,就给抛弃了!"

"这女人是谁啊,也太狠心了吧!"

"说来也怪,监控上偏偏就那几秒钟不灵了!肯定是被那个女人给切断了。咳!不管她是谁,咱们的麻烦事可来了!"

"找亲属啊!人人都有身份信息,亲属还能跑得了?"

"说的不是嘛!可这父子俩的身份信息除了彼此互相关联外,跟其他任何人都没有关联,你说怪不怪!"

"用DNA查啊!非得给妈妈找出来不可,真是太不负责任了!"

医学院的两名职工一边嗑瓜子,一边你一言、我一语地讨论着。

"查了!刚刚出结果!"又来了一个同事来"通风报信"了,"你们猜怎么着?"

"怎么了?"两个人嗑瓜子的嘴停了下来。

"听说孩子的妈妈投湖自尽了!"

"啊?"

"咳!麻烦大了,这回死无对证了!"

"莫非是他们得了什么怪病,家里治不起?"

"爸爸昏迷不醒,据说是大脑植质状态,儿子一点问题也没有……也不知道还有没有其他亲属了,现在正在全社会发寻亲启事呢!"

[2049]

这几天,医学院上上下下都在讨论这件怪事。

"寻亲启事"一发布,每个人的手机里都瞬间弹出来这条信息。

"真是一个可怜的孩子!"

"也不知道这妈妈是怎么想的!"

大家纷纷议论着。

叶洛知道,这时候,她该有份工作了。

她决定去医院应聘。

叶洛来应聘了——虽然应聘护士这个岗位,她是"用大炮打蚊子"——大材小用了,但她是为了照顾夏燔来的,还有夏晨枫。

所以,她必须得来。

叶洛在面试时侧重表达了她在照顾脑死亡患者方面有着非常丰富的经验,说得滔滔不绝口若悬河的,就连主考官都很惊诧。

"真的没想到,你虽然很年轻,可是你对专业知识的掌握已经到了一定的境界,让你来做护士,真的是浪费了人才!"考官们交换了意见后,对叶洛说道。

"各位考官,我来应聘这个岗位,只是出于内心的热爱,想帮助更多的人重获健康,别无他求!"叶洛真诚地回答。

"现在社会上这样的人越来越少了,我们非常欢迎你加入我们的团队!"

叶洛顺利地被录用了,正和她计划的一样。

她走进医院,看到他静静地躺在病房里。这个房间开着窗,风吹着白色的窗帘摇晃,窗帘温柔地向她招手,好像是夏燔在对她说:"你来了,陪着我,永远也不要离开……"

叶洛开始每天照顾他，每天都在用心灵和他对话。她相信"心灵感应"，相信总有一天，他会醒来。

她喜欢喧闹中的安静，不喜欢安静中的孤独。

就这样，她每天都看着他，祈盼着有一天他会再次睁开眼睛。她常常会想起夏燔看她的眼神，那种眼神是什么样子的？因害羞而躲闪，她似乎总是看不到……

"若有一只小虫子能够钻进每个人的脑子里，传递给每个人真实的想法，这样会省去很多时间，也免了很多误会……是不是？"叶洛想道，"每一份期盼都会得到回应吗？世界上有没有心灵感应呢？你能否感受到另一个人的心情，她的孤独，她的开心，她的软弱，她的坚强呢？若你和我一样，就在梦里告诉我，让我一个人知道就好啦！"

从这天开始，她总是活在自己的世界里，幻想了一百种剧本，设定了一千种情节，扮演了无数种角色，随着剧本"情节"，无论何时何地，会笑会哭。

然而，随着时间的推移，很多角色已经渐渐逝去，舍得或舍不得，再也不会相见……她不知道时间还会带走身边的谁，想格外珍惜，也想停下来，静静地看着岁月慢慢走过……毕竟，你越是对它深情，它带来的越是刻骨铭心，管它结局是快乐的还是悲伤的。

叶洛问躺在她眼前的夏燔："哎……你说，是该感谢那些淡淡的时光呢，还是该后悔没有经历过一些惊涛骇浪啊？"

她深深地知道，夏燔能"浴火重生"已经是最大的幸运了，每一个现在，都是过去奢望的，可每一个现在，却又总是无法满足的。那个远方的梦,总是看起来那么遥远那么漫长,甚至不可触碰。

明白了这个道理,叶洛现在只愿它们永远保持现在的模样,不要改变,愿岁月温柔、不惊不扰,愿嘴角一直上扬,愿所有的幻想都不只是梦……

叶洛在夏燔的床头摆了一盆彼岸花,轻轻问道:"知道彼岸花的花语吗?它的故事一定很凄美吧:花开无叶,叶生无花,花叶生生相惜,永世不见…"

谁说,这不是一种美呢?

37
重整旗鼓

叶洛的容貌一直不变,这给她照顾夏燔"父子"带来了很大的麻烦。夏燔的病情一直很稳定,在医院受到重视,因此她非常放心地辞职了,医学院虽然很不舍得让叶洛辞职,但既然她已经做好了决定,也不得不让她离开了。

很多很多年过去了。叶洛一直暗中关心着他们"父子俩",为了治疗的需要夏燔转了几次院,换了几个城市,可一直都没有任何好转。

"夏晨枫"从在婴儿时期起就是夏燔的"儿子",这是"人体芯片"告诉大家的。母亲抛夫弃子又自杀的故事没有引来大家的任何怀疑,这么多年来,医院也从来没有怀疑过夏燔跟夏晨枫的关系。

夏燔每换一个医院,叶洛就去应聘护士,戴着口罩,在没有人注意时,以探望为由,继续为夏燔不断加入能让细胞再生的物质,让夏燔一直维持着年轻时的状态,和刚刚躺下时一样。

【2049】

夏晨枫渐渐长大了,上了小学、中学、大学,结婚、生子,有了儿子、女儿……他都不认识叶洛——每次他去看"爸爸"的时候,都是别的护士来照料,叶洛从未露过面。

直到研究院成立,叶洛觉得,是时候出现了。她每日照料夏燔,与夏晨枫一家人打交道,由于"年龄相仿",还成了夏子衿的好闺蜜。

这几十年过去了,"触角公司"再也没有来找过叶宸。可能他们以为叶宸已经去世了,也可能他们找到了叶宸,但发现他已经是个植物人,所以放弃了对他的关注。

……

现在,夏燔终于知道了一切。过去与现在之间的鸿沟终于被回忆填满,他这次是真的醒了。

在他眼中,无论是那年的"紫陌",还是现在的"叶洛",她已经是这个世界上他唯一至亲至爱的人,在他"沉睡"的几十年里,这份爱一直没有沉睡,是支撑他醒来的唯一动力。

"你是我心灵的依靠!"叶洛用手温柔地抚摸着夏燔的脸,"你还是年轻的模样,你的皮肤经过火烧后重新修复,时隔经年却没有衰老,这是因为我们的细胞再生技术成功了!"叶洛继续说,"这些年来,我调查了大量的资料,终于知道当时害我们的那个组织的底细了,他们最近还有更大的阴谋,我们一定不能让他们得逞!"

"嗯!这个组织,我早就知道他们是会剽窃、改造,甚至是阻止一些高科技发展的!这次,我也要让他们知道,什么叫王者归来!"夏燔的内心如一条波涛汹涌、湍流不息的河流,这条河流已经变成一条呼啸着的猛龙,它在呐喊着,已经完全挣脱了桎梏。

38
AI机器人上线

"老婆,今天晚上我加会儿班,晚点回去。"常若宁接到了一条视频信息,来自王潇。

"又加班,天天加班!不行,今晚早点回家!"常若宁发了条文字信息。

自从常若宁的老公王潇从国外回来之后,天天加班,由于王潇的身份特殊,他的定位保密,常若宁总是调查不到他到底在哪儿。直到最近,王潇的这种"加班"次数越来越多,常若宁也开始变得疑神疑鬼,总觉得王潇常常"夜不归宿"可不是"加班"这么简单。

"告诉你们哦,我跟那个红衣帅哥搭上讪了!"夏子衿眉飞色舞地说道。

"就是那个墨阳哥哥?"小雨问道。

"没错儿,你看,他在玲珑骰子里面还主动加了我好友!嘻嘻嘻嘻……"子衿犯了花痴的样子,眼睛里真像是不断地冒出小桃心。

"是吗,恭喜啊,还真让你如愿以偿了呀!来,让我仔细看看你这个墨阳哥哥长什么样!"叶洛夺来子衿的手机,将墨阳的相册打开,放大了看。

"哎哎哎,有什么好看的啊!之前你不是见过吗?"子衿生怕叶洛把她的墨阳哥哥抢走了。

"以前是见过,但从来没仔细看过!"叶洛一边说着,一边将墨阳的头像放大。

这一放大,不得了了。"啊"叶洛倒吸了一口凉气,瞪大了眼睛,差点没把手机摔在地上。

"怎么样,帅吧?惊呆了吧?健身教练!太帅了!"子衿一边说着,一边又把手机抢过来。

"哎,让我再看看……"叶洛又想抢过手机,被子衿制止住了。"看看就行了,可别跟我抢啊!"

"哎,谁……谁想跟你抢啊!我只不过是没看清!"

"还没看清啊,以后我们好了,有的是机会看哈!不着急!"

叶洛在这个"墨阳"的相册里,发现他长得好像沈御风!眉眼之间的那种英气,跟那年他们分开时一模一样。

"难道……这是巧合吗,这两个人长得也太像了吧……或许,他还没死?"叶洛的脑子乱极了,她明明是亲眼看到沈御风做了夏燨的"替身"……如果他没有死,这么多年,他是怎么走过来的呢?

叶洛一路心不在焉,有一句没一句地跟姐妹们聊着。

"子衿,你得注意了,我感觉小叶被墨阳的外表迷住了……"熙妍故意打趣她们。

"别瞎说！虽然长得还可以，但这可不是我的菜！"叶洛解释道。

"对啊，我们的玲珑骰子都不知道你的菜是什么样的呢！你要不要再试一试啊？"熙妍一直很好奇，她的系统分析向来准确，怎么一到小叶这儿就不管用了呢？

叶洛知道，现在夏燔已经醒来，他们两个的心灵感应"玲珑骰子"一定能分析到，因此坚决不能做这个测试。

"哎呀算了算了，每天爱来爱去的好烦，我随缘分吧！子衿，这次你要是能和墨阳哥哥牵手成功，你可得好好感谢感谢熙妍呀！"叶洛赶紧转移话题。

"那当然，这就不用多说啦！熙妍姐，今天晚上请你吃饭，见者都有份儿哦！"子衿用手指调皮地点着大家说道。

"好啊，咱们几个也好聚一聚，不见不散、不醉不归！"

"这次，我找的这个地方非常隐蔽，一般人不知道！"子衿神秘地说道。

"咱们几个正大光明地聚个餐，去那么隐蔽的地方干吗啊？"叶洛说。

"第一呢，是因为这个地方环境很好，非常有情调，嘿嘿；第二呢，正是因为这里有情调，所以，会发现有很多人来这里幽会，运气好的话，还会发现八卦哟！"子衿的眼睛眯成了月牙。

"你呀你呀！一天就知道八卦！"小雨点着子衿的脑袋说道。

"不然呢？没有八卦就没有精彩的生活啊！哈哈！"

"小雨，这次你可别喝吐了哦，太恶心了！"管乐说道，"每次你一吐，我也跟着想吐！"

"哎？管小贱，你是不是又欠揍啦？"小雨追着管乐跑。

以熙妍为首，姐妹几个的爽朗笑声响彻了整条大街。

晚上，他们来到了一家轰趴馆。

五个人刚刚找位置坐好，子衿的"八卦眼"就盯上了坐在远处的一男一女。

"哎哎哎，你们看，那是谁？"子衿探着头，小声对大家说道。

"谁啊？"小雨不知何事，大声问道。

"嘿，小声点儿！"子衿拍了一下小雨的脑袋。

"是不是有点像……"子衿诱导大家。

"那是王潇吗？"熙妍问道。

"就是常若宁的老公？"小雨倒吸了一口凉气。

"没错，我感觉就是他！赶紧啊，设备都架起来！好戏要来了！"管乐开启了手机偷拍功能。

"我早就开始拍了！"子衿一边盯着手机一边说道，"年度好戏就要上演！绝对是爆炸式的新闻！哈哈哈……"

"你们都小点声儿，别再往那边看了，人家没准儿就是正常谈工作呢！别太八卦了啊！"熙妍一本正经地说道。

"管他是什么关系呢！这个美女衣着暴露，你就这么一拍，往常若宁的手机里一发，保证她瞬间炸掉！"子衿说道。

"对对对！这几天常处总是来我们屋抱怨，她老公回国后晚上总是不回家，她可能也在怀疑。这个视频要是一爆出来，可了不得了！"管乐说道。

"那倒也是，谁让她平时这么嚣张呢！自己的言行举止也不注意，得给她点儿颜色看看！"熙妍一边大口大口地吃菜，一边说道。

"别着急，放长线钓大鱼，到底是哪一种关系还要慢慢看，可能好戏在后头呢！"小雨挑着眉毛笑嘻嘻地说，"我的好奇心来了，既然子衿想要八卦一下，那我们今天就好好帮一帮常若宁吧！"

小雨立即锁定了王潇的五官，想要控制附近的监控，利用面部识别系统全程跟踪王潇。可正当她将王潇的五官输入面部识别系统时，系统显示"您没有权限设置"几个醒目的大字。

"哇，王潇的五官竟然在系统里备过案，还加密了！"小雨还从来没有遇到过这样的情况。

"那就试试这个女人的！"熙妍说道。

"嗯！成功了！"

"小叶子，你快从系统里面调出来这个女人的来历。"子衿虽然不是研究院的成员，但是在"八卦"界，她还是能够运筹帷幄的。

"好！"通过小雨锁定的面目五官信息，叶洛从数据库中调出了她的部分ID信息："曲婧，女，25岁，法律顾问，海外留学7年，博士学位，钢琴9级……"

"哇哦，人才啊！"大家唏嘘道。

"有可能是咱们先入为主了，人家可能正在谈正事儿呢！"叶洛说道。

远处，王潇和曲婧有说有笑，时不时还碰几下杯，王潇时常警觉地环顾四周。没过多久，曲婧起身用手背从上到下将了一下后背及臀部的裙子褶，两个人一同匆匆离去。离开桌席，他俩便马上戴好了口罩和墨镜。

"口罩、墨镜,呵呵,他们以为自己是明星吗?"熙妍盯着他们看,"王潇还戴上帽子了,真是全副武装啊。越是这样,越有猫腻,你们信不信?"

"管他呢!有小雨在,24小时全程锁定这位'曲小姐',看看后头有没有好戏!"子衿依然相信自己的直觉。

39
AI机器人带来的困惑

几天后。

"怎么样,有消息了吗?"子衿嘴里"嘎巴嘎巴"嚼着薯片,眼睛盯着小雨的追踪信息问道。

"没什么消息……哎?一切挺正常的啊!"小雨挠着脑袋说道,"不应该啊,妍姐的直觉一般都不会出错的!咋回事呢?"

"哪儿呢?给我看看!"子衿凑近屏幕,不断放大、缩小曲婧的定位信息仔细地看,"日期呢?"

"喏,在这儿!"

"4月20日……是星期几?"子衿问道。

"不就是上周吗?好像是星期五吧!"小雨说道。

"是咱们几个聚餐的那个星期五?"

"对啊!"

"也就是说,那是我们撞见王潇和曲婧的那个星期五!"

"没错啊!咋啦?"

"你这个定位到底准不准啊!你看看她星期五的定位地点在哪儿?"

"当然准啦,我黑进别人的系统从来没出过错!让我看看!"小雨仔细地看曲婧星期五那天晚上的定位地点,"世纪广场?咦?这是怎么回事儿啊?那天我们明明是在鑫源大厦!!"

"你看吧!我说他俩肯定有问题!你这个啊,不准!小雨啊……"

"不是吧?定位在一个地点,人却在另一个地点……难道她会分身术不成?"

"她会不会分身术我不知道,我只知道王潇这个人做事很谨慎。咦?你们有没有怀疑过,曲婧这个人的名字年龄学历,有可能是假的吗?"子衿皱着眉,托着下巴说道。

"那这个有意思了……"小雨撇着嘴,呆坐在屏幕前,"现在无论是人,还是宠物,每个人的芯片都是独一无二的,难道曲婧就能做到人芯分离?他们到底想隐瞒什么呢?"。

"你就没有别的办法吗?"子衿问道。

"你觉得呢?"小雨一脸茫然地看着子衿,"这种事我确实是头一次见耶!"

"有意思……"

"纯八卦没觉得有意思,但是这种反侦察的手段让我觉得很

[2049]

蹊跷!"小雨皱着眉头,若有所思地说道,"知道什么叫欲盖弥彰吗?"

"觉得蹊跷呢,也是八卦的一种。让我们一起调查一下吧!"子衿眉毛一挑一挑地示意小雨加入她的"调查计划"。

叶洛皱着眉摇了摇头,细声细语地说道:"我觉得小雨说得对,这件事可能不像咱们想得那么简单!据我所知,如果说曲婧的'分身术'是一种对她行踪的保护措施,那么她和王潇之间就不可能是普通的谈工作,也不见得是你们想的那种单纯的猫腻关系!"

"哈哈哈哈……猫腻关系,还分单不单纯吗?叶子说话真是越来越上道儿啦!"子衿笑道。

"当然啦!"叶洛冲着子衿翻了一下眼睛,继续说道,"你们想想啊,我们在研究院工作,接触到的都是最前沿的技术,这种分身术都是头一次见,那么她的地址定位分身肯定有研究院的技术支持!再说,王潇也是个明白人,他为什么会为一个女人来动用这种高端技术?要知道,这更换地址定位一旦被发现,要冒着多大的风险啊?所以我说啊,他们有猫腻事小,万一涉及一些工作上的事,那可就是大事儿了!"叶洛的敏感细胞又开始活跃起来,她的第六感告诉她,这件事情非同寻常。

闺蜜们频频点头。小雨补充道:"这么多双眼睛看着,他们的行踪,难道就没有其他人发现过?"

子衿说道:"王潇这个人向来低调,再加上在国外待了好多年,人们的注意力不在他身上。这次也是碰巧让我们赶上了,他选的这家餐馆平日里客流量稀少,他们穿得又那么掩人耳目……"她又压低了声音说道，"要不是他们家九尾狐每天跳得那么欢，还到处欺负人，我们也不会那么关注他的！"

"嗯，也是，不过叶子说的也不可忽视，我也觉得以王潇的情商和智商，应该不会在男女之事上犯低级错误！搞不好，这里面真的有大秘密！"熙妍说道。

"可是……要从哪里开始下手呢？这种情况我是第一次碰到，以我现有的技术，无法定位获取他们的信息啊！"小雨皱着眉说道。

"定位不到王潇，也定位不到曲婧，甚至曲婧这个人的整个资料都是伪造的，从哪儿查起啊？总不能等待再次偶遇吧！"子衿陷入思考，原地打转。

"从何查起？只能从研究院里有谁，近期在研究'分身术'的技术下手啦！"叶洛说道。

"管乐，你是综合处的，这个任务就交给你啦！"子衿拍了拍管乐的肩膀说道，"一定不要让我们失望哟！"

"闺蜜的事儿就是我的事儿，包我身上了！"管乐眯着他的小眼睛说道。

管乐开始翻阅资料，调查近期所有与人芯分离相关的技术。

"管乐，怎么样？查到线索没有？"

"翻遍了，可是竟然……一点线索也没有！"

"怎么会呢？"

"这个绝对不是研究院研究的技术！不在研究之列。你想啊，咱们院研究这项技术干吗？有什么用？这对推动人类社会发展……有什么好的作用吗？"

[2049]

管乐这一提问直击关键,提醒了每一个人,大家面面相觑,沉默不言,都思考了良久。

终于,熙妍这个"大姐大"站出来说话了:"这么说的话,曲婧这个人的身份就非常可疑了,虽然难查,但我们非查不可了!"

"对,这个闲事儿啊,我们管定了!"子衿义愤填膺地说道,"虽然很难,还得查这个曲婧!"

大家的目光不约而同地转向小雨。

"你、你、你们看着我干吗啊?我搞不定的,我、我、我得请高人出马啦!"小雨一着急,又涨红了脸,结巴起来。

"当然!光靠咱们几个人肯定不行,要请高人,也要请能信得过、靠得住的高人,一定要把这个人、这件事查个水落石出!"熙妍说道。

于是,他们几个组建了一个小团队,兵分几路,一起行动。

小叶邀请夏燔加入。

小雨找到了胡扬,"嗨!扬哥,我要找你帮忙了!"

晚风徐徐,此时的胡扬正躺在倒映着璀璨银河湖面的小船上。许久未与外界联系,也许久没有"任务"做,收到小雨的信息后,他平静的内心激起一层波浪。"哟,小雨,好久不联系,有什么事能难得住你啊,怎么还想起我这个退休人士来了?"

"有任务,很刺激,一起吧!"

"好啊,我就喜欢刺激的!见面聊!"胡扬一口答应了小雨。

小雨向胡扬讲述了整个事情的经过,他们两人为一组,研究破解技术,目标是锁定曲婧。

"说说吧,你是用了什么办法,没有定位到曲婧?"

"都失败了,讲这个办法还有用吗?"

"当然有用了,用处就是先把这个办法排除啊!"

"你、你、你……在嘲笑我吧!"小雨气得嘟着嘴,"就是像往常一样通过面部识别,全程定位追踪……可是你知道怎么着吗?这几天我一直琢磨不透:要么就是定位突然断了,也就是消失了,又从外一个很远的位置出现;要么就是她人在这儿,定位却在那儿!竟然还有定位一连消失几天的情况!面部识别系统也不断出现故障……谁能告诉我,这是咋回事?"

"咋回事?属性不够,设备来凑!给你看看这个!"胡扬神秘兮兮地从耳后拿出来一个像蚂蚁一样大的设备。

"这是什么?"

"飞蚁!"

"飞蚁?干吗用的?"

"你看过漫威的《复仇者联盟》吧?"

"我看过!"小叶抢着答道,"我是漫威的超级粉丝!"

子衿转过头看了看小叶,感觉怪怪的。

小雨答道:"我也看过,虽然是几十年前的老片子了,但是超喜欢!它就是蚁人吗?"

"我是《复仇者联盟》的热衷者,我最喜欢蚁人啦,一直梦想着亲手制作一个蚁人!现在终于成功了,你看看它:它在工作的时候,能够高速振翅不发出响声,适时停留在人的衣物上,这才叫作全程追踪定位!你那个黑网络那招啊,已经过时了,不灵了!"

[2049]

"嘿!你不是退休了,到处环游世界吗?怎么还想来起搞这个玩意儿?"

"环游世界一方面呢是放松心情,另一方面也是能够拓宽眼界,看看世界各地正在研究的最新技术。特别是上次帮夏茗做完那个任务以后,又重新燃起我的研究兴趣,尤其是设备!"他一边说着,一边用手指掂了掂手中的飞蚁。"可是不管怎么说,我们都要先找到曲婧这个人,我的飞蚁才能全程追踪到她!"

"这个……"小雨挠了挠后脑勺,"这个人,跟丢了……"

"跟丢了?"

"没错,就是刚刚说的,她的定位已经一连消失好几天了!通过面部识别也是查无此人。"

"还有这事?"胡扬很奇怪,思索片刻说道,"恐怕你们从一开始就找错方向了。"

"为什么?"

"你们以为要查的人是曲婧,可是问题最大的人应该是王潇!如果他们之间真的有事情,肯定还会见面,所以锁定王潇就可以啦!"

"可是王潇的定位无法锁定啊?"

"死脑筋!你通过网络当然无法锁定,但我们现在有设备啊,我只需让飞蚁一直跟着王潇就行!即便她曲婧有"千人面"无法识别,可王潇只有一张脸!"

"对呀,这点我们竟没想到!太好啦,看来我找对人啦!不过……你研究这东西做什么?"

"这个呀,原本是探险用的,有的时候判断前方是什么地形,有没有危险,设备越小携带越方便,它还能趴在动物身上,尤其是昆虫,它能在昆虫的身上停留,让我更加了解动物世界的视角和活动……我也想过它这么小,小到能够掩人耳目,除了探险外,能否有别的用场,我正在琢磨呢,你就找上门儿了,你说巧不巧!别看这飞蚁小啊,它的能耐可多着呢。他的内存容量有10个T,不但能追踪,还能录音摄像,所以他周围接触什么人,我们也能看见。你说,我们还用愁找不到曲婧吗?"

"嗯!已经迫不及待啦!"小雨喜笑颜开。

胡扬为飞蚁输入了王潇的形象特征,飞蚁振翅,一飞冲天,开始行动了!

这时,胡扬的手机"叮"地一响,来了一条信息。小雨冒冒失失地凑过去看,看到信息上显示出一个嘴唇和一个桃心的图案,再仔细一看,这人的名字叫贾笛。"哎哟,这是哪位美女给你发的暧昧表情呀!"

"呃,没有!"胡扬慌张地藏起手机。

"没有?我明明看到啦!贾笛是谁啊?"小雨非要问出个所以然来。

"一个以前的同事。"

"同事?就可以这么暧昧地说话吗?"

"什么啊!开玩笑的!人家都结婚了!"

听到这样的话,小雨稍稍有些放心了。"结婚了?结婚还这么放得开?不怕她老公知道吗?"

"那就不知道了。"胡扬见小雨不再追问,便舒了一口气。

40
千人面

三天后。

"快看看,王潇又和一个女人在单独谈事情,还是很隐蔽,走的时候跟以前一样,这个女人临走前还是习惯性地用手背从上到下捋一下后背的裙褶……"

可正面一看:这个人……竟然不是曲婧!

"从背面看,这女人身材和曲婧简直是一模一样啊!拿红酒杯的姿势、走路的姿态、戴墨镜的方式、手上的动作,简直是如出一辙,怎么可能不是曲婧呢?"

"话虽如此,可脸和发型都不是她!虽然她们,都是美女……"

这人跟曲婧动作一致,外形不一,又惹得熙妍、小雨、子衿、叶洛这几个人头痛不已。

"要不,我们再观察观察?"

"也只能如此啦!"

五天后。

王潇又和一个女人一起出现了,这个女人的所有动作和曲婧,以及上一个人一模一样,可是正面一看,又换了一个模样。

子衿惊讶道:"难道……王潇只喜欢跟这种类型的女人打交道?从后面看绝对是同一个人啊!他是怎么做到能找到这么多身材类似的女人的?"

小雨说:"是啊,还齐刷刷的都是美女!"

熙妍说:"哎,好看的皮囊千篇一律,有趣的灵魂万里挑一!王潇一定是无趣的灵魂,才喜欢找千篇一律的好看皮囊!"

叶洛仔细回味了一下这三个人的长相,总感觉有点怪怪的。正在这时,管乐顺口来了一句:"什么好看的皮囊啊,人美在骨不在皮!"

叶洛惊呼:"对,人美在骨不在皮!胡扬,你快把这三个人的面部画面截图下来,仔细对比一下!"

胡扬把三张图片排成一排,在屏幕上放大。

"你们看!"叶洛拖动图片,将三张脸重叠起来,五官位置竟然高度重合!

"夏前辈,你怎么看?"胡扬问道。

夏燔眯着眼睛将三张图片拆开又重叠,反复几次,慢慢地说道:"不是人!"

"爷爷,说什么呢?"子衿瞪大眼睛一脸茫然,"您又糊涂了吧?事情还没查出来,咱不能骂人家哦!"

"哎呀,她真的可能不是人!"夏燔一本正经地说道。

"不是人?那能是什么……"子衿皱着眉毛一脸不理解,这时叶洛一把拦住了正要理论的子衿,说道:"前辈,下面我们要调查的方向,是不是该转移了?"

"没错!"夏燔满意地用手指点了点叶洛的脑袋,不由自主地说,"不愧是我的……不愧是我家子衿的好朋友,就是聪明!"

叶洛低头抿嘴一笑。

"哎,喂喂喂,你们两个一唱一和地说什么呢?"子衿双手抱臂一脸不服气地说道。

叶洛解释道:"我们的管乐闺蜜真是神助攻,他的一句'人美在骨不在皮'让我注意到了这三个人的骨架。你们想想看啊,怎么会那么巧,和王潇近期吃饭谈事的三个女人,身材全都一个样,外表都这么美啊?她们的脸型虽然略微有变化,但是骨骼轮廓高度一致,所以目前不排除有一种可能,她们看似是三个不同的人,实际上是同一个人……"

"什么?同一个人?"熙妍大吃一惊。

"易容术又重现江湖啦?"小雨也惊呆了。

"说同一个人,也不太确切,正如前辈所说,她可能不是人类!"叶洛镇定地说道。

"啊?不是人,难难……难道是鬼?好怕怕!"小雨吓得结巴起来。

"鬼?"笑得胡扬狠狠地敲了小雨的头,"可省省你的想象力吧!我都听明白是什么意思了!"

"哎哟，快点说啊，别绕来绕去了！"小雨揉着头说道。

胡扬解释道："易容术嘛，目前不好判断。不过呢，还有一种可能就是，她是一个机器人！所以下面我们要改变调查方向，只需跟踪这个机器人即可，倒是要看看她是怎样易容的！"

"机器人？不可能，这明明就是人，你看看她的皮肤、眼睛、头发，现在的机器人能做成这样？她们是不是哪个女子天团里的？"小雨反驳道，"那里的美女也都长得一个样！"

"小雨啊，不要以为你在研究院，看到的所有技术就都是顶级的，山外有山、楼外有楼呢！"夏燔说道，"究竟是机器人，还是'女子天团'，咱们拭目以待吧！"

又过了三天，王潇再次与一女子相约一家茶楼。和大家的猜测如出一辙，对方又是一个容貌姣好的女子，身材与前几个美女相仿。

他们截取到的面部图片与前三个女人的面部骨骼轮廓再一次重合，更加证实了他们的猜想。

"让飞蚁跟着她！这次可有好戏看了！"

"瞧她走起路来身轻如燕，应该会点技能！"小雨突然想到了她的游戏角色，兴奋地说道。

"现在知道是机器人了？"子衿嘲笑她。

"谁说是机器人了，女子天团的可能性更大一些呢！"小雨翻了个白眼。

"叫你不承认，一会儿就让你目瞪口呆！"叶洛笑着说。

此时，夏燔提醒道："胡扬，飞蚁不要离得太近，怕这机器人被人设置了安全范围。"

[2049]

"好的,咱们小心为上,不要让人发现了!"胡扬远程遥控飞蚁,让其尽可能离那女人远一些。

飞蚁跟着曲婧到了家。

只见曲婧一层一层地脱下衣服……男人们见状都纷纷瞪大了眼睛。"嘿嘿嘿!别看了,都给我转过头去!"熙妍一边喝令,一边使劲儿拧了一下管乐的脑袋,硬是给他脑袋拧了过去,"这个环节只能女生看哈!"

"哈哈哈,刺激的来啦!"子衿、小雨、熙妍几个人在旁边津津有味地看着。

接下来的一幕真的让人目瞪口呆:曲婧走进一个透明的机械仓里,她的面前浮出一个屏幕,那屏幕上足足有上千副面孔,每一副面孔下都有相对应的发型、服装搭配和……身份ID芯片。王潇走了进来,面对这些面孔,他点击选择了其中一副黑色齐肩发的面孔,机器随之配出了相应的丰满身材和雪纺长裙,ID芯片信息也随之改变:

Yukina,国籍日本,擅长小提琴,网球运动,高中教师。

机械仓开始运作了,"曲婧"站在活动的台面360度旋转了一圈又一圈,短短五分钟,她又完成了一次身份转化。转化后,她便在仓里开启休眠状态。

"天哪,真的让我大开眼界!竟然还有这样的操作……"子衿盯着屏幕,全程都不敢眨眼睛。

"每一副面孔都这么美,百变魔女,这是多少女孩子的梦想啊!"小雨痴痴地说道。

"真没想到王潇会是这种人!"小雨忍不住笑嘻嘻地说道。

夏燔思索片刻说:"这种操作应该也可以远程操控,王潇是个小心的人,他应该不会频繁出入同一个地点。"

"机器人,挺刺激的!"管乐也忍不住笑了起来。

熙妍、胡扬、小雨一直在掩面偷笑。

"你们都笑什么啊?莫名其妙的!"叶洛一脸茫然。

"谁知道他们都想到哪去了!曲婧也好,这个Yukina……雪奈也罢,王潇跟她约会干什么?"熙妍本想转移一下话题,不过似乎话题被她这么一说,反而越跑越偏,大家更是扑哧一声笑出声来,充分发挥着想象空间,"呃……我的意思是说,王潇会有什么阴谋吗?"熙妍赶紧拉回了话题。

"当然,阴谋诡计太多啦!哈哈哈……"子衿和小雨已经笑成了一团。"怪不得没有人发现,原来每次都换了一个人啊!面貌形象、年龄大小每次都不一样,当然没有人注意到啦!"

"好了别笑啦,这都是人家的私事儿!"熙妍假正经地说道。

说到此处,叶洛也似懂非懂了,连忙说道:"对了胡扬,之前不是说你的飞蚁能够进行录音吗?能不能听一听他们具体说了些什么,话题如果没有涉及工作上的事,我们就……不继续查下去了。"

"说来奇怪,不知是我的飞蚁的录音系统出了问题,还是这两个人在一起沟通只打手语,怎么播放的时候没有声音呢?"

"打手语也需要特定的动作啊,不知道那个高级机器人交流靠什么,说话和咱们是否一样?"叶洛说道。

"是一点声音也没有吗?"小雨问道。

"也不是,就是一些咝咝啦啦的声音,断断续续,时有时无。"

夏燔听了这些信息后,对自己的猜测坚定不移,说道:"也许是有人为的电磁干扰,也许是声音在录制后自动加密。小雨,你应该能破解,试一下!"

"好的,我来试试!"小雨带着耳麦一遍一遍地尝试破解,可一段时间以后,仍然没有任何进展。

"这设置的防御墙够多的啊!他们到底有什么阴谋呢?"小雨泄气地抱怨道。

"你说的是防御墙吗?"管乐问道。

"是啊,录制声音后播放的过程中,这音频文件好像被自动加密了一样,放不出来!"

"文件加密?我来试试!"管乐说道,"这个可能我更在行一些,综合室有好多高密级的电子保密文件,都是我们设计的防御墙,不知道能不能派上用场!"

管乐开始仔细研究这段音频。"你用的这是什么播放软件?"

"就是普通的……"

没等小雨说完,管乐抢着说道:"普通的怎么能行,怪不得放不出来呢!这个得用专业的!"

管乐架上他的一套专业设备,开始进行解密播放。

"管乐,你这套设备够可以的啊!"小雨看着这套华丽的解密设备,外表真是复杂得很:这机器虽体积不大,只由点一线组成,但是线路众多,所有传输线路都是用五颜六色的发光线连接而成,一旦运作起来,就像是节日里的彩灯串一样夺目耀眼,更像是大脑神经中枢在运转。

"怎么样,超炫酷吧!"管乐得意地说道。

"别在这臭美了,先把录音破解了再说!"熙妍翻了个大大的白眼说道。

"别急啊,就快好啦!"

屏幕上显示"正在转化……"

"95%——98%——100%——完成!"

"好啦,大家都来听听吧!有些人早就等不及啦!"管乐点击"播放",果然播出了声音,大家都竖着耳朵使劲儿地听。

音响里传来一段古怪的声音。

"说的是什么啊?"叶洛眉头紧蹙。

大家你看看我,我看看你,又都不明所以了。

"音频文件要加密,难道这声音也能加密?"子衿问道。

夏燔又反复地听了几遍,背着手慢慢踱步思索,忽然转过头来说道:"这声音不是加密的,应该是……一种语言!"

"一种语言?"

"没错,这应该是另外一种语言!"夏燔肯定地说道。

"那应该是什么语言呢?"

"应该不属于这个世界上的任何一种语言。"

"你怎么知道?"子衿问道。

"全世界的语言都在脑子里。"夏燔用手指自信地点了点他的脑袋,"还记得我的脑容量有多大吧?"

"管乐,你快查一查!"小雨说道。

管乐联网检索全世界的语言,翻译这段语音,果然查无所获。

"这可怎么办?谁懂他们说的是什么呢?"子衿问道,"这下可把我们难住啦!"

夏燔微微一笑,"这有什么难的?动动你的脑筋啊,语言是人发明出来的,一定会有规律可循。这个问题就交给小叶吧,她一定可以解决!"

"我?"叶洛吃惊地说道,"我的专业不是搞语言的!"

"给你一天时间!"夏燔说罢转身而去。

"一天时间怎么能搞得出来?怎么像是老师给学生布置作业一样!"熙妍说道。

"他向来都是这个样子!"叶洛小声嘟囔着。

"向来吗?我们怎么不知道?"熙妍问道。

"没事啦,我胡乱说的,我要赶紧去研究了。"叶洛自知险些说漏了嘴,低着头匆匆离去了。

她疾步追上了夏燔,用责备的语气问道:"你怎么突然让我来研究啊!"

"不知道和他们交往这么久,你有没有注意到一个问题?"

"什么问题?"

"现在这个社会的绝大部分人,以为什么都可以依靠机器,不喜欢自己思考了,动脑、动手能力是越来越差了!"夏燔叹气道,"尤其是独立思考的能力越来越差!他们可能会专注于搞科研、搞技术,但长此以往,人脑和机器又有什么区别!"

叶洛回去后开始对大脑输入语言翻译的语音、词汇、语法知识，对这段语言进行研究，一天后，她翻译出了这段语言中最有价值的一句话：

"15日晚8:00，赴枫岚大厦执行交易任务。"

叶洛说道："这应该是王潇给机器人发的指令。"

"15日？我查一下是星期几……呀！不就是明晚吗？"子衿说道。

"哎？我听说，明晚枫岚大厦好像有个什么活动！"

"对，有个主题酒会，估计他们就是在那儿进行交易的！"

"嗯，极有可能，我们也得去看一看了！"

子衿抢着说："我们得把他们交易的过程拍摄下来，看看王潇和这个女人，究竟有什么样的勾当！"

夏燔听着大家七嘴八舌地议论，不紧不慢地说道："别急！"

叶洛问道："前辈有什么想法？难道，我们不应该去现场吗？"

夏燔说道："没错！此时万万不能去现场！既然是个主题酒会，现场的门禁就会设置参会人员专属通道，非主办方邀请的人员参加，一定会被记录在案，期间一旦出了差错，很容易就能查到我们头上。"

"派飞蚁去呢？也不行吗？"小雨问道。

"恐怕还真不行！"胡扬说道，"据说这座枫岚大厦密级极高，不次于研究院，王潇最了解了！他当时投资建设的这座大厦，既然能选择这个地方完成交易，别说飞蚁了，就连一粒沙子都吹不进去！"

"没错，现在很多组织都在秘密搞这种小型的侦测仪，飞蚁并不是独一无二的,王潇肯定有防备。"

"那当年我哥去研究院治爷爷的时候,我们就进去了呀!"子衿不服气地说道,"当初爷爷实验室的密级肯定比这个高多啦!"

"就是!"小雨附和道。

"你们呀,脑子也不转一转!是什么'是呀'?一个傻还不够,还有一个起哄的!"夏燔批评道。

叶洛上前解释道:"前辈说得没错,当初你们能够成功进入研究院,首先是在凌晨,人相对比较少,不像是明晚的酒会,到处都是耳目,出不得一点差错;其次,虽夏茗将前辈治疗好,将功抵过,但也暴露了研究院防御系统的漏洞,时隔这么久,这系统已经升级得更加牢固。更何况这次是在王潇自己的地盘上,以前的那套老把戏早就过时了……"

管乐打断了叶洛的话:"还有第三,也是最重要的一点:上一次在研究院,一定是有领导睁一只眼、闭一只眼的,不然即便你们进了研究院,也一定进不了实验室!即便进了实验室,医治了夏前辈,又怎么会没人追究此事?"

"那是我们工作做得周密!"小雨说道。

"不信?不信你看看那监控,我在综合室反复看了不知多少遍,漏洞百出,要是院长一句话:给我彻查到底,你们早就露馅儿啦!"

"你们?难道你跟我们不是一伙儿的吗?"小雨反驳道。

"对,是我们!还追究这个字眼儿干吗?我们当然是一伙儿的,要不是我当时负责监控,换了别人,事儿就大了!"

"好吧好吧!这也不行,那也不行,明知道坏人明天就要行动,我们总不能在这儿围成一圈干着急吧?"子衿垂头丧气地说道。

"谁说没办法啦?"夏燔用关爱儿童的眼光看着眼前这几个唉声叹气的孩子们,说道,"只是说不去现场行动而已!哀什么声,叹什么气啊?"

"那在哪儿行动啊?"

夏燔斩钉截铁地说道:"交易前!"

"交易前?为什么不在交易后?"

"那就要问问你自己,你最想知道王潇换回了什么……还是换走了什么?"

"果真!姜还是老的辣!哈哈哈!"子衿拍手说道,"爷爷您太聪明啦,怎么没遗传给我呀哈哈!"

"什么话啊,这是智慧!而且,交易不成,最着急的一定是王潇,慌乱中他就会有所反应,还会有接下来的动作,这些行动都不在他的计划内,难免会有疏漏,我们此时抓住机会就好!"夏燔不耐烦地说道,"你呀,慢慢学吧!"

41
开始行动

随后,夏燔像一个将军一样,一声号令:"大家听我说,从现在开始,我们的行动小组要重新分配一下任务,严格按照方案执行!"

"好!"大家纷纷应道。

18日傍晚,"曲婧"机器人一头蓬松的棕色卷发,穿着一袭淡紫色亮闪闪的长裙从公寓缓缓走出,私家无人车早已在门口等候,她乘车而去。飞蚁趴在车上,随时为行动小组提供定位。

曲婧的汽车选择在车流相对较少的高速公路上疾速行驶,她毫无警惕地从侧窗看着窗外的风景,正当她转过头正视前方的一瞬间,只听一声刺耳的急刹车,一辆逆向驰来的汽车"砰"的一声撞了过去。两辆高速行驶的汽车对撞形成的力量巨大,车在空中翻了五个身才重重地跌到地面上,摔了个破碎。虽说车内的安全气囊能稍作防护,但曲婧仍受了重伤,机械臂刚将她抬出车外经智能测算的安全距离外,车就爆炸了，现场燃起了熊熊大火。

此时，清障拖车与救护无人机及时赶到。清障车将两辆事故车以最快的速度清走，并迅速销毁。救护无人机载着意识不清的曲婧来到了最近的智能医院。这个时候，夏燔和叶洛已在这家医院内等候多时了。

"伤得不轻！"夏燔看着曲婧说道。

"你们在做什么？"清醒过来的曲婧慌张地问道。

"你在高速公路上出了车祸，受了伤，我们在为你医治。"叶洛答道。

"不需要！快让我走！"说着，曲婧便挣扎着起身要走。

"别动，出了这么多血，不疼吗？我们先为你止血吧！"叶洛试探着说道。

"不疼！谢了！"曲婧不耐烦地说道，她已经坐了起来。

夏燔悄悄地将准备好的吸电宝往她后背一贴，想要吸掉她身上的电量好进一步做研究，可万万没想到，这吸电宝在她身上竟起不到半点作用。

叶洛见状迅速按下手术床边的一个按钮，曲婧还没得及反应，这床迅速伸出七个机械臂，将曲婧牢牢固定在了床上。

"干什么？"曲婧反复惊呼，"救命！救命！"

手术床的催眠作用开始见效，曲婧很快就陷入了无意识状态。

"她受了伤，又受到惊吓，所以系统难免会出现紊乱，你看她的眼睛！"夏燔用手翻开她的眼睛，叶洛仔细一看：天哪，瞳孔的颜色竟然在不断变化！"她会不会在传递某种信号？"

"也许！这样的话，王潇片刻之后便会找来，手术床的催眠作用对机器人坚持不了很久，我们要抓紧时间研究才是！"平日里遇事不惊、云淡风轻的夏燔，此时也心急了起来，害怕查不出个所以然来，错失良机。

"血样检测结果出来了！这是一种极类似人血的液体！"

"还有，她虽少了痛感神经，可几乎身上所有的神经系统、骨骼都是高度模仿人类，怪不得吸电宝对她没有用，真是让人大开眼界啊！"

"芯片呢？芯片在哪儿？"夏燔问道。

"芯片？芯片不在心脏里……也不在四肢……"叶洛正慌忙地找着芯片，可眼见曲婧正逐渐恢复意识。

"别急，用心想，用心去想……"夏燔安慰道。

"好，用心去想……"叶洛静下心来反复回忆有关曲婧每一次转变身份的点滴画面。她突然想到，人总是按照眼睛看到的先后顺序来判断事情的先后顺序，但系统程序可能刚好相反。叶洛思考着：曲婧完成每一次转化的时候，是先换了面貌再换身份呢，还是先换了身份再换面貌？

刹那间，她恍然大悟："对，系统一定会先为她选择身份，这样容貌外形的改变才随之而来！"

这句话让夏燔眼前一亮，他检查着曲婧的脑部，又进一步问道："你还记得她最先进行转换的，是什么部位？"

"不记得了，真的不记得了……"叶洛紧闭双眼，仔细地回忆着，"好像是……好像是……"

"眼睛！"两人异口同声地说道。

这时，曲婧的全身系统已几乎恢复，有了均匀的呼吸。夏燔不顾曲婧的挣扎，立刻为她的眼睛做了手术，发现这小小的芯片正藏在曲婧的左眼瞳孔中。夏燔小心翼翼地将这芯片取下存好，通知子衿等人开始下一步的计划。

失去了主机作用的芯片，曲婧如同死机一般，停止了一切运作。

夏燔对小雨和子衿说道："小雨，马上以这个芯片的身份给王潇发出消息；子衿，你也可以行动了！"

42
一场好戏

小雨立即编辑短信给王潇:"遭遇危险,在311医院。"

"好嘞,我早就准备好啦!"子衿将编辑好的"重磅"八卦消息,"嗖"地一下群发到了研究院除王潇外的每一个人的手机上,当然,也包括常若宁。

常若宁看到短信后,瞬间爆炸了:视频里王潇与背影相同的女子在夜里鬼鬼祟祟地频繁单独出入不同的酒店……视频最后还放出一段文字:定位王潇,精彩正在进行!

常若宁咬牙切齿地说道:"行啊王潇,怪不得总是找借口不在家,原来如此啊!你让我丢脸,今天有你好看的!"

"哎,你们说九尾狐能中计吗?"小雨说道。

"以她的性格,王潇没事的时候,还找别人问这问那,巴不得问出点蛛丝马迹来,如今视频都发到她手机里了,她不查个底儿朝天才怪呢！"熙妍说道。

"你看看咱这视频做得怎么样？我找来几张背影极像的视频拼在一起，这从后面看呀，就是同一个人。身材这么好，老九不得嫉妒死了呀！"子衿得意地说道。

"老九，这个绰号好极了！哈哈哈！"熙妍笑道。

"你怎么知道老九能找到王潇呢？王潇的定位可是加密的呀！"小雨问道。

"小雨啊，你动动脑筋想一想，王潇的定位，我们是解锁不了，但是，你别忘了有人能解锁！"

"是谁呀？"

"你想想看，这研究院除了老九外，还有谁能解锁得了呢？"子衿自信地说，"不信你现在定位试一下，常若宁是不是已经将王潇的定位解开了呀？"

"哎，子衿，你这语气越来越像你的爷爷啦，阴阳怪气的！"小雨一边噘着嘴不服气，一边试着搜索王潇的定位，果然，王潇正极速前往311医院。"真的真的，他来啦！常若宁为了调查她老公，都不怕犯法啊！私自定位研究院高层可是犯法的。从这地图显示的位置来看，王潇已经到了。"小雨激动地说道。

夏燔说："当然，王潇得到信息后一定会快马加鞭的，曲婧的这块芯片里承载的信息对他来说实在太多、太重要了！"

叶洛眼睛一转，说道："小雨，快把王潇的位置共享，常若宁不怕犯法，咱们就帮她一把，好多人等着瞧好戏呢！"

"嘿嘿，好呢！"

他们正说着,王潇破门而入。他虽心急,来不及关注这铺天盖地的关于自己的爆炸新闻,但也知道要先断了这所医院所有的监控。还好小雨他们躲在旁边的房间里听着声音伺机而动。

"嘘——他来啦!"叶洛示意大家不要出声。

王潇两个箭步就冲到病床前,直接扒开曲婧的左眼,见芯片已经被取出了,恼得他一挥拳,重重地锤打在病床上。接着,他又扒开曲婧的嘴,拎出舌头看一看,捏一捏,这才长舒一口气。

王潇连忙抱着曲婧准备离开。可正当他要推门离开时,常若宁恰好赶到,给撞了个正着。

"哟!抱着个美女,这是要去哪儿啊?"常若宁恨得咬牙切齿,却不得不故作淡定,语气中藏不住阴阳怪气的调儿。

"你,你怎么来了?"王潇惊呼。

"怎么,我不应该出现在这个地方吗?"常若宁狠狠地瞪着他说道,"我早就应该怀疑你!"

王潇又急又气,火冒三丈:"你是不是把我的定位解开了?坏了我的大事!"

"呵呵,对啊,我就是要来坏你的好事!"

"来不及跟你解释了,我得先走了!"王潇已然火烧眉毛,说着就要闯出门去,谁知常若宁的手重重一带,门"砰"的一声关上了。

王潇见状转而换了态度,"宝贝儿,听我说,真的不是你想的那样,现在真的是十万火急。先让我走,我回来好好给你解释!"王潇眉头皱得都能拧出水来,眼看着都要哭出来了。

可常若宁这次是抓住了把柄,依然不依不饶地说:"回来解释?

不如现在就解……"

还没等常若宁说完，被逼急的王潇不知哪来的勇气和力气，借着曲婧的双脚用身体狠狠一撞，将常若宁踹倒在地，夺门而出。

这311医院里里外外早已等候着近百台媒体无人机，一些随着王潇而去，一些顺着半开着的门进入病房开始直播。

"王潇，你给我回来！看我回去怎么收拾你……"常若宁坐在地上又气又急，一边哭着一边破口大骂，丑态百出。她定睛一看，新闻媒体、小报记者的无人机正在直播呢！她赶紧擦干眼泪，掩面嚷嚷道："看什么看！不许录，不许录！"慌张地起身拍拍屁股跑开了。

落荒而逃的王潇此时已顾不得什么媒体了，他拉上了汽车窗帘，启动专车的所有屏蔽设备，使所有直播无人机都因无信号无法直播和录制。他以最快的速度取出了曲婧舌头上的芯片，紧闭双目，绞尽脑汁思考着应对研究院和常若宁的说辞。

十分钟后，他的专车缓缓停住了，王潇以为到了家，打开车门准备下车，却发现他的车已被警车重重围住。

"我们是警察，接到群众举报，说你私自制造高端机器人，泄露国家机密！请跟我们走一趟吧！"

王潇一言不发，淡定地跟警察走了。

"这就是所谓的高端机器人吧？"一名警察指着车内的曲婧说道。

"嗯！"王潇一点头。

"一起带回去研究！"

警察局将此事件向研究院做了通报，希望研究院能够协助调查。

[2049]

上官院长知道此事后大吃一惊："什么？王潇？是我们的副院长王潇？他怎么能做出这种事，太让我感到意外啦！"

付泽副院长叹道："唉，知人知面不知心啊！配合调查吧！"

夏燔等正在读取得到的芯片信息，准备将此整理交给警察。

这芯片记录了曲婧"诞生"的整个过程：她的细胞、骨骼、血液、神经、皮肤、肌肉的每一次升级都很神奇，每一次的身份转化都通过重新选择芯片设置，就像是电脑更换系统一样，从内而外完成转化。

"不可思议！不可思议！这个技术实在是先进！"大家纷纷感叹道。

通过曲婧的"眼睛"，他们看到了好多人、好多事。

"你们看，每一次曲婧跟王潇在一起的时候，并没有过多的交流，王潇只是告诉她交易的时间和地点，再无他言。"

"没错，言多必失啊！况且传递秘密信息，最安全的还是面对面交流，这样信息才不容易被别人截获破解！"

"王潇果然狡猾！"

"哎呀，这是在做什么！"子衿瞪圆了眼睛让大家看。

只见曲婧在不同的时间段里，和不同的陌生人打招呼式的亲吻。

"怎么也不说话，上去就亲呀！她跟这些人好多都是第一次见面呢！"

"难道这是机器人的礼仪？还是机器人也有恋爱需求？不过这样的交往未免也太直接了吧！"

"看来这个机器人还真不一般！"

大家看了半天，无非是这样的一些内容，觉得乏味了，并没有想象的那样"劲爆"。

"可是，看来看去，怎么没有交易的过程呢？"

"对啊，想来他们这种交易任务肯定不止一次两次，交换的是什么内容呢？"

"对呀，这些怎么都没有？小雨、胡扬，你们看看是不是还有需要解锁的内容？"

"没有了，这个芯片没有加密。"胡扬和小雨反复检查这个芯片，确实没有更多内容了。

他们把这个芯片交给了警察局，向陆警官叙述了车在发生事故后的事情经过。

"陆警官，我们怀疑在我们检查这个机器人身体的时候漏掉了一些内容……"夏燔说道。

"你们赶在警察之前就擅自对这个机器人动了手脚，已经是违法了，但考虑到你们取得芯片也是为了为警方保护有效信息，也能主动交过来，倒是可以将功赎罪……"

叶洛说道："陆警官，您有所不知，这个机器人非同寻常，比我们研究院制造的最高端机器人都要先进百倍，若是寻常人可能连左眼这枚芯片都找不到，夏前辈是目前人工智能领域最顶级的专家，又在生物医疗领域有着丰富的经验，由他来配合研究这个机器人，实在再合适不过了。"

陆警官想破案，这个机器人又是破案的关键所在，除了让眼前这位夏燔来帮助研究，还真想不出其他能解决的办法。"好吧，夏前辈，就辛苦您协助我们研究吧！"

夏燔带着叶洛对曲婧的身体进行更加全面、仔细的重新检查，并没有发现有何不妥之处。

"难道我们还漏掉了哪里吗？"夏燔思索道。

"咱们已经里里外外查了好几遍了，应该再没有承载交易信息的位置了呀！"叶洛也无计可施了，"但说到交易，肯定就有交易的内容，怎么就找不到呢？"

"唉，今天太累了，早点回去休息吧，今晚咱们都好好想一想，明天再继续研究。我送你。"夏燔说道。

车开得不是很快，他们开着窗，凉爽清新的晚风拂面，月色如水，缓缓地流淌在笔直的道路上，撩人心弦。

"我想去南湖的莲花池看看，听说这个时节的莲花开得正好，白天里也没有时间，想来这个时候人少清净些！"叶洛笑着说道，皎洁的月光洒在她的脸上，显得更加娇嫩可爱了。

"好吧，陪你一起！今晚的月亮很好，南湖的景色应该更雅致些！"

他们来到了南湖。

43
告 白

一池莲花在水中，迎着徐徐晚风轻轻地摇摆，像是小精灵在舞蹈。星星在笑，倒影在一池清澈的湖水中，为小精灵的舞台点上柔美的光芒。

叶洛看到此情此景开心极了，随口吟道："太阳花，你把射线放到哪里，我也想追到哪里；月亮湾，你把白光照到哪里，我就想走哪里！"

"你大概是最有文艺细胞的理科生了，总是这样有诗意。"夏燔情不自禁地走到叶洛面前，本想好好地夸赞一番她的美，她的才华，她的智慧，话到嘴边，却说道，"你……今晚……这几天都辛苦了！"

"呵呵……"这句话这跟满眼的景致充满违和感，惹得叶洛尴尬地笑了起来，"总是说这样的话。跟着您工作习惯了，辛苦什么？"

叶洛笑得比这一池的莲花更加灿烂，夏燔看得直了眼睛，叶洛就

[2049]

像有引力一般，让夏燔越靠越近，他们对视着，一言不发，在爱情磁场的引力下，他们深深地吻住了彼此。

突然，叶洛推开了他，大呼道："我知道啦！"。

夏燔略显尴尬地问道："怎么了？"

"若真的有第二个芯片作为交换信息，我知道它藏在哪儿了！"

"在哪儿？"

叶洛害羞了，低下头不作声。

"到底在哪儿啊？"

"我们……确实还有一个位置没有查到，就是……嘴里！"叶洛羞得一抿嘴。

"哈哈，对啊，我怎么就没想到呢！怪不得……怪不得机器人总是那个样子！赶紧回去查！"夏燔瞬间来了精神，带着叶洛回到实验室。

"呀！果然……"叶洛看到曲婧的舌头上破了一个小口。

夏燔说道："是啊，你猜得没错，果然在嘴里，估计他们是通过这样的接触方式来传递信息的，这样一定可以掩人耳目。男女接吻的时候，人们看见一般是会躲避的。只可惜被王潇抢先一步，她嘴里的芯片被取走了。"

"他会销毁吗？"

"不一定，王潇这么聪明，他会随机应变的。"夏燔摇摇头说，"只不过，没有了舌头上那枚最重要的芯片，也查不出什么来，他也不会被定什么罪。"

叶洛无奈地说："唉，看来我们白忙活一场了！"

44

审 判

三天后,警察对王潇的公开审讯开始了。

果然,王潇知道警方没有证据,只承认私自研制机器人没有上报,不承认交换芯片信息,脸上全程挂着自信的神情。

法院无奈,只得宣布判决结果:"被告人王潇,因违反规定私自研发机器人,判……"

"等一下!"一个声音从法院里传来。

"是谁?"

"这么轻易就要下结论吗?恐怕现在下结论为时过早!"

大家纷纷转过头一看究竟。

"这人好眼熟啊!"管乐说道,"咦,这不是阿峰吗?"

"韩俊峰?"常若宁一口说出了他的名字,正好让他听见了。

"常处长,别来无恙啊!"韩俊峰笑着说道。

"你不是……"常若宁一脸疑惑地看着他,心中有上百个疑问涌上心头。

"我不是逃跑了?我不是失踪了?"韩俊峰得意地笑道,"可我现在又回来了!拿着证据回来啦!惊喜吧!"

法官问道:"你是何人?竟敢扰乱法庭秩序!"几个穿着制服的机器人走过来想要制伏他。

"法官,我是谁并不重要,请看清楚他们是谁!"说着,韩俊峰在大家面前打开手机投影的半透明大屏幕,给大家看了几段视频。

视频上清晰地显示:曲婧是王潇在国外LANCER研究基地秘密研制的机器人,这个机器人的身份百变、外表百变,通过这个机器人,王潇和LANCER组织进行一系列的勾当,出卖国家的核心技术,还经常让常若宁做一些牵线搭桥的工作。

"说出来大家可能不信,这个技术早在我还在研究院的时候,就已经有了,只不过那时的机器人外表和功能还没有现在做的这么接近人类,不过也足够以假乱真了!"

他不紧不慢地说:"当时机器人克洛伊模仿我的模样,窃取了研究院培育基的核心技术,LANCER组织还将我和舅舅关押在他们的监狱中,要不是舅舅设计将我和机器人互换,我今天就不能站在这里揭露他们的丑恶嘴脸了!"

"他们?"法官问道,"难道除了王潇还有其他人吗?"

"还有他的妻子常若宁!证据已经在路上了。"阿峰指向坐在观众席上的常若宁说道。

"现在,我鼓起勇气,回来指认他们的丑恶行径!"阿峰义正词严地说道。

"我……没有,他瞎说!我哪知道他是让我做这种事,我是被骗了!可不关我的事啊!"看到视频和韩俊峰的说辞后,常若宁什么都懂了,一切也晚了。

"常若宁,看来,你也要配合调查了!"

……

散了场,管乐等人都傻傻地看着阿峰,此刻的他,就像一个陌生人一样。

"好久不见!"韩俊峰走上前去主动和他们打招呼。"熙妍,你还好吗?"阿峰迫不及待地和熙妍说话。

"哦……好久不见,我挺好的!"熙妍微微一笑,忍不住问,"你……"

"我当时也泄露了工作秘密,后来又被LANCER组织控制,九死一生地逃出来,也承担了相应的法律责任……现在,我回来了……"阿峰淡然地微笑,展开胳膊,原地转了一圈。

"天呐,这些事我们都不知道……你一定经历了很多,受了很多苦……"一向坚强的熙妍眼圈开始泛红了。

"我们都以为你长了翅膀,人间蒸发了呢!"管乐见状,赶紧缓解一下气氛。

"这些都是我们的新朋友,你都没见过:林潇雨、夏子衿、叶洛、胡扬,还有一位前辈,夏燔,他是子衿的爷爷。"

"爷爷?"阿峰惊道。

"没错,看不出来吧!"子衿说道,"这可是我们研究院的一大成果呢！活宝！"

"真的看不出来，看着也就40多岁！怎么看起来还很眼熟？"

"哈哈，这句话可折煞我了！不过……更多人说我像三十多岁！"夏燔笑道，"今天还好你来救场，不然我们要白忙一场了！"

"我在那个LANCER组织里困了很久，搜集了很多他们的证据，好不容易越狱逃了出来。当年舅舅受了蒙蔽，利用我在研究院的关系，出卖核心技术的信息，我也非常愧疚……"

"好了，都过去了，一切向前看……"熙妍拍拍他的后背，安慰道。

"是啊，我努力搜集整理证据，就是为了有朝一日能揭露他们的真面目！"

"好啦，如今已经大功告成，接下来的事，就等着公安局的调查结果了……阿峰终于归队，我们好好庆祝一下吧！"熙妍提议道。

"好啊，一定要好好庆祝一下！"大家纷纷应道。

"我有点不舒服，晚上就不过去了。"叶洛无精打采地说道，她抬起手腕，手机上显示，"体力不支，需要休息。"

"是啊，小叶子这几天为了调查曲婧也是辛苦了，你回去要好好休息啊！"子衿看着她的面色和手机上的显示说道。

夜晚，微风拂柳，人人微醺。

一场风波终于过去了。傍晚，胡扬和小雨走在林间小路上，清风穿过两边的树荫，把两个人的心紧紧地吹到了一起。

晚风微凉，小雨双手抱着臂膀。

"冷了吗？"胡扬温柔地问道。

"有点儿……"小雨说,"没事,快到家了。"

"身体这么柔弱还穿得这么少!"胡扬说着,把自己的上衣为小雨披上了。

小雨低头说道:"你相信意念的力量吗?我知道你喜欢周游世界,而我喜欢宅着,最喜欢睡大觉。"

"呵呵,睡大觉,厉害!我就是觉少,想睡也睡不着!"胡扬说道。

"你知道吗?虽然我很宅,喜欢睡觉,但是在梦里我却一点也没有闲着:我能梦见天上的橙色晚霞,在夕阳的映衬下烧红了半边天。夕阳余晖洒在镜湖的水波上,跳动的闪烁的光在眼睛里捉迷藏,它们像孩子一样,玩累了,忽而又平静下来。湖面如镜,将天空中的火烧云一笔一笔的画下来,安静的火烧云在湖面上,被徐徐清风吹得燃烧起来,跃动起来。好美的天空之镜!我没有去过赫利尔湖,没有去过雪乡、没有去过波利尼亚,没有去过马尔代夫,却能够在梦中见到粉色如萤光蛋糕一样的湖,童话般洁白无暇的鹅毛大雪,让人心旷神怡的天空之镜,和水晶一样清澈明亮的蔚蓝海岸。你说,这难道不是意念的力量吗?"

小雨一时间不知哪来了这么多话:"还有,我能像在梦境中一样,站得很高吗?我能像在梦境中一样,飞得很快吗?我能像在梦境中一样,如鹰展翅吗?还是它们告诉我,最终去看一看、感受一下这些美丽的景色呢?"

胡扬在小雨的眼睛里,仿佛看到了这些风景,"小雨,你说的这些美丽景色,我都去过,我看见这些景色的时候,多么想和你一起欣赏！没想到你竟在梦中见到了！"

"呵呵，是你托梦给我的吧！"小雨调皮地说道。

"是的，我在外面的时候……一直想着你！"胡扬的脸羞得通红。

小雨听后，心扑通扑通跳得极快，可她故作镇定，贴着胡扬的脸看，还逗他："咦，好端端的，脸怎么红了？耳朵也红了，脖子也红了！哈哈哈……"

胡扬再也按捺不住内心的情感，鼓足勇气说道："小雨，我们在一起吧！我喜欢你……很久了！"

小雨的眼睛瞪得大大的，天上闪亮的星星好像落在了她的眼睛里。不等小雨反应，胡扬一把将小雨拉进怀里，紧紧地抱住了她，一秒、两秒、三秒……胡扬数着时间，不知道这样美好的时刻能停留多久。

小雨没有反抗，她能清晰地感受到胡扬心脏快速地砰砰跳动。30秒后，小雨从嗓子眼里温柔地挤出一句话："我也喜欢你。"

胡扬开心地笑了，将她抱得更紧了。

聚餐终于开始啦！

"阿峰，那个LANCER组织里面是什么样的呀！"子衿的八卦心又开始作祟了。

"到处都是屏幕、到处都是摄像头、到处都是机器人，能逃出来，真是万幸！"

"快说说，你是怎么逃出来的？"小雨迫不及待的问道。

"多亏了我舅舅！他被LANCER组织抓走的时候，什么也没来得及拿,只随身携带了一把'万能钥匙',它起到了关键的作用!"

"万能钥匙?"

"是啊,这把钥匙也是舅舅的研究成果之一,它能够伸进任何锁眼,根据锁芯的结构调整形态,最厉害的是,它也能快速破解电子锁的密码。当时舅舅被关在监狱里,戴着手铐一动也不能动,只有吃饭的时候,在3个机器人的监视下,才会将他的手铐解开。"阿峰望了望天空说道,"机器人也是分三六九等的,高级的机器人功能多、外表也会美观一些,低级的机器人就不制作那么多复杂的外形包装了,功能也少。我舅舅观察了几天,发现了这些机器人身上的一个共同特点,那就是他们身上的电池都藏在左手臂上,为的是方便它们在更换电池时,能用右手臂自行更换,所以每个机器人的左手臂都有一个锁孔。按照这样推理,和我形象一样的克洛伊也不例外,左手臂上肯定也会有锁孔。"

"这样,你舅舅就可以用万能钥匙卸下它们的电池啦!"大家听得入了迷。

"但也没那么简单,克洛伊是高级机器人,很少出现在我们面前,我们一直在寻找机会,直到有一天……"

"听了半天,还没明白他们为什么也抓你过去啊!"管乐打断了韩俊峰的话。

"舅舅是教授,科研做得好,他们很多技术需要舅舅的指点和帮助,舅舅不肯,他们就用我的生命威胁舅舅。"

"哦,原来如此。"

"管乐,别打岔!那天发生了什么?"熙妍迫不及待地要将这个惊心动魄的故事听完。

"那天，LANCER组织又在实验室逼迫舅舅制作他们要的黑科技，我也在场，正饱受克洛伊的折磨。就在这时，电源突然断了，屋子里一片漆黑，管事的Cole和几个研究员先跑出去调查了，舅舅用万能钥匙先悄悄解开了我们的锁，又打开了克洛伊的芯片，我们联手把克洛伊制伏，舅舅卸下克洛伊的芯片交给我，让我带着它先逃跑，然后将没有电池的克洛伊放在了我的位置……他们回来后，以为克洛伊就是我，放松了警惕，当他们发现不对时，熟悉地形的我已经逃离了LANCER组织。"

"那芯片里可存了好多重要信息呢！"

"是啊，原来这个克洛伊几经升级转化，也有上百岁了呢！它的芯片记录了好多转化过程，我拷贝了一份。今天咱们几个开心，给你们开开眼界！"

借着酒劲儿，阿峰开心得很，将芯片部分内容展示给大家看。

一段一段视频掠过，大家看到了克洛伊从一个方方正正、动作生硬的机器人，慢慢升级成外表变化多样、动作连贯的机器人，最后升级成和人类形象样貌相近、习惯动作相似机器人的过程。

"等一下，这是谁？"

子衿不经意在掠过的视频中注意到了一张照片。

"没什么，可能是克洛伊以前做的任务吧。"韩俊峰说道。

"视频暂停一下，你们看这个像不像爷爷呀？"子衿随口说道。

"哎？子衿这么一说，我感觉旁边那个还挺像叶洛的！"小雨随声应道。

44 审 判

  夏燔吓了一跳，仔细一看，还真是自己在FIL公司的时候的事，他突然明白那段时间加害自己的，原来就是这个制作黑科技的LANCER组织。他赶紧救场："别胡说了，我啊，是个大众脸，大家经常说我像这个像那个的。这视频这么模糊，哪能看得出像谁？再说了，如果真的是小叶，那小叶现在也要有六十多岁了呢！听了一晚上故事了，大家也都累了，散了吧，省得你们这几个小八卦虫又要说起没完了！"

  这时，大家也乏了，散场了。

  子衿回家后，越想越觉得蹊跷，心生怀疑，她早就发觉爷爷和叶洛之间有一种说不出来的默契。她决心一定要好好查一查。

45
产生怀疑

"小雨,你有没有觉得爷爷那晚有点不太对劲啊?"子衿为彻查此事,终于忍不住联系了小雨。

"是有点……不太自然。"小雨仔细回忆了一下说道。

"你说,那视频里的人,会不会真是爷爷和小叶?"

小雨听了不假思索地说道:"啊?不可能!怎么会呢?瞎想什么呢!小叶那么年轻,除非她吃了长生不老的灵丹!哈哈!"

"可是,你不是也说,那视频里的人像小叶?"

"哈哈,开玩笑罢了,你也当真呢!"

"小雨,我总觉得不对劲,要不,咱们查查吧!"

"查什么?"

"就从阿峰给咱们看的那几段视频查呀!"

"疯了吧?天天查这个查那个,现在还查到自己好闺蜜身上了!

要查你自己查吧！我最近工作还挺多，可没空儿八卦！"小雨觉得子衿真是无聊透顶，心想：没有工作的人，只会把心思放在这些无聊的事上，竟然怀疑自己的闺蜜。

"自己查就自己查，哼！"子衿去韩俊峰那找来了视频，自己不厌其烦地一遍一遍看。

果然，在视频中，她发现了大量貌似夏燔和叶洛的身影，他们看起来是一个团队的，被LANCER组织视若眼中钉。

"咦，这不是……不是墨阳吗？他怎么也在这个视频里？"原本看到爷爷和叶洛的子衿已经大吃一惊，"墨阳"的出现更加让她瞠目结舌了。

"叶宸？视频中这个像爷爷的人，叫叶宸？像小叶的人，叫夏紫陌？"子衿反复想着，"叶宸、叶洛。夏紫陌、夏燔？这是怎么回事呢？"为了一查究竟，她决定去找小叶试探一下。

这一天，子衿约叶洛一起打乒乓球。

"小叶，你现在太厉害了，我马上就要成为你的手下败将啦！"子衿气喘吁吁地说道。

"别夸我！我这三脚猫的功夫，哪能跟冠军比啊！"

"听说，你们研究院生物部在研究细胞生长因子，这样我们就不用变老啦！"子衿神秘兮兮地说。

"嗨，那个东西早就过时了！"叶洛随口一说。

"怎么过时了？我还要试试呢！"子衿故意说道。

叶洛毫无防备，用惊讶的眼光看着子衿，"你这么年轻，才二十多岁，用那个东西干什么？"

[2049]

子衿摸着自己娇嫩的脸说道:"我想……永远保持二十多岁的样子呀!"

"我怎么没听说研究院正在研究这玩意,什么原理你说说?口服,还是涂抹?跟你说哦,这些都不管用的!"叶洛笑着,一边喝水,一边摆了摆手,仿佛自己是个"内行"。

"那怎么办啊?"子衿追问道。

"这个嘛……以后再告诉你!"叶洛摸了摸子衿的头,起身离开了。

"以后一定要告诉我呀……"子衿冲着叶洛远去的背影大声喊道,"……紫陌!"她喊出了这两个字。

"好嘞!"叶洛随口应道。走出五步,她突然反应过来不对劲,子衿叫的好像是她原来的名字"紫陌",她猛地回头,子衿仍在原地呆呆地注视着她。叶洛知道是自己的疏忽大意坏了事,故作淡定地微笑着跟子衿摆摆手,又转身离去了。

回到住处,她赶紧联系夏燔:"出事了!"

"怎么了?"

"我们的身份好像暴露了!"

"什么时候?"

"刚刚子衿和我告别的时候,说出了我以前的名字——紫陌。"

夏燔停顿了许久,使劲地眨了眨眼睛,说道:"是不太好,这样的话,我们以前的事可能也暴露了!那天韩俊峰拿到的克洛伊芯片,里面有我们几个人的照片,除了你我之外,还有沈御风。他们从那天就开始怀疑了。子衿这么八卦,肯定在研究呢!"

"那怎么办？"

"事已至此，也没有其他的办法了，这一天早晚会到来的，我们一起面对吧。"夏燔抬起头看着湛蓝的天空，云层再厚，阳光总有一天要穿过云朵。

"是啊，只是这样一来，又要引起一番风波了。"叶洛无奈地说道。

夏燔思索片刻说道："我们先跟韩俊峰好好谈一谈吧，他被关在LANCER科技那么久，应该会知道一些事情，希望能够对我们有帮助。"

"他是知道很多事情，但他会告诉我们吗？"

"看缘分了！"

夏燔和叶洛将韩俊峰约到了绿光茶室。

"听说您是个传奇人物啊！"还没等他们开口，韩俊峰就先说道。

"我很幸运，倒是你，要小心了！"夏燔慢慢地，铿锵有力地说道。

"今天叫我来，就是说这个？"韩俊峰深知夏燔是何等人物，此番叫自己过来一定别有用心，只是这来者"善"与"不善"，还需要再试探一下。

"你应该很庆幸，这些年你是被LANCER关押，他们没有对你怎么样。"夏燔说道。

"没有对我怎么样？他们险些杀了我！"这种观点阿峰还是第一次听说，内心既惊讶，也激起一丝愤怒，"你怎么会知道这么多年我在那里受过的罪!"

"呵呵,不信?不知道这个标识你看过没有?"夏燔把一个"触角"的标识给韩俊峰看。

"这是……泰克科技!"

夏燔和叶洛对视,几十年了,终于知道这个"触角公司"的名字了,原来叫"泰克科技"!

"问这个干吗?"

"不妨告诉你,我跟LANCER、泰克这两个组织都打过交道!"夏燔喝了一口茶,娓娓道来,"很多年前,泰克公司想要除掉我!"

"什么,泰克要除掉你?为什么?泰克是研究前沿科技的啊,除掉你做什么?"

"表面上是这样的,实际上它是一个阻止前沿科技发展的公司,简单说,泰克不允许科技发展到人类无法控制的地步。它想阻止人类寿命过长,也要阻止人工智能发展得太过迅速,他们认为如果一切发展太快,就会失去控制……"

"所以说……"韩俊峰恍然大悟。

"所以说,这是一个保守派的组织,当时我在研究细胞重组再生,它自然不会让我再研究下去,所以对我下了毒手,险些要了我的性命!"夏燔解释道。

"可LANCER就不一样了,它恰好相反,是激进派的组织。知道LANCER为什么关押你几年都没有除掉你吗?"

"为了让我舅舅研究出他们想要的东西!"

"没错!他们在全世界各地,用不正当的手段'吸纳'科技领域的精英，为他们搞研究。他们的每一个研究地点都像是一个大大的监狱，进去了，就再也别想出来。"

"你是……怎么知道的？"韩俊峰问道。

"因为我和叶洛，都曾被LANCER抓进去搞研究！那时，我们研究的是培育基。"

"什么？"韩俊峰倒吸一口凉气，更加敬佩他眼前的这两位前辈了，因为他知道，LANCER的科技"监狱"是多么的密不透风，想要逃出他们魔爪简直比登天还难。

"别这么惊讶，几十年前的LANCER还没有这么可怕，手段也没有那么多，不过我们能逃出来确实不易，天时地利人和缺一不可啊！那时也是九死一生！"

"前辈，你们受苦了！"韩俊峰愧疚道，没想到他们是同病相怜。

"所以我说，被关在LANCER，虽失去了自由，但他们不会除掉你，只会让你一直搞研究。但要是被泰克盯上，那可真的要小心了！他们不希望科技高度发达后人人平等！他们手里应该有一组机器人分队，机器人会专门去除掉他们的'眼中钉'！"夏燔思索片刻，缓缓地说道，"而且，我一直怀疑研究院里，也有泰克的成员，只是不太确定，不然常若宁的胆子没有这么大！"

韩俊峰皱着眉头说道："他们不敢！也不能说除掉谁，就除掉谁，他们……会犯法的！"

"我问你，在机器人的世界里，有法律吗？犯了什么法？有什么证据可以证明这个机器人是我的，不是你的？"

[2049]

"这简直就是……钻空子!"

"别管钻了什么空子,你自己多加小心吧!那天你拿了克洛伊的芯片,并有在LANCER公司潜伏多年的身份,知道的太多了,泰克一定会盯上你的……"夏燔从耳后拿出一样东西给韩俊峰,说道,"这个你一定要随时带在身上,你受到攻击的时候,它会及时发出消息给最近的警察局,它能够保护你。"

"这是什么?"

"飞蚁,我向朋友要的,他只做了两只。"

"不知前辈为何要帮我,感激不尽!"韩俊峰声音颤抖,感动得眼泪都要流下来。

"我们有相同的经历,不忍心看到你九死一生地逃出生天,还要被人暗害,那样我会于心不忍!"

"谢谢了!"

说完,夏燔和叶洛起身离去。

"等一下!"韩俊峰突然想到了什么,叫住了夏燔和叶洛。

"还有事吗?"

46
内 奸

"有句话我一定要告诉你们,泰克公司的行径,我在LANCER时也略知一二,你们也要小心,当初小心,现在更要小心……"

"阿峰,你好像有顾虑。"夏燔说道。

"我想说的是,你们要小心身边的人……"韩俊峰支支吾吾,欲言又止。

"阿峰,如果你知道什么,就告诉我们吧,我们身边的朋友,有很多……"叶洛请求道。

韩俊峰内心经过一番挣扎后,咬了咬牙说道:"不是我要破坏你们的友情,我也只是猜测,你们小心管乐吧,他可能是泰克的人!"

"什么?"夏燔和叶洛目瞪口呆,脑袋一片空白,起了一身鸡皮疙瘩。因为如果真的是这样,管乐知道的,实在太多了。

"告辞了!"韩俊峰叹了口气,匆匆离去了。

"天呐！管乐是泰克的人？"叶洛仍然不敢相信自己的耳朵，"那他当初为什么还要帮助夏茗来救你？"

夏燔思索良久，"管乐在综合处，管理着所有的监控视频，他可不止帮了夏茗和我……是不是也帮了……LANCER组织啊？"

"啊？"叶洛更加糊涂了，"他怎么会……帮了LANCER？"

"你想想看，在综合处除了常若宁，就他掌事了，LANCER是趁常若宁不备，派克洛伊去冒充韩俊峰盗走了核心技术的。常若宁是被刘教授洗了脑，完全相信了韩俊峰并想大力培养他。但管乐没有被洗脑啊，他那么仔细的一个人，怎么可能没有察觉到那天的问题？"

"你这么一说，还真是！克洛伊只是形象和阿峰一样，有心人两句话就能发觉，除非是管乐存心想睁一只眼闭一只眼！可是，他为什么要这么做呢？为什么要投靠泰克？动机是什么？"

"嗯……那就要看看他能获得什么利益了！"夏燔陷入了思索。

"可是，从现在看来……并不明显啊？泰克会给他什么呢？"叶洛不解。

"没错，是不明显……很难分析了。"

"为什么我总是觉得，管乐这么做，是在针对常若宁啊！你看啊，克洛伊假扮阿峰盗取核心技术，常若宁责任最大、最难堪，后来他们救你出来，又给常若宁重重一击，是吧？"

"是啊，可是常若宁有王潇的背景，每次都能化险为夷，这两个大事件并没有对她造成什么影响啊！"

"没错，试想一下，若是常若宁被处理了，被免职，那临时担任处长的人会是谁？肯定是他啊……"

"是啊,综合处处长的手中会有更大的权力,办公室很多权限都可以拿到了,所以研究院迟迟不换人也是有原因的,这个岗位太重要!"

"由于王潇的缘故,常若宁被信任,这么说来,也是由于某个人的缘故,管乐被信任,那个人是想扶持管乐坐上综合处处长的宝座啊!"

"这个人会是谁呢?"

"保守派的支持者,或是……王潇的反对者!"

"有道理,我们今后要处处留心了!"

"不光是要处处留心,还要看看他背后的操控者是谁!"

"不行,这件事得跟小雨他们说一下!"叶洛说道。

47
真相大白

第二天,叶洛找来了小雨、子衿等人,就像开会一样。

"有一件非常重要的事要向你们说!"叶洛对小雨、子衿、夏茗、胡扬说道。

"什么事呀?"子衿一边问着,一边向小雨挑了一下眉毛,她已经猜到个八九不离十。

"就是你们一直感兴趣的那件事!"夏燔补充道,"子衿,你不是一直对我们的身份非常感兴趣吗?现在我们来亲口告诉你!"

子衿、小雨、胡扬面面相觑,脸上只剩下惊讶的表情。

"夏茗、子衿,我不是你的爷爷。"

子衿吓得怔住了。

"还有我……我只比夏燔小5岁。"

听到这个消息后,三个人瞬间石化。

"这……怎么可能，别开玩笑了，哈哈哈……"3秒后，夏茗尴尬地笑了笑，想要缓解气氛。

来不及让大家消化这些信息，叶洛炮弹连发式地说道："夏燔就是叶宸，我不叫叶洛，我是夏紫陌。我是他在大学工作时候的助理，后来我们在一起工作研究细胞再生科技，再后来我们遭到了LANCER公司的袭击，成功逃脱后又遭到了泰克公司的袭击，叶宸陷入火海险些丧命。我有一个朋友叫沈御风，救了叶宸出来。之后我一直在秘密研究生物技术保住他的生命，没想到还研究出了细胞再生技术，保持容颜不变。为摆脱这些公司的袭击，我们在人体ID系统里更换了身份信息，又偶然捡到了一个刚出生的婴儿——就是你们爸爸夏晨枫，一并修改了身份信息，叶宸伤势过重一直昏迷不醒，再后来就是你们看见的那个样子了……"

"天呐，天呐，天呐！劲爆新闻！这是我八卦这么长时间以来，最最劲爆的一个新闻！"子衿的眼睛瞪得大大的，生怕漏掉了一个字。

"你们心里一定还有超多疑问，但是呢，现在我们没有时间跟你们一一解释，这件事目前还只有你们三个知道，所以……子衿，你们还要帮我们一个忙。"

"那我现在叫你夏紫陌呢，还是叶洛？"子衿问道。

"你脑子进水了吗？当然还是叫小叶啊！"熙妍说道。

"还要叫我们现在的名字！等我们调查清楚一件事以后，再说吧！"

午后，胡扬约了管乐一起打篮球，子衿、小雨和熙妍像往常一样在场外围观。

"来来来,请你们喝自制酸梅汤!熙妍姐姐自制的哦!"看着他们走下场后,子衿吆喝道。

"哟,不错啊,我正想解渴呢!"管乐笑道,顺手拿了个酸梅汤。"这天儿,太热了,一动就一身汗!"管乐的汗珠成串地往下淌。

"男闺蜜,多出汗是好事!汗液能美容啊!"子衿说道。

"对啊,能够让你容颜永驻啊!哈哈哈!"小雨笑着。

"容颜永驻,怎么听着这么别扭啊!"管乐说道。

熙妍一脸嫌弃地说,"行了,青春永驻,你们别咬文嚼字了!"

"哎,说到青春永驻,我还是比较羡慕小叶!她看起来最年轻了!"子衿一脸嫉妒的表情。

"虽说岁数小,但你们发现没有,她的思维根本不像是二十几岁的姑娘!你爷爷可特别器重她呢,总说她比我们几个聪明。"小雨附和道。

"是啊,就说上次吧,爷爷批评我说,你们现在的年轻人啊,仗着有科技智能化就不动自己的脑子,看看人家小叶多会动脑,得多向她学习啊!你们说说,他这话是啥意思?"子衿说道。

"难不成,小叶已经岁数不小了?隐瞒真实年龄?"

"不会吧?看着不像啊!"

"行了,你们几个别成天八卦了,子衿,有你的地方就八卦不断,好了,喝完咱们就回家吧,这太热了!"熙妍打了一下子衿的脑瓜说道。

47 真相大白

管乐一言不发,回到了办公室。

小雨跟胡扬一同回家。小雨冲了个澡,感到凉爽多了。

此时,胡扬正背对着她看电脑,手机放在桌子上,小雨正要走上前去跟他说话,不小心一眼瞥到了他的手机,发现胡扬正和人聊天,这人正是之前的贾笛!这回是胡扬给贾笛发了一组表情:嘴唇和桃心。贾笛回复一个微笑的笑脸。

"干吗呢?"小雨气愤地说道。

"编辑程序啊!"胡扬回复道,小雨怒气冲冲地瞪着他,他好像反应过来了,一边说着有的没的,一边用桌子上的文件把手机挡住了。

"别挡着,拿过来看看!"小雨咄咄逼人地说道,"跟谁聊天呢?贾笛?"

"嗯,没有啊……哦,刚刚聊了几句。"胡扬意识到小雨已经看到了,瞒不住了。

"你发了什么?"

"有事开口,用心支持!"胡扬不假思索地说道。

"哦,这就是嘴唇和桃心的含义啊!"

"小雨,你是我见过最特别的姑娘,我只喜欢你一个人。你看,我天天都跟你在一起,怎么可能跟其他人呢?别瞎想了!"

小雨半信半疑,但胡扬反应得极快,不像是说谎。可是,他和贾笛既然聊了好多句,为何聊天界面上只显示这么一组表情对话?这表明之前的聊天记录都删除了,肯定有问题!但胡扬的解释貌似也说得过去,已经陷在爱情旋涡当中的小雨并没有过多的追问,最重要的是，这个贾笛的头像虽经过美颜滤镜但还是能看得出本人一定又老又丑，估计胡扬的眼光应该不会这么差，这一次就姑且相信他了。

胡扬马上转移了话题，"管乐果然是年轻啊，太按捺不住了，我们稍微放了一点风儿，他马上就有动作了。"

"怎么了？"小雨也瞬间投入，从感情状态"切换"到工作状态。

"瞧！他这是向'上级'汇报工作呢！"胡扬截获了管乐的信息，内容正是此事。"赶快看看收件人是谁啊？"

胡扬和小雨瞠目结舌："付泽！？"

"怎么可能？搞错了吧，他可是副院长啊！怎么会是泰克公司的呢？这一定有问题！"小雨不相信自己的眼睛。

"查出来了吗？"此时，夏燔和叶洛他们赶了过来。

"查是查出来了……"

"是谁？"

小雨和胡扬吞吞吐吐，说不出话来。

"到底是谁啊？"子衿这个急性子连忙问道，"别卖关子了，快说吧！真是要急死我！"子衿使劲儿地摇了摇小雨的肩膀。

"是付院长啊！"

"什么？！"大家异口同声地喊道。

"我们也不信啊！"

子衿皱了皱眉，"这事啊，没有什么信不信的！在铁一般的事实面前，就应该冷静地分析！"

夏燔说道："没错，咱们要好好地想一想，付泽究竟有没有可能是泰克公司的人！"

夏茗也加入了讨论："当时研究院开会说要治疗爷爷的时候，付泽是第一个跳出来坚决反对的！所以按理来说，付泽应该阻止强闯实验室进行治疗啊！他要是阻止，咱们就是有三头六臂，也绝不能踏进实验室半步的！"

"所以说平时让你们多用脑子想一想嘛！虽然管乐与付泽有着千丝万缕的联系，但管乐的目的也十分明确，他就是想尽快除掉常若宁，巴不得她出事——这一点是他追随付泽的目的，同时呢，跟我们的目标也是一致的，所以治疗成功，常若宁所管的综合处有着不可推卸的责任，常若宁是第一责任人，处分上要给她重重记上一笔，要不是上官院长看着王潇的面子，那一次常若宁的地位可就真的不保喽！付泽想阻止治疗管什么用？难不成他还要亲自上场？"夏燔分析道。

"说到亲自上场，我想起来啦K当时遇到了一个触角机器人，那个触角机器人应该就是泰克公司的产品！这样说来，付泽可能还真的亲自上场了！"胡扬回忆道。

"对！还有放走克洛伊那次，都是管乐故意的！那次常若宁也背了个大处分呢！"子衿说道。

"是啊，表面上看，管乐确实是跟我们一条心的，很多事情仅仅是巧合而已……"叶洛伤心地说道，"平日里我们那么好，谁知把我们害得最惨的一次，竟也是他们。"

"为什么每个人都带着面具……"小雨不自觉地想到胡扬的种种，失落地说道。

此时，整个事情已被大家分析得水落石出。每个人都想寻找一个

[2049]

答案,像福尔摩斯附体一样推理取证非要得到个结果,而这个结果,却又总是让人无法接受、难以置信。

一切都已经结束了,他们搜集了更多的证据,将这些证据交给了公安局,王潇被当场逮捕,付泽、常若宁、管乐都受到了法律的惩罚。

48
秘 密

"小雨,我们一起去旅行吧!"胡扬拉着小雨的手说道。

"好啊,我要一个一个地完成我的梦想!"

"什么梦想?你梦里的那些风景吗?太少啦,我要带你走遍全世界!"

"全世界?走了一圈,我就变成老太太啦!"

"不会的,你永远都会这么美!小雨,你站在这里不要动!"

"干吗?"

胡扬绕着小雨走了一圈,"我走完全世界了!"

"嗯?"小雨楞了一下,摸摸胡扬的脑门说道:"你不是傻了吧?"

"我才没有傻!小雨,你就是我的全世界!我已经绕着我的全世界走了一圈了!"

[2049]

小雨害羞得红了脸,躲进了胡扬的怀里。

第二天就要启程了,小雨兴奋得睡不着觉。看着胡扬在旁边呼呼大睡,小雨的心中充满了幸福感。

此时,黑夜中有一束亮光,是胡扬的手机亮了,小雨心想:"谁这么晚了联系他呢?不会是有什么急事吧?"她打开了胡扬的手机,原来只是一条推送新闻。

小雨打开胡扬手机里的照片集,回忆着他们在一起的点点滴滴。突然,她看到了一个私密相册,"还设置私密相册?不会是有什么秘密吧?"小雨坏笑道,她很快破解了密码一看究竟。从照片小图来看,还真是几张男女亲密的照片,她以为是她自己和胡扬的照片,还窃窃自喜呢!结果放大一看,那人正是贾笛!不!不仅仅是贾笛,还有其他不认识的女人!拍摄时间从四年前开始一直持续到去年!

"天呐!"小雨气得浑身发抖,大脑一片空白,一阵后脊椎骨发凉。"怎么会这样?"她不想打扰胡扬的美梦,但此时的小雨已经怒发冲冠,再也不能理智,她决定问个清楚,一脚将胡扬踢下了床去。

"哎哟!干吗呀?"胡扬踏踏实实地趴在了地上,摔得不轻。

"胡扬,我想问你一个问题。"

"睡着觉呢,这是怎么了?"胡扬揉着惺忪的睡眼,"我还以为地震了呢!"。

"你……只喜欢我一个人吗?"

"怎么了嘛,当然啊!瞎想什么呢?"胡扬爬上床后转过身亲了一口小雨的额头继续睡去。

"你骗人!"

"为什么?"

"你和贾笛真的有关系?"

"怎么可能!"胡扬惊出一身冷汗,但依旧故作淡定。

"不承认是吧?你自己看看吧!"小雨气愤地甩出那些照片给他看。"为什么会这样,你怎么会是这种人,真令人恶心!我们分手吧!"

胡扬沉默片刻,说道:"还分的开吗?"

小雨也沉默了,她的整个心都给了胡扬,还能分得开吗?她不知道,可是她咬着牙说:"分手吧,我再也不想和你在一起了!"

"那都是以前的事了。跟你在一起之后,就……"

"你还敢说和我在一起之后,没跟她们联系过?"

"自从那次你说了以后,就再也没联系过了!"

"不可能的,你现在说的话,我一个字也不信!"

小雨伤心地跑了。她把自己关在家里,不吃饭也不睡觉,整个人都崩溃了。嘴上很硬,但她心里深深地知道,她已经离不开胡扬了。

小雨伤透了心,她整日地蜷缩在床上,几乎一个星期不吃不睡,好像梦中的世界顷刻间烟消云散,化为乌有,突然没了依靠,没了安全感,在这个陌生的城市里,只剩下孤零零的一个人站在狂风暴雨中。

她哭得没有了力气,不知该如何走下去,害怕极了。

……

小雨把自己锁在屋子里,拉上厚厚的窗帘,昏昏沉沉地虚度光阴,不知何时入睡,也不知醒来是白天还是黑夜。当她用力拉开窗帘

[2049]

的那一刻,一缕阳光照射进黑乎乎的房间里,刺得睁不开眼。终于,她想好了——事情不能这么这么简单的就结束,分手?太便宜他了!

此时的胡扬,已经在她家门口等了几天几夜。

她叫胡扬进屋谈。

她皱着眉头,用无力的、极低的声音和胡扬说道:"胡扬,过去的事情已经过去了,对吧?……"

胡扬看了看她熬得通红的双眼回答道:"是的,都过去了,赶快忘掉它吧!"

她平静地说:"可你们还会再联系。"

胡扬斩钉截铁地答道:"以前是有工作关系,现在没有了,不会再联系了!"

小雨闭上眼睛,深吸了一口气说道:"会的,你们在工作上早已没有交集,可和我在一起后你们还是会暧昧联系……她找你办事,你还会给她办,她需要你的时候,你还是会跟你联系……"

胡扬沉默不语。停顿了几秒钟说道:"工作的事,没办法……其他联系,我不理她就是了!"

小雨更加伤心了:"可我现在已经不相信你了!"她哽咽了:"你这么聪明,这些天,你想到能让我不再伤心、为你担心的办法了吗?"

胡扬又沉默不语,这一切都是始料不及的,来得太突然了。

小雨哭着说:"我想到了。我想到了一个忘记这个事情的办法,一个我再也不要为你担心难过的办法。"

"什么办法?"胡扬迫不及待地问道。

小雨抓起了胡扬的右臂,在他手腕的脉搏处使劲地地咬了一口,留下了一圈牙印。

"哎呀!"条件反射的作用,胡扬的手臂使劲往后一缩。

"这是我这段时间承受痛苦的百万分之一,疼吗?"小雨接着说道,"胡扬,现在我的心脏已经印在你的手腕上了,在脉搏处,跳动得最强烈的地方。你永远要记得,每一次你和其他女人发信息联系、亲密接触时,你手腕的位置都会痛,那里是我的心脏,要比你的手腕疼百万千万倍…"小雨泪如雨下。

胡扬摸了摸小雨的头,说道:"不会再伤害你了,会一直保护你的。"

牙印很快就会消退了,但心的位置,一直在那里。

"还有,胡扬,我想心平气和地吐个槽,可能有些犀利,你不爱听,但我想发泄,同时呢,更想让你清醒一下!"

"好吧!"

"男人的品味,有很大程度上,取决于他喜欢的女人。"

说到此,小雨的情绪突然激动了起来,语速极快地说道:

"贾笛一个又老、又丑、眼睛又小、眼距又窄,鼓着两个大腮帮子、高高的额头,平常人都不想再看第二眼,你会感到自豪吗?说出去别人不会羡慕,只会嘲笑你。这也是让人恶心的原因!"这些词像子弹一样发了出来。

"呵呵,有这么多词呢!"胡扬还在"故作淡定"。

小雨内心无比激愤,心脏已经跳到了嗓子眼:"胡扬,清醒一点吧!你的过去我不了解,我现在也不想了解,无论你是出于什么目的

[2049]

和她在一起。但是现在,你和我在一起,竟然还在想着她?如果为了联系这样一个女人而再度伤害我,我将头也不回地离去,再也没有第二次原谅了!"

小雨目光如炬,双手发抖。

胡扬苦笑,不知该如何回答,笑一笑说道:"没想她啊!"

"没想的话为什么不把照片删干净?还留着做什么?"

"忘记删了。"

"你无耻!"小雨的手颤抖了,她真想甩给胡扬一巴掌,可是她的教养不允许打人、骂人。

"现在可以承认那个嘴唇和桃心的表情了吗?"

"以前我们确实是那个关系,大概维持了三年,但最近一年已经不怎么联系了,她有家有孩子,想要回归家庭,我也不怎么找她了。有了你以后,联系的就更少了。那次的嘴唇……就是很长时间没联系了,发个表情而已。"胡扬从容不迫地摊牌了,好像这种事情不是在他身上发生的,不痛不痒。

"桃心呢?"小雨咬着牙继续问道。

"就是证明有这种关系呗!"

"原来我的猜测都是对的。胡扬,你从来都没骗过我,但是,因为她,你骗过我很多次!"

"都是以前的事,早忘了,都是我的错,以后不会了啊!"

狂风暴雨般的询问和解答后,小雨的心里好受多了。她深舒了一口气。火山爆发后的岩浆平静地在滚烫的地面上流淌着。

小雨笑了笑,"嗯,好的,这事情翻页了!"

"好了，我错了，不要生气了！别再翻以前的事了，都过去了啊，以前我和谁，在哪，跟现在一点关系也没有了！"胡扬看似懊悔地说道，"你是我见过最好的姑娘，我不会再跟她联系了！放心吧！"他为小雨擦干了眼泪，可内心再也承受不住了，他对自己做过的事懊悔不已，更是无比愧疚于对小雨造成的伤害。

小雨说"我的梦碎了"，胡扬说"梦可再圆"。

眼泪擦干了，可心里的伤却永远在那，或许永远也好不了了。

胡扬牵着小雨的手，他们重归于好了。

一场突如其来的暴风雨也过去了，都说，风雨过后，就会有彩虹了。

小雨多想回收她傻傻的爱，可是，爱从来都是覆水难收。

从此，小雨不再相信胡扬，她要准备"手撕"前女友了，要让这个"前女友"彻底消失。

经历此事后，胡扬也有了戒备，手机时刻不离手，就连睡觉都要将手机死死地扣在手腕上，手腕上还带了一层手机套，所有联系人都加密修改了备注，完全不给小雨"可趁之机"。

胡扬也有他的苦衷，只是，这种苦衷只能永远埋藏在心里。他深思熟虑后，终于拿起了电话，用低沉的声音说道："老板，我不干了！"

"不干了？为什么？"

"贾笛已经是一个废弃的棋子了。"

"目标被发现了？可是我们还有别的棋子啊？"

"曾经我以为我是一个没有感情的人，所以我接了这个活儿，可

[2049]

现在，我……"

"你动感情了，是不是？"

"是！"

"你犯了大忌了！不但暴露我们的目标，还差点暴露你自己的身份，你……你竟然动了感情！"

"所以，我申请退出！"

"这是你想来就来，想走就走的地方吗？"

"无论如何，我不想再干了！"

"你再好好考虑一下吧！"对方挂掉了电话。

49
在路上

"你们听说了吗?常若宁由于多次泄露机密,又因解锁王潇定位违反规定被辞退啦,现在过着浑浑噩噩的生活呢!"子衿"幸灾乐祸"地说道。

"是啊,这回她再想找工作也不容易啦,她的犯罪事实已经记录在ID芯片中,恐怕,这个社会的任何机构都容不下她了!"叶洛说道。

"谁让她那么讨厌,活该!"子衿翻了个大白眼,"哎?你们知道吗?研究院已经把LANCER公司上诉到国际法院啦,国际法院正在制裁LANCER公司研究黑科技的行为呢!"

"嗯,光制裁有用吗?"夏燔说道,"看来,免不了一场无烟的战争了!"

"那就打仗啊!我们研究院这么厉害,看谁能打过谁!"说着,

[2049]

子衿又开始手舞足蹈了。

"小八卦,别成天说别人的八卦了,说说你的吧?"熙妍说道。

"我有什么好说的啊?"子衿突然害羞地低了头。

"说说你和墨阳怎么样?"

"别逗我啊,墨阳哥哥都不理我!"

熙妍说道:"我帮你啊!别忘了你姐可是发明恋爱软件的行家啊!"

"不用啊,别拿我寻开心!墨阳哥哥说他已经有心上人了。"

"哎,那都是过去式了,人总要向前看!谁都一样,永远向前看!你肯定会有机会的!是不是啊,小雨!"熙妍随口问道。

"是的,过去的事,就让它过去吧!"小雨低声说道。

熙妍鼓励道,"就是的,快把手机拿过来,我帮你给他发个信息!"说着,熙妍一把夺过子衿的手机。

"快给我!快给我!"子衿和熙妍互相追赶着,他们闹着、笑着,欢乐的笑声回荡在城市的上空。

这时,墨阳的身影出现在大街上,他正搀扶着一位老人。

"嗨!墨阳哥哥!"子衿冲着墨阳打了个招呼,内心小鹿乱撞。

"你好!"

"真是说曹操,曹操就到啊!"熙妍起哄道。"说什么曹操啊……"墨阳不解。

他们说笑着,完全没顾得上墨阳旁边的老人和叶洛已经对视15秒钟了,他们都满眼泪花。

"你还好吗?"

"嗯,好。"

"他还好吗?"

"都好,一切都好!"

一串串泪珠在他们的脸上滑落,滑落的是数不尽的沧海桑田,滑落的是血气方刚的无畏年华,滑落的是至诚至真的默默守候。

愿所有的美好都篆刻在石头上,被永远记得。愿痛苦都写在沙滩上,被时间的风吹走,被时间的浪打散,被时间的海冲刷……愿从此,记忆里,只有幸福的时光。

时光缓缓流走,时光轰然而逝,睁开双眼,这是一个精彩的世界,然而有时闭上双眼,这个世界的变化让人无法想象。2049年,他们在生活中各自扮演着不同的角色,依然在路上。